逆井卓馬 Author: TAKUMA SAKAI

[イラスト] 遠坂あさぎ illustrator: ASAGI TOHSAKA

Heat the pig liver (8回目)

―ぶたのればーはかねつしろ―

the story of a man turned into a pig.

豚のレバーは加熱しろ

メステリア
Heat the pig liver / MAP
最果て島
ブランスベート
運河
ムスキール
地御蛛城
妖精の沢
レスダン
アルテ平原
ベレル川
ハールビル
ブラーヘン
リュボリ
ラッハの谷
テンダル
マットー
王都
針の森
ヘルデ
ニアベル
ルシエ城
見送り島
礫の岩地
西の荒野
マイール川
ミュニレス
油の谷
暗黒林地
バップサス
キルトリ
N
the story of
a man turned into
a pig.

Heat the pig liver

the story of a man turned into a pig.

豚のレバーは加熱しろ（8回目）

逆井卓馬

Author: TAKUMA SAKAI

[イラスト] 遠坂あさぎ

illustrator: ASAGI TOHSAKA

Contents

目次

Heat the pig liver

壁の向こうに

the story of a man turned into a pig.

不吉な闇夜を焦がして街が赤々と燃えていた。

炎に照らされた広場で、黒いローブを着た男がじっと立っている。

その姿は全身が陰影のように暗く捉えどころがない。男が何を考えているのか知る者は、この男自身を除いて、世界に誰一人として存在しなかった。

肩にはおさげの少女を荷物のように担(かつ)いでいる。その長い手足はぐったりとして動かない。

「戦えよ！」

男に叫んだのは弩(いしゆみ)を構えた戦士。彼——ヨシュは龍族(ラチエルテ)であり、また射撃の名手でもある。つがえられた矢の先端はローブの男に向けられている。フードを目深(まぶか)に被(かぶ)った男の顔は闇に沈んでおり、反応する様子はない。

ヨシュの足元では一匹のイノシシが牙を鳴らして男に威嚇している。しかし相手は全く意に介していない様子だった。

無駄だと頭では分かっていながらも、ヨシュは矢を放つ。

矢は低い笛のような音を立てて男の顔に飛んでいく。普通ならば、男の歯を砕き、口腔(こうこう)内を通過し、脳幹に突き刺さり、さらに爆発して首から上を破壊する一撃だった。

ヨシュは確かに、その一撃に明確な殺意を込めていた。

しかし、矢は男の顔の前でぴたりと静止してしまう。地面に落ちて乾いた音を立てるなり、情けなく爆発し、石畳の表面にわずかな傷をつけるばかり。

相手は強力な魔法を操る王だ。ヨシュは自分の矢が届かないことなど百も承知だった。

それでも、撃たなければ気が済まなかった。

「戦え！　そんなことをするくらいなら、いっそ俺を殺していけよ！」

叫んでから、あまりの悔しさに歯をきつく食いしばった。三白眼(さんぱくがん)が金色の蛇目(へびめ)に変わり、炎に照らされたかつての戦友を睨(にら)みつける。

王の肩に担(かつ)がれているのはヌリス。ヨシュら解放軍が抱える最後の、最後の魔法使いだった。

イエスマと呼ばれていた少女たちはみな、招待移住(ジノーキス)という名の強制収容によって王朝軍に拉(ら)致(ち)されてしまった。それでも大切に守ってきた、最後の一人だった。

「どうしてだよ！　どうしてこんなひどいことをするんだよ！　一緒に戦った仲間じゃないか！　せめて返事くらいしてくれよ！」

訴えは聞き入れられない。ただフードに隠れた顔が、こちらをじっと見つめている。

痺(しび)れを切らしたイノシシが、男に向かって突進する。だが、男の直前で見えない壁にぶつかり、横へ弾(はじ)かれた。そのまま倒れて痛みに呻(うめ)く。

ヨシュはさらなる矢をつがえて、もはや友ではなくなってしまった男に言う。

「聞いてんだろ！　何とか言えよ！　答えろよ！　どうしてヌリスを連れていく！　ヌリスはこの街に、怪我を癒しにきていただけだ！　お前を攻撃したことなんて一度もない！　それどころか、何度もお前を癒してきた子じゃないか！」

無反応な男に叫ぶのが一番つらいことだった。口をきくつもりがないのなら、いっそこちらを攻撃するか、無視して立ち去るかすればいいのに――そうヨシュは思った。

死んでしまった戦友が、決して触れ合えず、言葉も交わせない、透明な壁の向こうにいるような気分だった。怒りと悲しみと無力感とが互いに絡み合って増幅していく。

ヌリスには何の罪もない。人も建物も焼き尽くす巨大な化け物から街を守ろうとした解放軍の同志たちが、この街で傷ついていた。それを癒しにきただけなのだ。

他の魔法使いが連行され、セレスが魔力を失った今、癒しの魔法を使えるのはヌリスただ一人。血塗れになり、無理を押して朦朧としながらも、ある限りの魔力を絞り出して戦士たちの傷を塞いでいた。ただそれだけだったのに。

「俺たちの過去だって話したはずだ。俺たちが王朝に大切な人を奪われたことを。だから王朝を恨んだってことを。お前はそれをなくそうと言ってくれたじゃないか！」

叫び声とともに再び矢を放つ。銃弾ほどに速いはずの矢は、またぴたりと静止して落ちた。

心からの言葉も、心からの一撃も、結局王には届かない。

ヨシュは遂に、石畳の上に膝をつく。怒りと無力感で脚が震え、立っていられなかった。

「俺たちは歩み寄ろうとしてたのに！　姉さんはお前のことを気に入ってたんだ！」

何を言っても無駄なのだと分かっていた。それでも叫ばずにはいられない。

「こんなことして何になるんだ！　俺たちを力で抑えつけて何になる！　そうやって成り立つ社会が、いつまでも続くと思うのか！」

王は無言を貫いた。ただ影のような顔がヨシュを見下ろしている。

「答えろよ！　俺たちを裏切って、こんなにひどいことをして、民の恨みを買って……それでお前は、王朝をどうやって続けていくつもりだ！」

当然のように返答はない。王は石像のごとく微動たりともしない。

気が付けば、周囲の気温が下がり始めていた。凍えるほどの寒さが街を覆っていく。

濃い霧が充満する。何も見えなくなる。街を焼く炎がゆらゆらと霧を照らした。皮肉にも、その光景は目を奪われるほど幻想的で美しかった。

霧が晴れた後に、王の姿はなかった。肩に担がれていたヌリスも一緒に消えていた。

奪われてしまった。

ヨシュは言葉にならない咆哮を轟かせる。

肺が空っぽになるまで叫び声を吐き出してから、はるか向こうにそびえる大きな影を睨む。

闇の夜空に浮かぶ、さらに黒いシルエット。強力な魔法で守られた王都。中の様子を見ることさえも、魔法によって遮られている。

しかしヨシュには、影の中で小さく光る街の明かりや、月光に照らされた建物の輪郭がわずかに見て取れた。その蛇のような金色の瞳は、魔法によるまやかしを貫くことができる。

もうすぐ終わりだ。王朝の終焉(しゅうえん)をこの目で見届けてやると、彼は心に誓った。

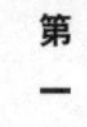

第一章　オタクは美少女に好意を示されるとバグる

the story of
a man turned into
a pig.

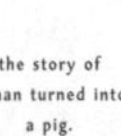

ジェスのノックはいつだって優しい音だ。

手の皮膚が柔らかいからだろうか。指の骨が細いからだろうか。どれだけ力を込めたノックでも、そこに乱暴さを感じることはない。いつも俺を撫でてくれるあの優しい手が扉を叩くのだ。当然、擬音語で表現するならば濁点は不要だろう。

トントン、コンコン——澄み切った音が、それはもうきれいに響くのである。

「空室ですね。誰もいらっしゃらないみたいです」

ノックした扉に耳を当てて、ジェスは俺に教えてくれた。

「そうだな……ここも違うんじゃないか」

「ちょっとこじ開けてみますね」

突然物騒な宣言をしたかと思うと、ジェスは間髪いれずに扉を爆破した。濁点どころでは済まない轟音が鼓膜を激しく揺さぶってくる。

粉塵が落ち着き、扉のあったところに大穴が開いているのが見えた。

「ちょっとのレベルじゃなかった気がするな」

扉だった破片を踏み越えて部屋に入る。

王都によくある、山を構成している岩をくり抜いて造ったタイプの建物だった。内装は白い岩肌が露出していて殺風景だ。きれいに片付けられている。

一見したところ、目ぼしいものは何も置かれていない。木製の簡素な机と椅子がいくつか放置されているだけだ。俺たちの掴んだ情報では、ここはイェスマ管理に関係する事務室のはずなのだが、こんな部屋で今も事務作業が行われるとは到底思えない。

書類くらいは残されていないかと探りながら、ジェスは嘆息する。

「手掛かりはなさそうですね……意図的に片付けられているように見えます」

俺は豚視点で、床の上に何か落ちていないか探す。しかしジェスの言う通り、何者かが証拠隠滅を図ったかのように、メモの書かれた紙屑の一つも落ちていなかった。

誰かが、この部屋から証拠になるものを片付けた……。

「やっぱり、シュラヴィスが即位してから機能が移転したんだ」

念のため嗅ぎ回ってみるが、最近人が歩いたようなにおいも見つからない。

「あいつのことだ。きっと蟻一匹入る余地のないセキュリティを構築したんだろう」

「ええ」

朝から飲まず食わずで続けている捜索は、何の進展もないまま夕刻に差し掛かっていた。そろそろ腹が減り、疲れが溜まり、集中力が散漫になってくるころだ。

ジェスは不満そうに唸って、手近な椅子に座った。らしくない大きなため息が一つ。

「どうする？　そろそろ切り上げるか？」

俺の提案に、ジェスはなかば反射のように首を振る。

「何も見つからなかったでは、ノットさんたちに申し訳が立ちません」

「でもなあ、このまま続けたところで、成果が上がりそうにないじゃないか」

「それは……そうなんですが……」

ジェスの手が、小さな羊皮紙をぎゅっと握りしめる。今朝、解放軍のオオタカが運んできた手紙だ。ノットの筆跡で、絶望的な知らせが書かれていた。

信じたくもない、最悪の展開。

ヌリスが拉致されてしまった。王都内のどこかにいるはずだから、お前たちで探してくれないか――あいつらしく文章は乾いて淡々としていたが、手紙はそんな内容だった。

紙を破かんばかりの強い筆圧が、ノットに燃える冷たい怒りを表していた。

すっかり目的意識を喪失していた俺たちは、ノットの依頼に飛びついた。元イェスマを収容するのだから、イェスマの管理に関わる場所が怪しいのではないかと考えた。色々と調べてから探ってみたが、手掛かりは面白いくらい何も見つからない。

すっかり蚊帳の外だった。王シュラヴィスが、俺たちから徹底的に隠しているのだ。

ぎゅるるる、と腹の鳴る音が聞こえた。自分のガツに訊いてみたが、どうやら俺の腹から出た音ではないらしい。

「ジェス、腹が減ってるんじゃないか」

俺の指摘に、ジェスはさっと顔を赤くする。その手がお腹に添えられたのを見るに、ジェスの腹が鳴ってしまったと見て間違いないようだ。

「ご、ごめんなさい、みっともない音を……でも大丈夫です、お腹はそれほど」

「腹が鳴るのは内臓からのサインだ。空腹のときに何も入っていない胃が収縮して、腸の方へと空気が送られたときに腹が鳴る。ジェスがいくら大丈夫だと言い張っても、ジェスの内臓は食べ物を迎え入れようとしているんだ」

「そうでしたか……身体は正直なんですね」

確かにそういうことなのだが、なんだか違う意味に聞こえてしまった。

自らの心がどうしようもなく汚れていることを反省する。

「そろそろ夕飯にしないか。腹が減っては首が取れない、みたいな言葉もあるだろ」

「ありましたっけ？」

なかったようだ。どうやらあの戦国クソ親父の創作だったらしい。

「まあいい、実を言うと俺も腹が減ってきたんだ。ヌリスの捜索は、急いだところでどうにかなる話でもない。今日は切り上げよう」

「……分かりました。夕飯にしましょうか」

正直な身体を尊重し、俺たちはいったん王宮へ戻ることにした。

「ヌリスさんも、それからエザリスさんも……ご無事だといいんですが」

道すがら、ジェスが呟いた。

「ああ……」

エザリスは、セレスとの逃避行の旅の途中で俺たちを庇ってくれた少女だ。彼女もまた、俺たちを追って現れた王朝軍によって、強制的に連れ去られてしまった。

「まあ、シュラヴィスだって、さすがに殺す必要のない女の子たちを虐殺したりはしないだろう。むしろ殺さないで済むように、イェスマだった子たちを連れ去ったんじゃないか」

「そうですね……せめて、みなさん元気に生きているということさえ分かれば、解放軍の方々やルシエ城のグランさんにも、そうお伝えできるのに……」

俺たちには、それすらもできない。

シトが腹を切ったあの日から、結局シュラヴィスには一度も会えていないのだ。

あいつは再び壁の向こうに引き籠もってしまった。俺たちはただただ無力だった。

「どうしてシュラヴィスさんは、こんなにひどいことをするんでしょう」

ジェスが嘆いた。

「よりによって、ヌリスさんまで……ヌリスさんは、王朝が闇躍の術師に乗っ取られてしまったとき、リスタを使った治療でシュラヴィスさんを何度も助けてきたんですよ。それなのに、どうしてこんな仕打ちができるんでしょう」

　テコテコ歩きながら、考える。

「一応、これが一つの模範解答ではあるんだろう」

「模範解答……ですか」

　ジェスは納得いかない様子だった。

「そうだ。暗黒時代の再来や、闇躍の術師みたいな危険分子の出現を防ぐためには、このメステリアから魔法使いを一掃しなくてはならない。それは歴史が語っている。全魔法使いを王都の中に閉じ込めて管理しようというのは、一つの明確な解法だ」

「でも、こんなやり方では理解が得られません」

　夕刻の空に目を向けるジェス。

「……ノットさんも、きっとすごく怒っています」

「激怒してるだろうな。次にシュラヴィスと対面するとき、喧嘩は避けられないだろう」

　言ってから、喧嘩で済めばいいのに、と思ってしまった。

　このままでは、待っているのは本気の殺し合いだ。

　それも、もし二人の対面する機会があるとすればの話だが。

「セレスの命を狙った時点で、あいつはどこかおかしかった。これほど頑なに会ってくれない理由も分からない。いったいどうしちゃったんだろうな」

じっと考えながらしばらく進んでから、ジェスは分析するように言葉を絞り出す。

「……もしかすると、魔法が精神に悪影響を及ぼしているのかもしれません」

「なんだ、そういうことが起こり得るのか？」

「ええ。シュラヴィスさんも、一度おっしゃっていたじゃありませんか。魔力を成長させる方法です。自分を強くしたいという願いが魔法を強くし、その魔法が願いを増強する。願いの増強により、さらに魔法が強まっていく——そうやって鍛えているんだ、って」

そこまで言われてから、ようやく思い出す。

「確かに、即位した日にそんなことを言ってた気がするな。十字の処刑人事件の前だ」

「はい。これはつまり、魔法によってご自身の精神を操っているとも理解できます」

なるほど。あのときは正のフィードバック制御だな、などと思って感心していたが、実のところ、精神を巻き込んだ魔法の暴走とも取れるわけだ。

「うーん、それも一理あると思うが、だとすると妙なところもあるよな」

「妙なところ、ですか？」

「ジェスの説では、要は魔法が精神に悪影響を及ぼしてご乱心してるってことだろ。でもその割に、あいつのしていることは理に適っているように思えないか？」

ジェスが首を傾げる。到底理に適っているとは思えないのだろう。

「ある一面では、理に適ってるんだ。考えてみろ。よほど冷静でなければ、元イェスマを一人残らず回収する作戦を指揮するなんて芸当は不可能だ。しかも王都内では、蟻一匹通さない防御を維持して俺たちを排除してるときた」

「確かに、全く隙がありません」

「だろ。悪政ではあるが、王としての役割はきちんと果たしていると見ていい。あいつに合理的な思考は残ってるはずなんだ」

「そうすると……少しいびつに感じますね」

そう。シュラヴィスの行動はいびつなのだ。

俺たちが何か重要な点を見逃しているのでは、と思うくらいに。

「合理的に物事を考えられるあいつが、自分のしていることの結果を予測できないとは思えない。こんな統治を続けていれば国に不満が溜まっていくことも分かってるはずだ。あいつはいったい、今後どうやって王政を続けていくつもりなんだろうな」

俺の疑問に、暗い声でジェスが答える。

「歴代の王様たちは、民を力で抑え込んできました……圧倒的な魔力を武器にして」

「シュラヴィスも結局、その道を選ぶんだろうか」

「選んでほしいとは、あまり思いませんが」

ジェスはそこで言葉を切った。

歩きながら、俺はシュラヴィスになったつもりで思考をもう一度辿る。

魔法使いを野放しにしておけば、いずれ強大な力をもつ者同士の戦乱の時代がやってきてしまう。それを避けるためには、メステリアにいる元イェスマの少女たちを管理しなければならない。ただ、管理すればイェスマ制度の再来になる。民衆からの反発は避けられない。またしても平和は遠ざかる。トレードオフだ。

いっそ元イェスマの少女たちをすべて王都に収容してしまえば――という発想は分からないでもない。しかし、結果として強い影響力をもつ解放軍を敵に回すことになってしまった。

では解放軍と協議すればよかったのか。そういうわけでもないだろう。解放軍の要求を呑めば、魔法使いを野放しにすることになっていく。

そこで振り出しに戻る。八方塞がりだ。

絶望的な状況にあって、シュラヴィスはいったい、壁の向こうで何を考えているのだろう。せめてそれだけでも教えてほしいと思った。

・

王都の最上部にほど近い場所に、俺たちの暮らす王宮がある。王族と一部の人間しか入ることが許されない、巨大な宮殿だ。そしてその大部分は、シュラヴィスが造った分厚いレンガの壁で覆われている。ジェスの寝室は、その壁の外にあった。

王族として王宮で暮らすのは構わないが、俺のいるところには入ってくるな――シュラヴィスからの、明確なメッセージだ。

美しい建物へ食い込んで景観を台無しにする壁を横目に見ながら、俺たちは王宮に入る。シュラヴィスの寝室や執務室へと向かう廊下もまた、壊すことのできないレンガの壁で隙間なく塞がれている。引き籠もりにしたって限度があると思う。

ジェスの寝室へ戻り、蔓で編まれたバスケットを持ち出す。

王宮の食品庫に新たな生鮮食品が追加されなくなったこともあり、俺たちは最近、王都内で買い物をして、どこか景色のいい場所で夕食をとる、ということをするようになっていた。

無力感に押し潰されそうな毎日の、ささやかな楽しみである。

「そういえば、昨晩もまた、夢でケントから話があってな」

王宮から続く広い階段を街中に向かって下りながら、俺はジェスに切り出した。

「…………はい」

もう日没だ。朝には言えたはずのことを、時間が経ってから話すということは、言いづらい内容だということである。ジェスも、声色からして、それを察しているようだった。

太陽が傾くにつれ空はどんどん暗くなり、街は闇に沈んでいく。

「ジェス、触手プレイをしたことがあっただろ」

「ありませんが……」

「ほら、川からタコの足みたいなのが出てきてさ。ジェスとセレスが絡め取られて、一周回って芸術的な感じになったことがあったじゃないか」

　あの美しい光景は今でも目に焼き付いている。

「……ヘルデで、シトさんが助けてくださったときのことですね」

「そうだ。それから俺がジェスの顔をベロベロに舐めたこともあったよな」

「ベロベロに舐めたんですか……？」

「ジェスは憶えてないか。くさりのうたを辿って、ヨシュと一緒に川を遡上していたとき、河原の湿地で、大きなサンショウウオに襲われただろ。泥でできたやつだ」

「それなら、憶えています」

　話が暗くならないようにあえておかしな言い方を選んだのだが、ジェスも概ね俺の言わんとしていることを察したらしく、声がまた沈んだように低くなってしまった。

「超越臨界の悪影響だ。深世界にしかいなかったようなああいう化け物たちが、まだ頻繁に出現して悪さをしてるらしい」

　悪さをしている、というのはこれでもオブラートに包んだ表現だった。

　ジェスは魔法使いだし、ヨシュやシトは龍族だった。だからあの化け物に対処することができた。しかしメステリアに暮らす人のほとんどは、魔法使いでも龍族でもない普通の人間だ。ノットと行動していると忘れそうになるが、普通の人間はあそこまで強くない。

　メステリアの民はああいった化け物に対処することができない。

「ノットたちは今、東の方にいる。だがケントによると、ヌリスが拉致されたのは西の方にあるマイツという街だった。どうしてヌリスがそんな遠いところまでわざわざ行っていたのかというと、そのマイツで、解放軍の構成員に大勢の負傷者が出たからだそうなんだ」

「化け物に襲われたということですか」

「そうだ。街の半分が燃えたらしい。ヌリスが懸命に治療に当たったが、助からなかった命もあったと聞く。これも、いまだ超越臨界が収まらないせいだ。シュラヴィスのせいではないとはいえ、解放軍の不満は爆発寸前だ」

「……そうでしたか」

「ああ」

ジェスはぎこちなく顔を逸らしてしまった。会話はそこで途切れた。

――偽りの肉体を捨て　汝らの罪を清算せよ

泉の水が真っ黒に染まって綴った言葉を思い出す。

あれから、俺はずっと罪悪感に苛まれている。ジェスもきっと同じはずだ。

世界のバグをついて手に入れた俺の肉体。それこそが、超越臨界によって歪んでしまった世界が正常に戻るのを妨げている、最後のピースだったのだ。

俺が存在していることで、人が死んでいる。それが逃げることのできない現実である。

ジェスも俺も、最初はどうにか脇道を探そうとあらゆる方法を模索した。

しかし何の手掛かりもない。図書館を引っくり返す勢いで探しても、目ぼしい情報はない。完全な行き止まりなのだ。

そこで俺たちが選んだのは、とりあえずの、情けない現状維持。

重たい無言のまま、俺たちは脚の赴くままに階段を下った。

三月になってからというもの、風はその肌寒さの中に手加減のような暖かさを織り交ぜるようになった。今日は西の空に雲がなかったので、俺たちの脚は自然と西側へ向かう。

パン屋で硬い黒パンを、乳製品の店でバターとチーズを、肉屋で何種類かのハムを買い、それから八百屋に寄って野菜や果物を調達した。

手近なところに小さな広場を見つけて、俺たちはそこを夕飯の場所に決めた。入り組んだ小路の先で、きっと誰も来ないだろう。刈られずに放置された枯れ藪の節々から、薄緑の新芽が顔を覗かせている。春の兆しだ。

夕日が沈んでいこうとする西の空は、眩しいほどの赤色だった。

「暖かくなりましたね」

水の涸れた噴水の縁に腰掛けながら、ジェスが言った。

「そうだな」

俺はジェスのすぐ隣にお座りする。後ろを振り返れば、彫刻で飾られた壁面に俺たちの影が映っている。輪郭だけでも絵になる少女の横に、荷物のような丸いシルエット。

俺が耳を立てると、荷物の影にも耳が生えた。

ジェスがバスケットから食べ物を取り出しているのが、影絵のようになって見える。まず、俺のために買ってくれた野菜類が出てくる。続いて現れた細長いシルエットに、俺は心配になってジェスの方を向いた。

「今日も飲むのか」

「いいじゃありませんか。とてもおいしそうですよ」

続いて取り出したのは透明のグラス。ジェスはすでに出していた瓶を手に持つと、魔法でコルクをすぽんと抜いた。そのまま、深い赤色の液体をグラスにとくとくと注いでいく。ふわりとしたアルコールの蒸気にのって、レーズンのような甘い香りが漂ってきた。

「なんだかお菓子みたいなにおいがするな」

「ええ。干しブドウから造ったワインだそうです」

ジェスはそう説明しながら、フラスコでも覗くようにワインを夕日にかざし、それからすんすんとにおいを嗅ぐ。ようやく一口飲むと、ふうと深い息を吐いた。

「味はどうだ」

「甘くておいしいですよ。藁の上でじっくりとブドウを干すため、水分がかなり飛んで、甘みが強くなるんだそうです」

「なるほどな」

「糖分が多くなるため、酒気の割合も高くなります」

燃焼魔法の燃料について説明するのと全く同じ口調で、ジェスは説明してくれた。

酒類のアルコールは、酵母が糖を分解することによって作られる。原材料の糖分が高くなれば、それだけアルコール度数も高くなるということだろう。

「まだ若いんだから、あんまり飲みすぎるなよ」

「では一本でやめておきます」

瓶の大きさは、日本で売られているものとそこまで変わらず、七〇〇ミリリットルくらいはあるように見えた。酒を飲んだことはないので詳しくは知らないが、一人が一晩でワインのボトルを一本空けるなんていうのは、常識的に考えて多すぎるように思う。

「一本は飲みすぎだ。度数だって普通のワインより高いんだろ？」

「明日は違う種類のものを飲みたいんです」

「そうか……止めはしないけどな」

ジェスは早くも一杯目を飲み干して、二杯目を注ぎ始めた。

あくまで「色々なお酒に興味があるから、飲んで知識を広げたい」というテイらしいが、種類を飲むということは量を飲むということ。ジェスの肝臓が心配だ。

「大丈夫ですよ。強力な魔法使いは、それだけ生命活動が活発なんです」

酔いが回り始めているのか、少しだけ笑みを取り戻したジェスが俺に話しかけてきた。

「地の文だったんだけどな」

確かにジェスは、血筋なのか、いくら飲んでも潰れるような様子が全くない。強い部類なのだろう。しかし、酒を飲むとちょっと甘えたような声になる。絶対に男を勘違いさせてしまうから、他の男とはできれば飲まないでほしいものだ。

事実、ジェスは初めてビールを飲んだとき、どこかのイケメンをうっかり誑かしてしまった前科がある。まだ彼がクソ童貞だったからよかったものの……。

「他の人とは、こんなことしません」

相変わらず地の文を読みながら、ジェスは唇をつんと尖らせた。

「別に、他の人と飲むなとは言ってない」

飲まないでほしいと、心の中で思っているだけで。

「豚さんがそう思っているのなら、飲みませんよ」

言ってから、ジェスはふと思い付いたようにこちらを向く。

「そうです。それなら、豚さんが一緒に飲んでください」

突然言われて、俺は頬張っていた根菜をボリボリと嚙み砕いた。

「……いや、飲めない」

「どうしてですか。おいしいですよ。このワイン、生ハムにもよく合いますし」

「ちなみに生ハムも、宗教上の理由で食べられないぞ」

豚肉を食べたら共食いになってしまうからな。

「ではワインだけでも」

「嗜好(しこう)の問題じゃない。もし酒が飲めない身体(からだ)だったらどうするんだ」

俺はまだ一九歳。酒を飲んだことなどない。なおさら不安なのが、今の俺が人間形態(オリジンフォルム)ではなく豚形態(アナザーフォルム)であるという点だ。そもそも人間の身体(からだ)ではない。酒を飲んで大丈夫なのか、という不安が残る。

透き通るような金髪美少女の前での粗相は絶対に避けたかった。

「案外、飲んでみたら平気かもしれませんよ」

なおも食い下がるジェス。俺は論理を補強する。

「そもそもな、人間以外の動物がお酒を飲めるとは限らないんだぞ」

「そうなんですか？」

興味があるのか、ジェスは少しこちらに身体(からだ)を傾けてきた。

「酒に含まれているアルコール——メステリアで言う酒気を人間が効率よく分解する能力は、人類の祖先が樹上生活をやめたときに獲得したものだという説がある」

「ほほう」

進化論については、以前ジェスに話したことがあった。人類の遠い祖先がお猿さんで、さらに遡ればリスのような哺乳類で、もっと遡ればやがて海に漂う微生物に至る、という話はジェスの興味を引いた。

「木の上で生活していたお猿さんたちは、果物を好んで食べていた。それが地面に降りれば、落ちている果物を拾い始める。落ちた果物はワインと同じように自然に発酵して、天然の酒になってしまう。すると酒に強い体質をもって生まれた個体が有利になり、多くの子孫を残す。その体質が今の人類にまで受け継がれてきた――そういう説だ」

頷きながらも、ジェスは納得しない。

「人がお酒に強くなった理由は分かりました。でも豚さんだって、地上生活をしていますよ」

確かに。これでは俺が酒を飲まない理由にはならない。

「最初から地面で暮らしている動物は、落ちて発酵してしまった果物なんて、わざわざ食べたりしないかもしれない。人類の祖先はきっと、元々木の上で暮らしていたからこそ――」

「分かりました。豚さんは結局、私とお酒が飲みたくないんですね」

ジェスは座り直して景色の方を向き、むくれてしまった。

話を途中で遮るとは珍しい。だが振り返ってみれば、霊長類の進化にまで話を脱線させて説得を始める俺の奥ゆかしき理系仕草が、単に一緒の味を楽しみたかっただけのジェスの気分を害してしまったのは明らかだった。

これだから理系はモテないのである。

「……悪いが、人間と豚とは、全く違う生き物なんだ」

諦めに近い俺の言葉に、ジェスは分かりやすく肩を落としてしまった。

「もう二度と、一緒に飲めなくなってしまうかもしれないのに……」

全然おいしくなさそうに、ジェスは二杯目を飲み干した。

ああもう。

ハツがきゅっと絞られるような感覚があった。俺だって、ジェスと一緒にお酒を楽しめるんだったら――そんなの、やってみたいに決まっているじゃないか。

メステリアには、年齢で飲酒を制限する法律のようなものはないらしい。せめて人間の姿だったら、こんな思いをしなくて済んだのに。いや、もしかしたら俺の人間状態(オリジンフォルム)ですら、下戸かもしれないという可能性はあるが……。

いやまあ、豚は雑食だし、少しくらいなら大丈夫な可能性もある。むしろ人間より酒に強かったりするかもしれない。ものは試しだ。

「……分かった。一口だけだ。一口だけ試してみよう」

「いいんですか?」

ジェスの瞳が、途端に輝いた。沈みゆく太陽の最後の一滴が、ジェスの目に反射して、俺の網膜にまで届いたのだった。

「味見するくらいなら、まあ死にはしないだろうからな」

「一口ですね」

ジェスは空のグラスにとくとくと容赦なくワインを注いで、俺の前に差し出してきた。

「いや、多いだろ」

「豚さんのお口は大きいですから」

「口の容積の問題じゃないんだが……」

「はい、どうぞ」

ジェスは有無を言わさず、グラスを俺の唇に近づける。ほとんどアルハラに近い。だが、楽しそうなその顔を見て、何かを言う気分にはなれなかった。豚は口も大きいがそのぶん体重もあるし、アルコールもそれだけ体内で薄まるはずだ。きっと大丈夫だろう。……大丈夫だ。

口を開くと、すぐグラスが傾けられた。

濃密な香りを伴って、少しとろりとした液体がタンを包み込む。有機溶媒のような、におい以上の何かをもった甘い刺激が、俺の鼻腔を痺れさせる。口の粘膜をきゅっと収縮させるのはブドウの皮に含まれるタンニンだろう。タンパク質と結合してその働きを妨げる、植物の防御物質だ。これが口の色々な場所に吸着して、「渋み」という感覚になる。

ワインが口の中にある間は、正直、慣れない感覚に対する驚きがほとんどで、味はあまり分からなかった。すべてを飲み込んだ後にようやく、心地よい果実の香りが鼻から抜ける。干しブドウというのには確かに頷けた。豚の嗅覚を駆使すると、酵母が醸し出す無数の複雑な成分の香りや、樽に使われていたであろう木材の香りまで感じられる。

ブドウジュースよりもはるかに情報量が多い、それは大人の味だった。

「お味はいかがですか」

訊かれてしばらく、俺は何も入っていない口をもぐもぐさせて感想を考えた。

「おいしいな」

「ホントですか、よかった」

ジェスは微笑んで、三杯目に口をつける。さっきよりもずっとおいしそうに飲んでいた。

豚と間接キスになってしまうことなんて、全然気にしていない様子だった。

日が暮れてもしばらくは、西の空が明るかった。夕焼けが段々と下火になっていくと、街灯のない広場は暗くなっていく。ジェスが魔法で光の球を出現させ、俺たちの周囲をふらふらと漂わせた。酔いの深さに呼応しているのか、光球の気まぐれな運動はいつもよりランダムさを増している。ジェスの頭もなんだか楽しげに揺れていた。

空がすっかり暗くなったころ、光球が発情した蛍のように飛び回り始め、残像が尾を引くほどになってようやく、俺は異変に気付いた。

「ジェス……飲みすぎじゃないか」

「そうですか？」

「光の球が暴れ回ってるろ」

「暴れ回ってませんよ」

「気付いてないのか、だってこんらに——」

「私の魔法は正常です」

平気そうに言うジェスの姿は、拡大縮小を繰り返しながら波のように揺れている。

なるほど。これが酔うということなのだ。

揺れているのは、ジェスではなくて俺の頭と眼球だった。平衡感覚だけでなく、豚タンの回りも悪くなっているらしい。酔っていると思われるのが嫌で、背中のロースをピンと張り、口の中でタンを準備運動させる。

「メステリアの豚は、酒に弱かったみたいら」

準備運動の甲斐なく、だらしない発音になってしまった。盤石なはずの地面も、ベーリング海のカニ漁船みたいに揺れている——いや、俺の身体が勝手に揺れているのだ。

ジェスは俺を見てクスクス笑う。

「可愛いですね」

「ジェスに言われたくない」

「それは私が可愛いということですか」

「他にどんな意味がある」

普段は可愛いなんて言うと一生懸命否定してくるくせに、ジェスも酔っているのか、嬉しそうに俺を撫でてくる。

ふわふわと揺れる柔らかい世界。

世の中には何一つ心配すべきことなんてないような気がしてきた。

「……おかしいな」

そう言いながら見つめると、ジェスは小首を傾げる。

「何がですか？」

「ジェスの胸が大きく見える」

「こら」

撫でていた手で、ジェスはぐりぐりとミミガーを押してきた。

失礼なことを言ってしまったが、ジェスはハムスターのようにほっぺたを膨らませ、怒っているような演技をするばかりだ。

「そんなことを言うんでしたら、もう寝ているときに押し付けてあげませんよ」

「あれはわざとだったのか」

「そうです」

寝相が悪いからだと思っていた。

あんなことをされてしまうと、童貞には刺激が強すぎる。自慢の脳細胞が茹だってしまう恐れがあったため、俺はいつもジェスより先に、早めに眠りに就くようにしていた。

豚はよく眠るというが、そのせいか、寝付きはとてもいいのだ。

「胸をわざと押し付けたりするのは、はしたないからやめた方がいい」

撫でる手を止めて、ジェスは俺をじっと見てくる。

「好きな人にそういうことをして、いったい何が悪いんですか」

返す言葉がなかった。

「すまん、ちょっと聞こえなかった」

「大好きです」

言葉どころか、一瞬、思考も感覚も、すべて失くしてしまったような気分になった。

「……酔った勢いで言われてもな」

「むう。私は豚さんと違って、酔ってませんよ」

ふんとそっぽを向いて、ジェスはワインの瓶を手に取る。グラスに注ごうとするが、数滴だけが赤い涙のように垂れるばかりだった。

ジェスはゆっくりと息を吐く。冷たくなってきた風が、その金色の髪を撫でるようにそよがせる。酔いを醒まそうとしているのか、ジェスは風上の方を向いて目を閉じた。

「これで、やりたかったことがまた一つ叶いました」

目を開くと、ジェスは俺を見てくる。

「一度でいいから、一緒にお酒、飲んでみたかったんです」

そこに嬉しそうな響きはなかった。

ジェスもきっと、俺と同じ気持ちなのだろう。

楽しいことを一つ一つ数え上げているはずなのに、どうしてだろう、なぜかカウントダウンのように感じてしまう。数えれば数えるほど、それが減っていってしまうような感覚。

ずっと待ち望んでいた旅行が、次へ次へと進んでいくうちに、あっという間に終わりに近づいてしまったときのような――そんな気分だった。

帰り道は地獄だった。

脳の血管が絞られているかのような頭痛と、波のごとく繰り返す吐き気。そして動悸。

ジェスと一緒に食事をしていたときとは全く異なる感覚。浮揚感というよりはむしろ不快感が、俺の全身を重くしていた。依然として残る酩酊作用が、俺の脚をもつれさせ、視界を歪ませる。距離感が分からず、ジェスの脚に何度もぶつかってしまった。

いつもは半分くらいわざと脚に近づいているのだが、今回は誓って故意ではない。

――いけない。

うっかり地の文でとんでもないことを暴露してしまった。しかし、ジェスも気持ちよく酔って注意が散漫になっているようで、俺の思考には気付かなかったようだ。というか、俺を置いてどんどん先へ行ってしまう。追いつこうにも、脚が上手く動かせない。

「ジェス、歩くのが速くないか」

「豚さんが遅いんですよ」

「豚なのに牛歩というわけか」

「なにおかしなこと言ってるんですか」

ぐだぐだとそんな会話をしながら、俺たちは金の聖堂の前にある広場を通る。歴代の王の遺骸が祀られている神聖な聖堂。黒と金を基調とした、石造りの重厚な建築だ。

この中で、俺はメステリアから日本へと帰還した。ジェスとともに王都へ辿り着いた豚の身体が、当時の王イーヴィスの魔法によって殺されたのだ。

何の呪いか、この聖堂ではあれ以来、何度も戦いが繰り広げられてきた。

ジェスの父ホーティスが命を落とす結末となった、熾烈な兄弟喧嘩があった。

ホーティスの兄である王マーキスは、不死の魔法使いに身体を乗っ取られた挙げ句、その身体を、ここで息子のシュラヴィスに焼き尽くされた。

そしてつい先日、イツネやヨシュの父シトは、聖堂の中で腹を切って死んだ。

平和を望んで新たな秩序を作り上げた王朝の祖ヴァティス——彼女の眼前で、まるで彼女に歴史を見せつけるかのように、王朝の主要な人物が散っていったわけだ。

どうやったって争いはなくならないのだと、彼女に当てつけをするかのように。

ぼんやりとそんなことを考えていたときだった。

俺の目の前、地面の上を、何か黒く平たいものがぬるっと横切るのが見えた。

見間違いかと思ったが、そうではない。ただ、人生で一度も見たことがないような何かだったために、認識が上手くいかなかった。黒い何か、以上にいい表現が浮かばない。

それはマンホールほどの大きさで、不定形だった。這うように動いて俺から離れていく。上から照らされた人間の影のようにも見えたが、薄い月明かりの下、影にしては濃すぎる黒だった。そもそも影を落とすような人間は見当たらない。目で追ったが、金の聖堂の正面入口に近づいた辺りで、その謎の存在は闇に紛れて見えなくなってしまった。

結局それが何なのかは分からなかった。

「なあジェス、今の見たか？」

「……何をです？」

相変わらず、地の文アンテナはオフになっているらしい。

「何かは分からないが……一瞬、黒いものが見えたんだ」

するとジェスは、なぜか不満げな顔になって、腰に手を当てる。

「黒い下着は穿いちゃいけませんでしたか」

「…………もう全然会話が嚙み合ってないよな」

なんだか気になる発言ではあったが、仕切り直してきちんと説明する。

「さっき、黒い影みたいなのが見えたんだ。動いていた。金の聖堂に向かって移動して、それから見えなくなった」

「お酒を飲んだせいで、見間違えたんじゃありませんか？」

一理ある。

「でも、気になるんだ。明らかにおかしなものだった。追いかけてみたい」

「分かりました。行ってみましょう」

ジェスと俺は、覚束ない足取りで周りを探しながら、聖堂の正面まで来た。広場には結局、黒い何かは見当たらなかった。怪しいとしたら聖堂の中だろうか。酔っ払いが神聖な場所に立ち入っていいのかという問題があったが、ジェスは迷わず扉を開けてくれた。

――何もない。

聖堂の中には、セレスとシトの一件のときに造られた分厚いガラスの壁が、依然立ちはだかっていた。玉座や棺や祭壇は、すべて壁の向こうで闇に沈んでいる。俺たちはそちらへ立ち入ることを許されない。壁の手前側には幾何学模様の床があるばかりで、俺がさっき見たような黒いものは、どこにも見当たらなかった。

「いかがですか？」

「ううん……やっぱり、見間違いだったかもしれない」

ぬるぬる動く巨大な平たい黒猫か何かだったのだろうか。酒のせいで視界が怪しいし、きっと気のせいなのだろう。気を取り直して、聖堂を後にした。

王宮に帰っている途中、どうしても気になっていたことを尋ねる。

「……ちなみにジェス、本当に穿いてるのか？」

「何をですか？」

「そりゃ……あれだよ、黒い下着」

「ええ。穿いています」

「本当に？」

とても信じられない。ジェスといえば純白ではないか。黒い下着なんて想像もできない。

「本当ですよ。疑うのであれば、確認してみたらいかがですか」

「確認？　でもどうやって」

すっとぼけて訊くと、ジェスは少し顔を背ける。

「ぶ、豚さんがいつもしているようにです」

「俺がいつも何をしてるっていうんだ」

ジェスは足を止めた。

「わ……私の下着を見ていらっしゃるじゃないですか！」

薄暗い夜道でも、赤面しているのが分かった。

「なんだ、ジェスは俺に下着を見てほしいのか？　ここでスカートの中を覗いて？」

「別に、見ていただきたいわけでは……」

恥じらっているのか、ジェスの反論は尻すぼみだった。

「じゃあ見たりはしない。俺はスカートをわざわざ覗くような変態じゃないからな。黙っているのもきっと嘘なんだろう。そう思うことにする」

「嘘じゃありませんっ！　穿いていますよ！」

「じゃあ証明してくれ」

ジェスと向かい合う。酔っ払い同士が会話するとこうなるのか、と頭の隅で思った。

しばらく躊躇してから――ジェスはスカートの裾にゆっくりと手を伸ばした。

俺が思わず唾を飲むと、ノドブエがごくりと大きな音を立てる。身体は正直だ。

「あ、あんまり期待しないでくださいね……？」

「ジェスが下着を見せてくれるっていうんだ、期待しないわけにはいかないだろ」

俺たちは本当に何をしているのだろうと思う。

ジェスの手がスカートの裾をちょこんとつまんだ。何だろう、これは。風が布を舞わせる場合と見えるものはほとんど変わらないはずなのに、その数百倍は官能的だった。

細い指がためらいがちに動いて、裾をわずかに持ち上げる。

「……はい」

これはいけない、と思いながらも、俺は闇夜に目を凝らして黒いそれを確認する。

「……ほんとだ」

「ご、ご感想は？」

「まあ、なんだ、似合ってるんじゃないか」

ジェスは赤面したまま手を離し、どこか物足りない顔で俺を見下ろしてくる。

「それだけですか？　せっかく見せて差し上げたのに……」

「うーん、それだけですかと言われてもな」

ただでさえ、服の感想なんていうのは言葉を選ぶのが難しいものだ。ノットみたいなイケメンですら上手く言えない。……いや、あいつは例が悪いか。

そもそも、求められているのは単なる服の感想ではない。下着の感想だ。

俺のような童貞には、あまりにもハードルが高すぎる。

「では、どういうところが似合っていると思いますか？」

追い打ちをかけてくる。ジェスは恥ずかしいことをさせられた復讐心からか、どこかムキになっているような口調だった。

「さらなる言語化を要求するのか……」

下着の感想だぞ？　しかも黒。黒のおぱんつだ。

普段なら誤魔化して終わるところだったが、酒のせいということにして、俺は考える。

「なんかやっぱり、黒だと大人っぽく見えるよな」

「ありがとうございます。他には？」

「……えっちだ」

「っ……！　どうしてですか？」

「どうしてって……そりゃ、黒だから？」

「なぜ黒だとえっちなんですか」

「難しい質問だな」

考える。こういうとき、あの変態黒豚がいればと思ってしまう。しかし、ここは勇気を出して下着を見せてくれたジェスに報いるため、俺の言葉で語るべきだろう。

「まず前提としてな、白と黒は色の中でも特殊な存在なんだ。白はすべての可視光を反射する色で、黒はすべての可視光を吸収する色だ。混じりけのない雪やきれいな綿は白色だろ。雪や綿は光をあまり吸収することなく、乱反射によって可視光を幅広く跳ね返す。不純物があるとそれが光を吸収してしまって白にはなれない。だから白は純粋な色とされるんだ。すると、対極にある黒というのは不純の色ということになる。どんな可視光も吸収してしまう黒は、世の中の酸いも甘いも知り尽くす色というわけだ。だからえっちなんだと俺は思うぞ」

「……そうですか。ありがとうございます」

納得いかない様子で歩き始めるジェスに、ついていく。

機嫌を損ねてしまったらしい。ようやく、俺は言うべきことを間違えていたのに気付く。

「ともかく、可愛くて似合ってるぞ」

ジェスは相変わらず唇を尖らせていたが、それが不満によるものから照れによるものへと変わっていることに、俺は気付いていた。

「……そんなに褒めたところで、何も出ませんよ」

ジェスは存在そのものが可愛いから、何を穿いても可愛いな」

感想を求めたのはジェスだったはずだが……。

しかし、まんざらでもなさそうなジェスは、見ていて悪くなかった。

「いいや、何も出ないということはない。ジェスの照れ笑いが出てるじゃないか」

「私の照れ笑いに、価値なんてありません」

「いや、ありまくりだ」

「ありまくりなんですか」

「もちろん」

依然として中枢神経系を麻痺させているエタノールが、俺の口を軽くする。

「ジェスの笑顔が、俺にとっては世界で一番の宝物だ」

するとジェスは歩みを速めてしまい、こちらに背中が向く形となった。

「……酔った勢いで言われても、あまり嬉しくありません」

ジェスは先を歩きながら、前を向いたまままそう言った。

「飲ませたのはジェスじゃないか」

酔っ払い二人は、いつの間にか寝室に辿り着いていた。


翌朝にもひどい頭痛が残っていた。

初めての二日酔いである。それにやたらと息が苦しい——と思えば、窒息するほど強く、ジェスが俺を抱きしめているのだった。

「そんなに巻きつかれると苦しいんだが……叉焼でも作るつもりか」

返事はなかった。寝ているらしい。ジェスの腕の中、可動部を駆使して身体を捩る。

気持ちよさそうに目を閉じて、ジェスは眠っている。寝間着はとんでもなく乱れていた。

耳が痛い。これは慣用的な表現ではなくて、物理的に痛いのだ。以前にも何度か経験があるが、ジェスが寝ぼけてミミガーを食べようとしたせいだろう。

「朝だぞ」

「まだまだ、夜はこれからですよ……」

カーテンの隙間からは白っぽい光が差し込んでいる。外はどうやら曇りらしいが、もう日が昇ってかなり経っているようだった。

ジェスを見れば、相変わらず目を閉じたまま俺に抱きついている。

食欲旺盛で、酒好きで、寝相は悪い。誰に似たのか、意外にえっちなところもある。強力な魔法使いはそれだけ生命活動が活発、みたいなことを言っていたが、あれはもしかすると、そういう意味も含んでいるのかもしれない。

この少女の本当の姿は、最初に思っていたものとはずいぶん違った。

でもそれが愛おしかった。

至近距離でジェスを眺めていると、目の下の隈がひどいことに気付く。毎晩酒を飲んでいれば、睡眠の質も悪くなるだろう。それにおそらく、寝不足以上の意味もあるはずだ。

俺たちは目的を見失っているのだ。道に迷い、ただその場で沈んでいく日々。

現実に問題は山積している。しかし、どの問題に立ち向かっても、結局何もできない無力感に襲われる羽目になる。超越臨界の問題を解決する糸口は見つからないし、王都に収容されたイェスマたちがどこにいるかの手掛かりも見つからないし、シュラヴィスにも会えない。そういうことを繰り返しているうちに、現実に立ち向かう気力が恐ろしい勢いで削がれていく。

このまま現実逃避の生活を続けるのも悪くはない。

だが、よくはない。

何もできないからといって、何もしないままでは、人は停滞してしまう。進むのをやめて、立ち止まってしまえば、どこへも行けなくなってしまう。

どこへも行かなければ、悪い現状は何も変えられない。

何か、ジェスの原動力となるものが必要だ。何か彼女を突き動かすもの——

ジェスは目を覚ましてからも、しばらくウジウジと寝転がっていた。現実と向き合う用意ができるくらいの時間が経つと、重い腰を上げ、いつも通りのんびり着替える。その間、俺は着替えを見てしまわないようにベッドの陰で丸くなっていた。

着替えが終わったころに、提案してみる。

「なあジェス、調べてみたいことがあるんだ」

「……何ですか？」

「ヌリスを探す件は、そう簡単に解決できる問題でもないだろう。そこでだ、今日の午前中くらいは、俺が昨晩見た黒い影のことを、もうちょっとしっかり調べてみないか」

色々と考えての提案だった。

いつだってジェスは、謎があれば食いついてきた。気になります、とか、実に面白い、とか言って、俺と一緒に謎を解こうとした。

謎はジェスの原動力だった。

「黒い影は何だったのか。俺の見間違いだったとしたら、何が原因なのか。もう一度現場に行って、一緒に解き明かしてみないか。気になって、夜も眠れなかったんだ」

「……ぐっすり寝ていましたが」

「気になって、夜しか眠れないんだ」

「そうですか……」

ジェス本人が黒い影を見たわけではない。だから、そこまで乗り気にはならないのだろう。

しかし少し考えてから、ジェスは笑顔で頷いてくる。

「分かりました。豚さんはいつだって、私の身勝手な好奇心に付き合ってくださいます。今日は私が、豚さんの気になることにお付き合いしますね」

「そうこなくっちゃな」

というわけで、俺たちは金の聖堂に向かって移動した。

移動中、俺はジェスの近くを歩いていて、何かとてつもない違和感があるのに気付いた。

その違和感の正体を知ってから、冷や汗が止まらなくなる。

気になりすぎて、黒い影の疑問など、瞬く間に塗りつぶされてしまった。

「……なあ、もしかするとなんだけどな」

「もしかすると、なんですか」

ジェスは普段と何も変わらない様子で俺を見てきた。いやいやいや。

「……もしかすると、何か着るのを忘れてたりしないか」

「何かって、なんですか」

悪戯っぽく笑うジェス。俺は戦慄した。

「気付いてるんだろ。というか、気付いてないとおかしい」

「何のことか、言葉で言ってくださらないと分かりません」

「……『お』で始まって、『つ』で終わるものだ」

ここまで言えば分かるだろうと思ったが、ジェスは意地悪な笑みを崩さない。

「ちゃんと口に出して言ってください」

どういうプレイなんだこれは。昨晩の件の意趣返しだろうか。

「俺は上品だから、そういう言葉は口に出さないんだ」

ジェスはしばらく考えてから、人差し指を一本立てる。

「言ってくださったらナデナデして差し上げますよ」

「おぱんつ！！！」

すかさず叫んだ。

「よく言えましたね」

偉い偉い、とジェスは俺を撫でてくる。よきかなよきかな。

……いや、そういうことじゃないだろう。

「なんで穿いてないんだよ。穿き忘れるか普通？」

「わざとです」

唖然とした。言葉が見つからず、表情だけで訊き返す。

「だから、わざと穿いてないんですよ」

「いやいやいやいやいやいや」

ジェスは最近、やることがしばしばぶっ飛んでいる。施錠された扉を迷わず爆破したり、保管庫にある酒という酒を飲み干そうとしたり。その中でも、今回のは格が違った。

「なんでわざと穿いてないんだよ……」

「豚さんが、勝手に下着を見たりしないようにです」

「なるほど！　確かに穿かなければ下着は見えないな！　盲点だった」

えへん、とジェスは誇らしげに胸を張った。

「待て。冗談だからな。どう考えてたって、下着を穿かないのは本末転倒だろ」

「私は身体のどんなところだって、豚さんに見られるのは嫌じゃありません」

「……その割に、下着を見られるのは恥ずかしいんじゃないか」

「自分で選んだ下着の色をえっちだと言われたら、それは恥ずかしくもなります」

二日酔いの頭で、昨晩のことを思い出す。

互いに酔っていたせいだろうが、なぜかジェスに下着の感想を訊かれ、俺の方もなぜか「えっちだな」なんていう最悪の感想を言ってしまったのだった。

「あれは悪かった。俺も酔っていて、気が利かなかったんだ。謝るから、何色でもいい、今はとにかく下着を穿くべきだ」

何が気に入らないのか、ジェスは反論してくる。

「そんなに短いスカートではないので、穿いていなくたって豚さんにしか見えませんよ」

「俺に見えてしまうのが問題なんだが……」

まあ、見なければいいという説もある。意地を張っているのかがっちり腕組みさえしてしまったジェスに、俺はさらに付け加えることにする。

「あのな、例えばアニメなんかでは、女の子がノーパンだったのに何も起こらなかったためしがないんだ」

「あにめ……？」

「何も起きなければ、脚本上、あのノーパンは何だったんだ、ってことになっちゃうだろ」

「きゃくほん……」

「だから逆に考えれば、ジェスがノーパンでいると、何かいけないことが確実に発生してしまう。したがって、ジェスはノーパンでいるべきではないんだ」

後で回収されないならば、本来そこにあるべきでないものは、そこにあってはならない。同様に、後で回収されないならば、本来そこにあるべきものは、そこになければならない。立っているフラグはいつか回収されるということ——裏を返せば、回収されたくなければフラグを立ててはいけないということだ。

「とにかく、下着を穿かないのはフラグでしかないんだ。今すぐ、絶対に穿くべきだぞ」

アニメの喩えが分からなかったのか、俺の強い口調が気に入らなかったのか、ジェスは頑なに譲らない。

「ふ、ふらぐなんて知りません。決めました。私、絶対に穿きません！」

そうやってバチバチにフラグを立てながら、俺たちは金の聖堂に到着したのだった。

じっくり観察して回ったが、成果が得られそうな気配はなかった。

聖堂を二分するガラスの壁のせいで、それより奥には行けないから、玉座や歴代の王の石棺に近寄ることはできない。日の光が差し込んでいるだけ昨晩よりはマシだったが、それでも、調べられる限りの場所にはおかしなものなど何も見当たらなかった。

ガラスの壁に飛び散っていたはずのシトの血は、すっかりきれいに拭き取られている。幾何学模様の床にも大量の血が広がっていたはずだが、それも完璧に掃除され、痕跡すら見て取れない。聖なる場所には目立った汚れがなく、緊張感を覚えるほどだ。

「何か、見当たりましたか？」

「……いや、特には。ジェスはどうだ？」

「私の方でも、影らしきものは何も……でも一つだけ、気付いたことがあります」

ジェスはそう言って、俺を壁際に呼んだ。黒い石壁。その壁沿いを聖堂正面に向かって歩いていくと、シュラヴィスが築いたガラスの壁に突き当たる。

ガラスの壁の端は石壁へと垂直にぶつかっており、その二つの間には、髪の毛一本通る隙間すらないように見える。

「ここです。一番下を見てください」

ジェスは俺の横にしゃがんで、石壁とガラスの壁の交わる隅を指差した。

指先は床に向いている。よく見ると、床の高さで、ガラスの壁に小さな穴が開いていた。ちょうど蟻が通り抜けられるくらいのサイズだ。小さなトンネルのように、分厚いガラスをきれいに貫通している。

「穴だ……こんなに小さいのに、よく気付いたな」

「細かいことが気になってしまう、私の悪い癖です」

えへん、と胸を張るジェスは、どこかいつもより元気に見えた。

「これ、いったい何の穴だと思いますか？」

「このサイズだから、空気穴とかか……？　でも、何のために空気穴が……」

しばらく考えてみたが、よく分からない。さらに観察して、あることに気付く。

「心なしか、周りのガラスが黒ずんでいるようにも見えるよな」

ほとんど汚れのない聖堂の中で、穴の周辺だけ、煤がついたように黒くなっている。

鼻を近づけて嗅いでみたが、特ににおいがするわけではない。

「隅っこですから、汚れが溜まっただけかもしれませんね」

「角は掃除しにくいもんな」

二人でアイデアを出し合ってみるも、その穴が何のためのものかは釈然としなかった。

「そういえば、ジェスはこのガラスの壁を壊せないんだっけか」

「ええ、シュラヴィスさんの耐性魔法が強力で……試してみましょうか」

室内で大爆発を起こそうとするジェスを、俺は慌てて制止する。

「いや、その必要はない。ただ思ったんだ。ここに穴が開いているんだとしたら、誰がやったんだろうな、って。考えられるとしたら、この壁を作ったシュラヴィスか、シュラヴィスの耐性魔法を凌駕した力で穴を開けられる人、ということになるだろ？」

「でも、シュラヴィスさんの耐性魔法を超えられるのは……」

同じ王家の血を引くジェスくらいしか考えられない。しかも最近では、シュラヴィスの方が訓練を重ね、脱魔法も経てきたのか、ジェスの魔法ですら、シュラヴィスの創り出したものを壊すことは難しくなってきている。シュラヴィスを超える魔力をもっていた人たちは――王家の先人たちは、みな死んでしまった。

「ジェスがやったんじゃないなら、この謎の穴は、シュラヴィスが自分で開けたっていうことになるんだろうか」

「そうなりますね……」

謎だった。自分が使用する空間には邪魔者を誰一人侵入させまいと、シュラヴィスはあらゆる方策を講じてきたはずだ。そのせいで、俺たちはあいつに近づくことさえできない。捕らえたイエスマをあいつがどこに集めているかも全く分からない。

王都を知り尽くした慎重な男による、蟻一匹通れないはずの鉄壁。

それなのに、なぜこんなところに、蟻が一匹通れるような小さな穴が開いているのか。

もちろん俺もジェスも、液体に姿を変えたりするわけではないので、こんな穴があったところで何かができるようになるわけではない。実質、無意味な穴だった。

「まあ、穴のことはひとまず置いておくか。他にもっと何かないか探してみよう」

「そうですね」

捜索を再開する。しかし案の定、それきり進展は見られなくなってしまった。穴の発見により少しだけ遠ざかっていた無力感が、またじんわりと近づいてくるのを感じる。

ジェスは今夜もまた、酒を飲んでしまうのだろうか。

何もできない、つらい現状を酔いで上書きしてしまうのだろうか。

もっと何か、画期的なことが起こって、俺たちに目的を与えてくれないか――

そんな願いが脳裏をよぎったときだった。どこからか、とてつもない轟音が聞こえた。

「ひゃっ!」

ジェスが可愛らしい声を上げ、身を竦めて周囲を見回す。何も変化はない。しかし、聖堂全体がガタガタと細かく揺れているような気がした。その証拠に、吊り下げられたシャンデリアの反射する光がちらちらと揺れ動いている。

「地震か？」

俺がそう言った次の瞬間——至近距離の爆音とともに、視界が土埃で塗り潰された。

死んだかと思った。いや、ジェスが咄嗟の魔法で守ってくれなかったら、俺はきっと死んでいただろう。目を開いたときには、俺は瓦礫の下敷きになっていた。

どうやら、金の聖堂が破壊されたようだった。

痛みはないが、窮屈な穴に押し込まれたような圧迫感があった。瓦礫の他に何も見えない。

「ジェス……大丈夫か？」

俺の呼びかけに、すぐ近くから応じる声。

「ええ。豚さんは？」

「怪我はない……多分」

ごりごり、と目の前の巨大な瓦礫が動いて、土埃に汚れたジェスの手が見えた。

「すごい怪力だな」

「魔法使いですので」

わずかな隙間を通りこちらへ這ってくるジェスの姿が見えて、一安心する。全身灰を被ったような有様だが、元気そうだ。

……などと思っている間にも、そう遠くないところからすさまじい音が聞こえてくる。

断続的な轟音、爆発音。これは地震などではないと直感した。

「何が起こっているか分からないが、早く脱出しよう」

「ええ」

ジェスは俺の目の前まで来ると、頭を撫でてくれた。途端に、身体が楽になった。魔法で俺を癒してくれたのだ。

「瓦礫をどかしますので、動かないでくださいね」

ジェスは両手を胸の前でぎゅっと握りしめた。

石材のわずかに擦れる音がして、それから視界がぱっと明るくなる。俺たちを覆っていた瓦礫がジェスの魔法で次々に浮き上がって、移動していく。

金の聖堂の正面部分は完全に崩壊していた。皮肉なことに、シュラヴィスの築いたガラスの壁が砲弾を防いだようで、そこから向こう側には被害が見られない。向こう側だけ、建物自体にも侵入避けの防御魔法が施されていたのかもしれない。

壁の向こうに俺たちを入れまいとするシュラヴィスの執着が、聖域を守ったのだ。

「早く移動しよう」

身体を起こしてジェスを見る。ジェスも立ち上がる――かと思えば、様子がおかしかった。

「どうした、怪我したのか」

「えっと……瓦礫は防いだのですが、体勢を崩したせいで、足を挫いてしまって……」

見れば、左足で立っているものの、右足は頼りなく地面に置かれているだけだった。

ジェスの魔法の不便なところで、他人を癒すことはできても、自分自身を癒すことはできないのだ。ここは我慢してもらうしかない。

「歩けるか」

「ええ、頑張れば」

と言いながら瓦礫の段差を乗り越えようとして、ジェスは大きくよろけてしまった。

「歩けてないじゃないか」

どこか近くでまた爆発が起き、耳をつんざくような音とともに大きな土煙が上がった。

信じられないことだったが、どうやら王都が砲撃でも受けているようだ。

「仕方がない、俺に乗るんだ。早く安全なところに退避しないと」

「…………」

「どうした。早く背中に乗れ」

迷っているジェスを急かした。なぜためらうのだろう。

ジェスは場違いにも、なぜか顔を真っ赤にしていた。そこでようやく、理由を悟る。
ジ、エ、スは、下、着、を、穿、い、て、い、な、い、の、だ。
立てたフラグは、やがて回収される運命にある。

「ほーら、だから言わんこっちゃない。もう金輪際、ノーパンなんかになるんじゃないぞ。早く下着を穿くんだ。魔法で創ればいい」

口にしてから、後悔する。今のは明らかに言い方が悪かった。

ジェスは顔を赤くしたまま、唇をきゅっと結んだ。いけない。これはムキになっている。

「いえ、いいです。このまま豚さんに乗らせていただきます」

「おいおい正気か？」

「私はこれまでにないほど正気です！」

ぷんすこしながら、ジェスは俺に跨ってきた。幸運なことに、俺の背中の感触は、特に以前と変わることはなかった。いや、むしろ変わってしまったら困るのだが……。

「……行くぞ」

それだけ言って瓦礫を乗り越える。足元は最悪だったが、四足歩行が役に立った。

崩壊した聖堂を離れると、ジェスの案内に従って王都を駆け抜ける。目指すは王都の山の中に掘られた地下通路だ。移動中、街がところどころ大きく崩れているのが見えた。

「豚さん……」

呼ばれて、おそるおそるジェスを振り返る。動揺した声色に、イケナイ事態が生じているのかと一瞬だけ思ってしまったが、そうではないようだ。ジェスは空を指差していた。

曇り空を背景に、異様な光景が見えた。

空中に、まるでピン止めされたかのように、黒い鉄球がいくつも静止している。

そして数秒後――そのすべてが、甲高い音を立てて空気を切り裂きながら、斜め下方、針の森の方へと飛んでいった。少し遅れて、次々と爆発音が響いてくる。

見晴らしのよい場所から確認する。針の森の至るところで、木々の隙間から爆炎と黒煙が上がっていた。王都を攻撃したのが何なのかは、森に隠れて分からない。

「シュラヴィスさんでしょうか」

「これはどういうことだ？　いったい何が……」

「針の森から、王都へと砲撃があったんです。きっとシュラヴィスさんがどこからか応じて、魔法で砲弾を跳ね返したんだと思います」

いつだかホーティスが、船に向かってくる砲弾をすべて見事に砲台へと送り返していたのを思い出した。あのときは攻撃を予期していたからこちらの被害はなかったが、今回は不意打ちだったために、砲撃の第一波で王都が被弾してしまったのだろう。

今はシュラヴィスが対処しているためか、王都に新たな着弾は見られない。針の森の側も、反撃を受けたためか、攻撃を一時中断しているようだ。

炎と煙に汚された深緑の森を見て、考える。

「東側に行けば、攻撃はないかもしれないな」

「……なぜですか？」

「この間、ノットが針の森を焼いただろ。あのときこっち側——西側は焼けなかった。だが、東側は森が焼き尽くされている。身を隠す場所がなくて、攻撃に不向きだ」

「ええ……そうですね……」

何か不安そうな様子のジェスを背中に乗せたまま、俺は王都の街を走り抜けた。地下通路を経由して、王都の東側を目指す。

「攻撃してきたのは誰だ？　解放軍の連中じゃないだろうな……でも、他に王朝に歯向かう勢力なんて今は……」

ランタンが照らす曲がりくねった洞窟を歩きながら、口に出して考えた。

ジェスは俺の背中に置いた手をぎゅっと握る。

「王朝軍が反旗を翻したのでもなければ、あれほどの準備ができるのは、今は解放軍の方々だけでしょう」

「でもな……ノットたちが予告もなしに実力行使するか……？」

言ってから、あり得ない話ではない、と思ってしまった。

昨日の朝、ヌリスが拉致されたと伝える怒りの手紙が送られてきたばかりではないか。王朝の裏切りを許せない気持ちはよく分かる。ケントからは、化け物の出現で不満が爆発寸前だと言う話も聞いていた。しかしいきなり砲撃とは……勝算があっての計画なのだろうか？　それとも、王朝に対する反感を露わにするための報復行為だろうか？

でもやはり、ノットたちがこの攻撃を指揮したとは思いたくなかった。王都には俺たちもいるのだ。実際、今回の砲撃で直撃を受けた。ノットがそんなことを許すだろうか？

ジェスはしばらく、考え込んだように何も話さなかった。

「どうした？」

「おかしいです」

ランタンの光のせいか、ジェスの表情はいつも以上に暗く見える。

ぼそりと投げられた言葉。俺は慎重に訊く。

「解放軍のことか」

「もちろんそのこともありますが……王都が砲撃を受けるなんて、おかしいんです」

「そう……だっけか」

ジェスが背中で深く頷く。

「はい。王都はヴァティス様の魔法によって、強固に守られています。そもそも外からは、王都の本当の姿すら見えないようになっているはずです。下から砲撃したところで、砲弾が王都に届くことなんて絶対にありません」

なるほど。確かにそんな話もあった気がする。

「じゃあ解放軍が、防御を打ち破るほどの砲弾を開発したってことか……？」

「もしそうなら、一部だけ魔法で防げるのはおかしいです」

確かに。さっき砲弾は、空中で食い止められ、反対方向へ撃ち返されていた。砲撃の側が防御を打ち破る方法を開発したのならば、そうはならず、すべて着弾してしまうはずだ。

「どういうことなんだ。急に王都を守る魔法がなくなったのか？」

「まさかそんな……そんなこと、考えられません」

疑問が戸惑いと混ざり合い、ジェスと俺の思考をどんどん悪い方に引きずっていく。

「落ち着こう。まずはとにかく、一刻も早く現状を把握するんだ」

地下通路を出ると、ちょうど近くに王宮図書館が見えた。俺たちはそこへ入ることにした。以前は毎日のように通っていたこの場所には、貴重な書物が多数所蔵されている。そのため、守りも固いはずだった。調べ物にも困らないし、何より、ジェスの座る椅子がある。

重い扉を開けて中へ入る。ジェスは俺の背中から下りた。一安心。

奥から誰かの走ってくる音がした。

この静謐（せいひつ）な図書館の中で走るなんて何者だ、と薄暗い奥の方に目を凝らす。足音の正体はなんと、上司書のビビスだった。長い銀髪をなびかせ、こちらに向かってくる。

「ああ、無事だったのね」

息の上がった老婆は、ジェスを見るとほっとした様子で立ち止まった。それから、土埃（つちぼこり）で全身灰色になっている俺たちを眺める。

「まあ……」

ビビスはローブの腰の部分から、本棚の掃除に使っているのだろう羽箒を取り出した。皺だらけの手で羽箒をゆっくりと振り、ジェスや俺の身体を払うと、汚れが魔法のように消えてなくなった。というか、魔法なのだろう。

「怪我はない？　……いえ、脚を怪我しているのね」

ジェスの立ち方は、左足に重心が来る、少し傾いたものになっていた。それを素早く見抜いたようだ。ビビスはしゃがんでジェスの右足首をそっと触った。

ジェスが耳を真っ赤にしてスカートの裾を押さえたのを、俺は見逃さなかった。

「私の治癒魔法なんて、たかが知れているけれど。少しはよくなったかしら」

「ええ。ありがとうございます」

ジェスは股間を両手で押さえたままお辞儀をした。

俺たちはビビスに連れられて、図書館の一番奥、王族専用の区画に移動した。法や書物を管理する上司書の長であるビビスも、特権的に立ち入ることができる。

俺たちが最近ここに来ていないから、閲覧用の机の上はきれいに片付いている。ただ一冊だけ、装丁も頁も真っ黒な本が置かれていた。見覚えのある本だった。

机を挟んで座り、ビビスと向かい合う。

「ちょうど、昨晩遅くに起こった変化について、調べようとしていたところなの」

ビビスの指が、真っ黒な本を指差した。

「これは……王朝の史書」

ジェスが呟いた。

ヴァティスが記したという、偽りのない歴史が記された本だ。契約の楔や破滅の槍といったメステリアの至宝を探すときに、何かと世話になった記憶がある。

「正確にはその複製よ。ホーティスの坊っちゃんが、亡くなる前、私に返してくれたの」

そういえば、史書には複製があった。ホーティスはそれを、犬の姿から戻るのに必要だとか嘘をついて、俺たちに王都から持ち出させたのだった。

確かに、いつか必ず返却すると言っていたが……俺たちの知らないところで、きちんと約束を守っていたようだ。

「そうでした。原本の方は、私がシュラヴィスさんにお返ししてしまいましたから……」

少し沈んだ声になってから、ジェスは顔を上げる。

「それで……先ほどおっしゃっていた、昨晩起こった変化というのは？」

長い指で史書を撫でながら、ビビスが言う。

「この王都を守るヴァティス様の魔法が、深夜にふっと、消えてしまったようなの」

言葉を失った俺たちを一度見てから、ビビスは続ける。

「王都の様子は、外からも見えるようになってしまっているわ。魔法で汲み上げられていた泉の水も止まってしまったみたい。原因が分からなくて、急いで調査していたのだけれど……」

俺とジェスは顔を見合わせた。

砲弾が王都に届いたのは、やはり王都を守る魔法が消えてしまったからなのだ。王都が見えるようになって、解放軍の連中が早速攻撃を始めたということだろうか。

ジェスが身を乗り出して訊く。

「ビビスさん。何か、分かったことはありましたか？」

「いいえ、残念ながら。考えられるとすれば……守護の魔法を施したヴァティス様に、何かあった可能性があるのだけれど」

「それは……ご遺体に、ということですか？」

「ええ」

いつか深世界でホーティスから聞いた話を思い出す。

――ヴァティスの身体は霊魂の依り代として、そしてヴァティスの霊魂は魔法の主体として、それ以外のすべての役割を放棄してはいるが、彼女だったものはまだ、王都を守り続けているのだ。棺の中に隠れて、一〇〇年近く、ひっそりとね

王都は今も――王朝の祖ヴァティスの死後も、彼女の強力な魔法によって守られている。

しかし、魔法というのは風化するもの。いくら永続を願っていたとしても、施した本人が死

んでしまえば、徐々に効果が薄れていってしまうらしい。

だからヴァティスは自ら死を選び、死んだ肉体に自分の霊魂を封印した。自らゾンビかキョンシーのような存在に成り下がった。魔法の主体である霊魂さえ残っていれば、意識がなくとも魔法は風化しない――詳しくは知らないが、そういう理屈らしい。

「つまり、どなたかがヴァティス様のご遺体を棄損したかもしれないということですか？」

ジェスの質問にビビスは頷く。

「その通り。今のところ、私に考えられる可能性はそれくらい」

「では、今すぐヴァティス様のご遺体を調べに――」

と言いかけて、ジェスは口を噤んだ。ビビスもそれを見て残念そうに頷く。

砲撃を受けてなお、シュラヴィスの築いたガラスの壁が金の聖堂への立ち入りを制限している。ヴァティスの棺は壁の向こう――いまだ立ち入ることのできない聖域にある。崩れたのは壁の手前側だけだから、外から回り込むこともできない。

ヴァティスの棺を調べることはできないのだ。

「陛下が入れてくださらない限り、私たちには何もできないのよ」

暗い空間にどっしりと重い沈黙が下りた。

結局はシュラヴィスなのだ。あいつの作った壁が、俺たちの前進を阻んでくる。

「無力ね。私はもう、陛下のお側を外されてしまったし……それに王都民は、日に日に拘束が厳しくなっているの。行動が監視されていて、自由に動くこともできない」

　ビビスは深い皺に縁どられた目で俺たちを順に見つめる。

「だからね、ジェス。それにあなた、豚さん。もうあなたたちだけが頼りなの」

「……私たち、ですか」

　ジェスが訊き返した。

「そう。陛下に訴えかけられるとしたら、あなたたちしかいない」

「でも……私たちだって、シュラヴィスさんとお話ししようと、あらゆることを試しました。それでも、ダメだったんです」

「あなたは陛下の、最後の家族でしょう」

　真剣なビビスの言葉に、ジェスは慎重に言葉を探す。

「……しかし、婚約関係はすでに解消しています」

「婚約は関係ないわ」

　それから一呼吸あった。

「だってあなた、従妹じゃないの」

　ジェスは口を噤んだまま、顔を強張らせる。

「あら、驚かせてしまったかしら。心配しないで。私、口はとっても堅いのよ」

「えっと……私は……」

ジェスは言葉に迷っているようだった。

「ホーティスの坊っちゃんがね、これを返しに来るとき、私にこっそり教えてくれたの」

ビビスの手が漆黒の史書を撫でた。

「自分は近いうちに死ぬかもしれない。もし自分が死んで、その後も娘が真実を知らないようなら、ここぞというときに教えてやってほしいとね」

「そう、でしたか……」

ジェスが王家の血を引いていることは、メステリア王家最大の秘密だ。俺たち以外で知っているのは、ホーティスを除けば、シュラヴィスとヴィース――もしかするとノットは勘付いているのかもしれないが――それくらいのはずだった。

神の血筋に傍系は許されない。その禁忌を破ってしまったことを、ホーティスは自らビビスに話していたのか。

「もちろん、私は初めて会ったときから、うっすら疑っていたのだけれど」

その柔和な笑みを見て、ジェスはこらえきれない様子で口を開く。

「どうしてですか」

ビビスはその質問を待っていたように見えた。

「だってあなた、坊っちゃんの恋人にそっくりですもの。本好きな二人の密会の場所は、いつだってこの図書館だったのよ」

いや図書館でデートするなよ……遊園地で調べ物したるぞ。

そういえば、ホーティスが正体を現した前と後とで、心なしか、ビビスの態度が変わっていた気もする。調べ物をしているときに、向こうから積極的に手伝ってくれるようになった。

ジェスとホーティスの秘密を、知ってしまったからなのかもしれない。

「話が逸れてしまったわね」

戸惑っているジェスに微笑みかけてから、ビビスは史書を携えて立ち上がった。

「見ての通り子供もいない私に、語る資格があるのかは分からないけれどね……血縁というのは、鎖のように人を束縛するときもあれば、人を繫ぎ留める命綱になることだってあるものなの。どうかあなたの手で、陛下を救ってあげて」

ジェスはそれを聞き、拳を軽く握って立ち上がった。

「ビビスさん、私、何をすれば……」

「それは私にも分からないわ。あなたたちが探すのよ」

そう言われても困るのだ。俺たちだって頑張ってきた。

考え得ることをすべてしてきて、それでも行き詰まっている。

俺は訊く。

「何かヒントがあれば嬉しいんですが……何か、シュラヴィスの心を引くものがないか、ご存じではないですか」

ビビスはしばらく考えた。それから俺を見てくる。

「そうね……私がまだ陛下にお目にかかれていたときは、超越臨界のことばかり調べていらっしゃったわ。セレスという子の話をしたときにも言ったかしら。王の執務室には、ここにすらないような、ヴァティス様の記したものがたくさん残っているの。ルタから聞いた異世界の話。超越臨界と密接に関わる深世界の話。そういったものから、超越臨界を収めるための糸口を探っていらした」

その話を聞いて、ふと一つの道筋が頭の中に浮かんできた。

シュラヴィスならもしかすると……しかし今の状態では――

「他には？　何でもいいんです。ちょっとでも、シュラヴィスが興味をもちそうなものは？」

「そういえば、最後にお目にかかった日……シトのあの一件があった翌日、陛下は母君のことを調べていたようだったわ」

「ヴィースさんのことを、ですか？」

ビビスはジェスに頷く。

「ええ。『心の在処』について知らないかと尋ねられて……私は残念ながらお力になれなかったのだけれど、何についてお調べですか、と尋ねたら、亡くなった母君のことだと」

ハツがとくとくと高鳴り始める。新しい手掛かりだった。

ジェスが前のめりになって訊く。

「心の在処（ありか）？　ヴィースさんについて、シュラヴィスさんは何をお調べだったのですか？」

こちらの期待に反して、ビビスはゆるゆると首を振る。

「申し訳ないけれど、そこまでは……私が聞いたのは、陛下が母君の『心の在処（ありか）』というものを探そうとしていたことだけ」

ジェスはなお食い下がる。

「あの、心の声など、少しでも何か、手掛かりになるようなことは……」

「知っているでしょう。陛下はすっかり心を閉ざしてしまわれているわ。亡（な）くなった母君にご執心なのは、傍目（はため）にも明らかだったけれど」

「そうでしたか……ありがとうございます」

ジェスがお辞儀をすると、ビビスは俺たちの健闘を祈り、微笑（ほほえ）んで去っていった。

教えてもらった情報がシュラヴィスと会う役に立つかどうかはまだ分からない。ヴィースの何がシュラヴィスを引き付けるのか、「心の在処（ありか）」とは何なのか、見当もつかない。

しかし、何一つ手掛かりがないよりはずっとよかった。

「シュラヴィスなら、俺たちの状況をなんとかする手掛かりを知っているかもしれない」

王宮の部屋へ戻る道中、俺はジェスに言った。

「あいつは王だ。王に代々伝わる、本になっていないような情報にもアクセスできる。あのメッセージを残したルタのことだって、超越臨界のことだって、何か俺たちには手の届かない情報を知っている可能性が高い」

「ええ。ただ問題は……」

問題は、シュラヴィスが面会拒絶中だということ。そして、もし会う機会があったとして、俺の存在が超越臨界の収束を妨げていると知ったとき、今のあいつでは何をしでかすか分からないということだ。セレスの尻をあれほど熱心に追い回したのだから、きっと俺も見逃してはくれないだろう。

「まあ、大丈夫だろ。明るい方向に考えよう。奴の気を引くヒントも手に入れたわけだし、会って話ができれば、いくらでも交渉の余地があるんだからな」

「そうですね、一歩前進です」

ただし、事態は大きく動いている。王都が砲撃されたのだ。

俺たちはとりあえず、ノットに会いに行くことにした。本当に解放軍が王都を砲撃したのか、もし本当なら攻撃をやめてくれないか、まずは話をしに行かなければならない。

王朝側の人間で彼らと交渉できるのもまた、ジェスと俺しかいないのだ。

ジェスの部屋に戻って、早速荷物をまとめる。

旅支度の最後に、ジェスはようやく下着を穿いた。

黒だった。

「よし。もう金輪際、ノーパンになんてなるんじゃないぞ」

「嫌です。私が下着を穿くかどうかは、私自身の気持ちで決めます」

なんだかずいぶんと真っ当な主張に聞こえるが、当然そんなことはない。

「まあ、好きにすればいいんだけどな……」

しかし見事なフラグ回収だった。ジェスが下着を穿かないと決めた日に王都が砲撃されてしまったのだ。とても偶然とは思えない。ノーパンが悲劇を呼び寄せたと言ってもよいだろう。

「下着と砲撃は関係ありませんが……」

「まだ分からないぞ。滅多に起こらないことが連続して起こったときは、まずその関連性を疑ってみるべきだ。イレギュラー同士は、因果の糸で繋がっていることも多い」

ジェスは不満げに頬を膨らませる。

「私の下着の有無が、どんな結果に繋がるというんですか」

「ほら、例えば……シュラヴィスがジェスのノーパンに動揺して、うっかりヴァティスの遺体を壊しちゃったとかな」

我ながら無理筋だった。

「はいはい、行きますよ」

ジェスは俺の主張を無視し、部屋を出てしまった。急いで追いかける。

砲撃を受けて混乱した様子の王都を駆け抜け、石造りの倉庫がある広場に到着する。ジェスはさっそく重々しい倉庫の扉を開けた。

中には奇妙な乗り物が入っている。小さな丸木舟のような本体に、コウモリを思わせる巨大な両翼。龍翼船と勝手に名付けたそれは、いつしか深世界で王都から脱出するのに使った乗り物だ。グライダーのように滑空することができるし、ジェスの魔法を使って羽ばたかせれば上昇が可能になり、さらに長距離を移動することができる。

深世界では遠方の孤島に乗り捨ててしまったが、こちらの世界ではまだ王都に残っていた。窮屈な船体の中に、ジェスの両脚に挟まれる形で身体を収める。下着を穿いてくれていて本当によかった。

「まっすぐノットさんたちのところへ向かいましょう」

当てつけのように俺の背中を両脚で挟みながら、ジェスは言った。

「もちろんだ」

ノットたちの所在はケントから聞いていた。マットーという山間の村。闇躍の術師と最初に戦った山城のある場所だが、あの戦いで損壊した城は修復されずに放棄されている。解放軍の幹部、そして彼らと行動を共にする中心メンバーは、今そこでキャンプしているらしい――少なくとも俺がケントと話した一昨日の夜の時点では、そうだった。

もし針の森の西側からの砲撃に参加していなければ、ノットはまだそこにいるはずだ。

乗り込んだ龍翼船は、崖の上に張り出した広場の端で出発を待っている。一部だけ柵がなくなっており、そこから空へと出発できるのだ。ただし、勇気がいる。

「行きますよ！」

左右の翼がゆっくりと羽ばたく。身体が後ろに引かれる感覚で、船が前へと発進したのが分かった。向かう先は崖の縁だ。

ジェスの両脚に力が入った瞬間、ふわりと浮き上がる感覚があった。これは船が浮き上がったのではなく、むしろ船が落ちたことによる無重量状態だ。レバーがきゅっと縮む。なるべく外を見ないようにしながら、船体が安定飛行に移るのを待った。

龍翼船は落下の勢いを前進の力に変え、一分もすると滑空が安定した。ジェスが魔法で翼を動かし、高度を調整してくれる。

「ノットさんたち、きっとマットーにいますよね」

後ろからジェスの声が聞こえた。

「……ああ。信じよう」

ヌリスを始めとして、王朝が元イェスマたちを拉致してしまったのは事実だ。ノットたちがそれで激怒してもおかしくはない。しかし手紙には、冷たい怒りが刻まれていただけだ。王都を攻撃するからお前たちは逃げろ――などとは書かれていなかった。

「解放軍といったって、今やものすごい数のメンバーがいるらしいじゃないか。過激な連中が突発的に、ノットたちの意に反して攻撃を始めてしまった可能性は十分にある」

「ですよね」

「ノットたちを説得して、これ以上の攻撃は起こらないようにしてもらうんだ。それからシュラヴィスを説得して、一方的な愚行をやめさせる。きちんと話し合いの場を設ける」

「はい。シュラヴィスさんと元の関係に戻れたら……私たちのことを素直に話して、力になってもらいましょう」

「そうだな。決まりだ」

諦めなければ、きっと道は開ける。俺たちはずっとそう信じてきたのだ。

そして、いつだって道は開けてきた。


「王都を攻撃したのは俺じゃねえ」

ノットは石積みの胸壁に腰掛けたまま、湿気た顔をして言った。

周りにはジェスとノットと俺の他に誰もいない。ノットの向こう側には山々の連なるよい景色が見えたが、そこから吹いてくる風はやたら冷たかった。まだ昼時なのに、暗い雲がこちらへ向かって動いている。

「お前たちは知らねえだろうが、解放軍への所属を表明する人間は、すでに一万に迫ってる。

中には手に負えねえ過激派も混じってんだ。そいつらが、王都の異変に気付いて勝手に動き始めちまったらしい。生憎、使われた大砲は俺たちが針の森の近くに隠してたやつだがな」

ジェスは深刻な顔で訊く。

「……どうして王都のそばに、大砲を隠していたんですか」

「決まってんだろ。王朝と戦うことになったときのためだ。北部勢力が使ってた大砲を鹵獲して、最悪の場合に備えて各地に配置してた。幸い北部勢力の大砲はイェスマの首輪で動いてたから、俺たちの手元に動力源はいくらでもある」

イェスマの銀の首輪には、大量の魔力が込められている。首輪は時間とともに風化していくが、その際に、込められていた魔力が放出されていく。この仕組みを使って、首輪を魔力の源とすることができるのだ。王朝がリスタの流通を止めてしまった今、解放軍にとって首輪は貴重な魔力源だ。

そして、イェスマの首輪は大量にあった。ヴィースが「最初の首輪」を使ってイェスマを解放したとき、メステリアにいたイェスマの数だけ、首輪がこの地に落とされたのだから。

ノットは髪を山風になびかせながら、冷たい口調で言う。

「王都側の反撃によって死者も出たらしい。残念だが、もう引き返すことはできねえ」

「……どういう意味だ」

俺を見下ろしてくる一対の青い瞳。

「始まっちまったもんは、きちんと終わらせなきゃいけねえだろうが」

雲行きが怪しい。ジェスが不安げにこちらを見てきた。俺が訊く。

「……これ以上の攻撃をやめさせるんじゃ、ダメなのか」

「考えが甘い」

ノットの声には、怒り以上に、諦めの色が滲んでいた。

「イェスマを強引に連れ去ったのは向こうだ。一方的に強制収容を始めたのは王朝の方だ。ついこの間まで、俺たちは歩み寄ろうとしてたじゃねえか」

「ノットさん……」

「ここまでデカくなった解放軍は、ひとえに理不尽に対する怒りで結束してる。イェスマの解放、圧政からの解放を目指すから解放軍なんだ。構成員の怒りを止めるような真似をしたら、今は幹部ってことになってる俺たちですら見放される可能性が高えんだ。分かんだろ」

「そうか……」

ノットは権力をもった指導者ではない。歴史のうねりの中で生まれた英雄であり、結束の象徴でしかないのだ。うねりに逆らうようなことをすれば、見放される。

「この勢いはもう止められねえ。残念だがな」

「でもノットさんは、王朝と剣を交えることなんて……しませんよね？」

ノットは首を縦にも横にも振らなかった。

「今朝の攻撃は、とりあえず止めさせた。あまりにも計画性のねえ暴走だったからな。西の連中は、不満を間違った方向に爆発させちまった。大多数はいったんの攻撃中止に納得してる」

話しているうちに、ノットの眉間に皺が寄っていった。

「だが解放軍として、和平の道は取れなくなった。強制収容への怒りは打倒王朝という大きなうねりを起こした。この流れは、俺たちが国の主導権を取るまで終わらねえだろう」

「そんな」

呟くジェスを前に、ノットは外套のポケットから一枚の紙を取り出した。強い風にはためく真っ白な紙は、王家の人間が使うものだ。それは短い手紙だった。

「ついさっき届いた。読んでみろ」

私は王都の外へ出た。
無意味な攻撃の即刻中止を求める。
準備ができたら私を捜し出せ。
正々堂々、決着をつけよう。

署名はない。だが、上質なインクと流麗な文字は、間違いなくシュラヴィスのものだった。

「こんなもんが同封されてた。見覚えあるだろ」

ノットはさらに、ポケットから小さな何かを取り出した。

それは指輪だった。

妖しく光る透明な宝石が一つだけついた、銀の指輪——ヴィースの遺した指輪だ。頭を真っ二つにされても蘇るほどの再生力をシュラヴィスに与える、母の形見。

ジェスが手を差し出すと、ノットはその手の平に指輪をそっと置いた。

「これ……本物です。ヴィースさんの魔力が……」

ジェスは困惑した様子で俺を見てきた。

自身に不死に近い能力を与える指輪を、シュラヴィスは対立するノットに送りつけた。

「いったいどういうことだ。どうしてシュラヴィスは、こんなに大事なものを」

俺の疑問に、ノットは淡々と指摘する。

「来て殺してみろ、ってことだろ」

皿のように動かないジェスの手から、ノットは指輪をひょいと取り上げる。

「あいつがこの指輪をしてる限り、俺たちはあいつを殺せねえ。当然、あいつを斃せる算段がなければ、俺たちはあいつと対決しに行くことを躊躇する。指輪を送ってきたのは、『殺そうと思えば殺せるぞ』ってメッセージだ」

「でも、どうしてシュラヴィスさんはそんなメッセージを……」

「決まってんだろ。手紙にしっかり書いてあるじゃねえか。決着をつけるためだ」

ハツが縮まり、ノドブエが締まり、窮屈な寒気が俺の身体を震わせた。

決着をつける——つまりは、殺し合うということだ。

「こっちが動くのを待ってたんのは、奴の最後の良心からか、それとも正々堂々俺たちを打ち負かして王朝の正当性を示したいからか——まあとにかく、陛下は本気ってことだ」

反論しようと思った。考えて、ひねり出す。

「指輪がなければ、シュラヴィスだって負ける可能性がある。普通そんな賭けに出るか？」

「魔法使い様だ、指輪なしでも勝てると思ってんだろ」

ノットは立ち上がる。そしてポケットに指輪を滑り込ませた。

「あいつは正々堂々戦って、俺たちを殺すつもりだ。そういう奴だったじゃねえか」

冷たく言い放つと、俺たちに背を向けて歩き始めた。俺はその背中を追う。

「待て、まさかそんな挑発に応じるつもりじゃないだろうな。もしシュラヴィスの覚悟が本当なら、お前たちだって死ぬかもしれないんだぞ。人を爆発させるあの魔法、知ってるだろ」

ノットは振り返らない。

「あの魔法は近くでよく見てきた。届く距離には限界があるし、狙って十分量を浴びせるのに時間がかかる。近づいたときは動き回ってりゃ回避できる」

「でも、攻撃手段はどうするんだ。シュラヴィスの身体は魔法で守られてるはずだ」

「俺たちが勝算なしで戦うと思うか？」

ノットの向かう先には、壁に寄り掛かって座る姉弟の姿があった。

シトの死後、もっとマシに生きようと言ってくれたイツネ。いつだって中立的に接してくれたヨシュ。しかし今は、二人とも失望を隠そうとせず、冷たい表情だった。

手を差し伸べていた解放軍に対して、シュラヴィスはイェスマの強制収容と宣戦布告という正反対の態度で返した。

あまりにも短い間に、世界はあまりにも大きく変わってしまった。

「ジェスちゃん。あれ以来だね」

床に座ったまま言うイツネに、ノットが手を差し出す。

「例のあれを出してくれ。こいつらに見せる」

「……いいの？」

「ああ。どうせもう、こいつらだって陛下とは没交渉だろうからな」

するとイツネが、ボロ布に包まれた何かをノットに手渡した。大きく、細長く、平たいそれは、角ばった不気味な形をしていた。

ノットは巻かれていた紐をほどき、ボロ布を開く。

まず金色が見えた。装飾品かと思ったが、出てきたのはもっとおぞましいもの。

武器——全面を黄金でメッキされた、大振りの鉈だった。

眩しいほどの金色の中に、ところどころ違う色が混じっている。血の赤色だ。

「間違って俺を解体しないでくれよ」

そんな冗談は風に流されてしまった。ノットの指が鉈（なた）の刃を撫（な）でる。

「あの地下墓所で、こいつらのクソ親父（おやじ）が陛下を斬りつけるのに使った鉈（なた）だ。特殊な金が塗られてる。龍族（ラチエルテ）の力と合わせれば、魔法使いの身体（からだ）を守る魔法でも突破できるってわけだ」

ジェスが胸に手を当てて、訊（き）くまでもないことを訊（き）く。

「それは……何に使うおつもりですか」

「決まってんだろ。これで陛下の首を落とす。送りつけてきたあの指輪、本物なんだよな。つまりあいつはもう不死じゃねえ。だったら、イツネがこれを使って攻撃すりゃ、陛下を確実に殺せるってことだ。きちんと準備して三人でかかれば、まず負けはしねえだろ」

「馬鹿言うな！　そんなこと、絶対にダメだ！」

思わず叫んでしまった。

シュラヴィスを殺すなんて、そんなこと、絶対にダメだ。

「どうか考え直してください。他に、何か道があるはずです！」

ジェスも必死で、俺と一緒に訴えた。しかし三人の表情が変わる様子はない。

「分からねえか」

ノットも語気を強めた。

「俺たちは今、時代の境目に来てんだ」

「境目……」

　ジェスの呟きに、重ねるようにノットは続ける。

「あいつ一人を殺せば、王朝の支配する古い時代が終わる。俺たちの時代が来る。他でもねえお前たちが、ここまで連れてきてくれたんじゃねえか。違えか？」

　俺たちが、ノットを連れてきた——確かにそうかもしれなかった。

　南部の町キルトリを出た一人の少女と一匹の豚の旅路は、ノットを巻き込み、王朝を巻き込み、北部に眠っていた老魔法使いを巻き込み、ここまで大きく世界を変えてしまった。

　ヴァティス以来一三〇年にわたって続いてきた王朝は、外から壊され内から崩れ、遂にシュラヴィス一人が担うまでになってしまった。

　王政を終わらせるとしたら、これほどふさわしいときはない。

「俺たちはあと一歩のところにいる。あと一歩ですべてを変えられる。魔法使いが力と恐怖で支配する世の中を終わらせる。狂った王朝をぶち壊す。理不尽を消し去る。向こうから殺し合いを挑んでくるなら、望むところじゃねえか」

　ノットは鉈を握りしめ、暗い曇り空を睨みつけた。

「最後の王の死とともに、新しい時代が来るんだ」

　あまりに冷たい風が吹き抜ける。

　ちょうどそのときだった。何に気付いたのか、ヨシュが突然立ち上がった。

遠方を見るその瞳が金色に光った。異様な視力を誇る、龍族の眼だ。

「どうした。敵襲か？」

ノットはヨシュの見つめる先に目を凝らした。何も見えないようだった。

「……いや、違う。これは」

混乱している様子のヨシュ。ジェスも不安げにそちらを見た。ちょうど、王都の方角だ。

イツネがヨシュの腰から伸縮式の望遠鏡を取り上げ、引き伸ばして覗く。何を見たのか、すぐに望遠鏡をノットへ投げた。ノットは受け取るなりすかさず王都の方を見る。

「なるほどな。奴は確かに王都を出たらしい」

「何が見えた？」

俺が戸惑っている間に、ジェスは隣で円形のガラスを二つ空中に創り出した。大きな対物レンズと、小さな接眼レンズ。簡易的な望遠鏡だ。それを通して王都の方を見るなり、ジェスははっと目を見開いた。

「王宮が！　燃えています」

ジェスはレンズを浮かべたまま、俺の前に平行移動してくれた。歪んだ視界の中央に炎が見えた。王都の頂上近くが燃えている。それもただの炎ではない。赤と白の入り混じる、異様な炎──それは魔法の炎だった。過熱し石をも砕く劫火。

王宮はシュラヴィスの築いた壁によって堅く守られていた。そこを燃やした者がいるとすれば、それは本人以外に考えられない。

「シュラヴィス、どうして……」

ノットが大きなため息をつく。

「王宮を燃やしたのは、自分が王都の外に出たってことを俺たちに示すためだろう。覚悟を示したわけだ。あいつは本気で俺たちと戦い、殺すつもりに違いねえ」

「そうとは限らないじゃないか」

俺はすかさず反論した。ノットにはもう、一方向しか見えていないのだ。王宮が燃えたからって、どうしてそれが宣戦布告だと決めつけられるのだろうか？

なんとか反論しようとする俺を、ノットは手で遮る。

「俺たちは平和的に解決しようとした。だが向こうが俺たちを裏切った。あいつがセレスを殺そうとし、ヌリスたちを拉致した。そしてしまいには、あいつから挑戦状を叩きつけてきやがったんだ。俺たちは、陛下を探し出して、戦って、殺すしかねえ」

ノットの視線の先には、不安げにこちらを窺うセレスの姿があった。一度はシュラヴィスによって殺されそうになった少女。魔力を捨てたために助命嘆願は成功し、そして皮肉にも、魔法が使えなくなったことで強制収容を免れたのだろう。フリフリのドレスを着せられたイノシシが、セレスのそばにぽつんと佇んでいる。ドレスを作った少女の姿は、そこにはない。王朝に奪われた。

「でも、ノットさん」

ジェスが赤くなった目で訴えた。

「もっと他に方法があるはずです。命を奪うなんて、そんな……」

「『人の愛するものを奪うな』――とでも言いてえのか？　まったくお前らはいつだってお人好しだ。いったい誰があいつのことを愛してる」

ノットの言葉に、ジェスは呆気にとられた。

「あいつを殺して、誰が苦しむ？　父も母も叔父も祖父も、あいつの家族は全員死んだ」

ノットの口から出たとは思えない、あまりに冷酷な発言。俺は言葉を失ってしまった。

ジェスがすかさず反論する。

「私は……私は悲しいです！」

「悲しいだけだろ。それを言ったら、俺たちだって悲しいに決まってるじゃねえか。一緒に戦ったことのある仲間を、誰が好き好んで殺す」

冷たい雨が降ってきた。石畳にぽつぽつとまだらな染みができる。

「あのな、狩人だった俺も、ウサギを何の罪悪感もなく殺すわけじゃねえ。ちっとは悲しい気持ちにもなる。だが、ウサギの肉は俺たちの血となり、肉となる。食って喜んでくれる奴がいる。だから俺は罪のねえウサギを殺す。分かるか？」

「それとこれとは、話が……」

横から入った俺に、ノットは鋭い口調で反論する。

「話が違うとでも言いてえか？　同じなんだよ。俺はウサギが憎くて殺すわけじゃねえ。肉や毛皮を取るために必要だから殺す。シュラヴィスという男が憎くて殺すわけじゃねえ。奴の愚かな王政を終わらせ、王朝という理不尽を消し去るために必要だから殺しにいく。世界を変えなきゃいけねえときに、人の命だけ特別扱いする理由があるか？」

ノットの右手が腰に提げられた剣の柄をきつく握りしめる。剣を抜きかねない気迫に後ずさるが、刃が見えることはなかった。ノットはかつての想い人の骨を握っているのだった。

「俺たちは全力であいつを殺しにいく。残念だが、もうそれしかねえ」

姉弟にも異論を唱える様子はなかった。イツネは危なっかしく光る鉈を手に持ったままだ。

〈……ジェス、あの鉈を奪うことはできるか〉

いけない。このままでは、本当に殺し合いが発生してしまう。

心の声で伝えた。

ジェスは胸の前で拳を握りしめる。

――鉈……なるほど、あれがなければシュラヴィスさんを攻撃することは……

「やめときな、ジェスちゃん」

まるで心を読んだように、イツネは鉈をボロ布で包んだ。

「あたしらはさ、あんたたちを信頼してるから、手の内全部見せてるんだ。もしこれをジェスちゃんが奪って逃げたら、あんたたちは敵になる。あたしらは何が何でも力尽くで取り返す。喧嘩(けんか)は嫌だろ」

「ごめんなさい！　私……あの、そんなつもりでは……」

すっかり怖気(おじけ)づいてしまったジェスに、申し訳なくなる。提案したのは俺だ。ジェスが謝ることはないのだ。俺は必死に考える。

どうすれば戦いを回避できるのだろう。

「……シュラヴィスと戦わなくて済む方法が見つかれば、足を止めて考えてくれるか。和解する方法を見つけたら、考え直してくれるのか」

俺の質問に、ノットは冷めた目で答える。

「もしも運よく、どっかにそんな方法が落ちてればな」

「じゃあそれを俺たちが見つける。シュラヴィスを説得する。だから少しでいい、しばらくでいいから、待っててくれないか」

「しばらくって、どんくらいだ」

ノットは眉間に皺(しわ)を寄せた。

「解放軍の名のもとに集(つど)った連中はすでに浮き足立ってる。制御できる保証はねえ。俺たちは時が来たら迷わず動く。もし戦いを止めてえなら、俺たちより先に陛下を見つけるんだな」

雨が強くなってきたので、屋根のあるところに入った。ノットとイツネは聞かれたくない話でもあるのか、奥の方へ消えていった。ヨシュは見張りのため俺たちの近くに留まっている。どんよりとした空の下、灰色の石材に囲まれた山城の廃墟はなおさら暗い。

イノシシが着ているドレスは、泥でかなり汚れているうえに、雨で惨めに濡れてしまっていた。それでも着続けているのが痛々しい。

セレスは相変わらず言葉少なだったが、ケントはもっと言葉少なだった。

「どうしてうまくいかないんでしょう」

ケントは呟くように、それだけ言った。

日本からやってきた俺たちは、この世界をよりよく変えようと思っていた。そして、もう少しというところまで来ていた。それなのに、事態は最悪の方向へ転がっている。

鉄格子の嵌め込まれた窓から外を見るヨシュに、俺はなんとなく近づいた。足音は聞こえていたはずだが、ヨシュは窓から目を放さない。

「……なあ、お前の親父さんの話をしてもいいか」

「やだ」

即答だった。

「頼む。ちょっとでいいから、話を聞いてくれ。教えてほしいことがあるんだ」

「悪いけど、あいつと俺とは赤の他人だと思って。ほとんど関わりはなかったし、ずいぶん昔に縁を切ったから、あいつについて知ってることなんて全然ないんだ。あいつだって、俺や姉さんのことなんて全然話さなかったでしょ」

死の街ヘルデでシトから聞いた話を――昔話を、思い出す。

「いや、昔はお前が姉にべったりだったって教えてくれたぞ」

「はあぁ？　ち、違うし……そんなことないって」

分かりやすく耳が赤くなっている。どうやら本当にべったりだったようだ。

「一つでいいんだ。もし知ってたら教えてくれ。シトの出身地は分かるか？」

「出身地？」

ヨシュはようやく俺の方を見た。

「そんなこと知って、何になるの」

「俺の好奇心が満たされる」

死の街ヘルデで焼肉まがいのことをしながら昔話をしてもらったときに、本人に聞いておけば早かった。だが、まさかシトの出身地を知る必要が出てくるとは、そのときには思いもよらなかったのだ。

シトとヴィースの関係を知ったのは、彼が腹を切る直前だった。

「出身地なんて知らない。姉さんも知らないよ」

あっさりと言われて、肩ロースを落とす。いや、待てよ。

「なんでイツネが知ってるかどうかまで分かるんだ」

「姉弟だから」

「…………？」

姉弟とはそういうものだっただろうか。

「……何かヒントになることでもいい。北か南か、東か西か。海沿いなのか山の方なのか」

案外、ヨシュはしばらく考えてくれた。

「そうだな……なんか話は聞いたことがないわけでもない気がしなくもないけど……」

やたら回りくどい言い方をしてから、顎に手を当てる。

「ああ、あれだ、ティーカップ」

「カップ？」

「うん。セレスを王都に連れてくときさ、なんか二つ、押し付けられたんだよね。いらないから王都で捨てちゃったけど。あれは確か、故郷で作られたやつだって言ってたな」

二つ――ジェスとセレスにハーブティーを振る舞ったときのカップに違いない。シトは死の街に、自分の分と、亡きヴィースの分、二つのティーカップをわざわざ持参していたのだ。ヴィースが淹れてくれた思い出の茶を、最期に二人で飲もうとして。

「何か他に、言ってなかったか。故郷は陶磁器の名産地なのか？」

「うーん、あんまりよく聞いてなかったから……名産地かもしれないし、違うかもしれない」

情報量のない言い方だ。

「でもなんか、カップの裏に星型のマークがあったっけ。ちょっと特殊な、五方向に尖ってる星型ね。あれが世界で一番美しい形で、故郷を思い出すのだとかなんとか、よく分からないことをほざいてたからそこだけ憶えてる」

「星型で故郷を思い出すのか？」

「意味不明でしょ。ホント、あいつの『美しい』の感覚っておかしくてさ。姉さんの方を見て美しいって言うもんだから、姉さんのことかと思ったら、背負ってる大斧の形が美しいんだって。普通逆だよね？　姉さんが美しいのは分かるけどさ。武器の形に美しさなんてある？　人を殺すための道具なのに。あいつ、完全に戦闘狂なんだ」

「あ、ああ……まあな………」

なんだかこれ以上聞くとよくない気がしてきた。

もう十分、いい話が聞けた。裏に星型のマークがついたカップを生産しているところ、という情報だけで、頑張れば街を絞り込めるだろう。

「ありがとう。好奇心が満たされた」

「そう？　ならよかった」

ヨシュは怪訝そうに言った。そしてまた窓の外に視線を戻す。

テコテコと、俺はジェスの元に戻った。

「そろそろお暇するか」

「……ええ、そうですね」

ノットたちを説得することには、失敗してしまった。

残された方法は、シュラヴィスを見つけて、そちらを説得することだ。

俺たちはセレスとケントに見送られて、城跡を去った。

歩きながら、ふと思い出す。

深世界への入口を求めて最果ての孤島に上陸したときのこと。シュラヴィスはジェスと俺に言ったのだ。

――考えたのだ。母上を奪われた今、無条件に俺の味方になってくれるのは誰か。俺が独りになって、助けを求めたとき、見捨てないでいてくれる者がはたして存在するのか

――知っている。神の血を引く俺がそんなことを期待してはいけない。だが思ってしまう。ジェスと豚だけは、ひょっとすると、俺を助ける義理もないときに、俺を助けようと駆けつけてくれるのではないかと

今がまさに、そのときだ。

「豚さんは、どうしてヨシュさんにシトさんの故郷を尋ねられたんですか？」

マットーの寂れた食堂で雨宿りをしながら、ジェスが声を低くして訊いてきた。他に客はいないが、念のためだ。俺も心の声で伝える。

〈俺たちはこれから、シュラヴィスを捜さなくちゃいけない。手紙に行き先は書かれていなかった。あいつが王都を出てどこに向かったか、考える必要がある〉

「シュラヴィスさんが、シトさんの故郷に行かれたと……？」

〈可能性は高いと思ってな〉

ジェスはマグから一口飲んで、「うーん」と考える。ちなみに中身は何だかよく分からない薬草茶だ。店には酒の取り扱いもあったが、やめておくよう言っておいた。

「なぜ、シトさんの故郷なんですか」

〈ちょっと言い換えれば、シトとヴィースの故郷だ。二人は同じ街に住んでたんだろ〉

ジェスはそこで気付いたようだ。目を輝かせて俺を見てくる。

「なるほど！　ビビスさんの話によれば……シュラヴィスさんは最近、ヴィースさんについて調べていたということでしたもんね。ヴィースさんの『心の在処』がどうとか」

〈ああ。ヴィースには記憶の空白があった。王都に着くまでの記憶を消去されたからな。失われた記憶について知ってるのは、向都の旅に同行したシトくらいだった。しかしそのシトは、シュラヴィスの目の前で死んだ。ヴィースとの記憶は墓場までもっていった〉

ジェスはマグを持ったまま考える。

「シュラヴィスさんはあれ以来、ヴィースさんの過去のことが気になっていた……」

〈それを探りたかったら、ヴィースの故郷、つまりシトの故郷に行ってもおかしくはない〉

「だからこそ、シトさんの故郷を明らかにすればいいんですね」

〈そういうことだ〉

と伝えてから、俺はため息をつく。

〈だが残念ながら、ヨシュは街の名前までは知らなかった〉

イツネには訊いていないが、姉のことは何でも知っていそうなシスコン男が知らないと主張しているのだから、多分知らないのだろう。

ジェスはにっこりと笑って、俺を見てくる。

「その点については、大丈夫ですよ。私もヨシュさんの話を聞いていましたから」

〈……あれだけの条件で、ジェスには場所が分かったのか？〉

「ええ。ヒントは十分にありました。五つに尖った星の形です」

ティーカップの裏に刻印されていたという、五芒星の模様。それがヒントらしい。

〈つまり……どこか有名な工房のマークなのか？〉

「いえ。もしかするとそうなのかもしれませんが……私は別に、そういう話を知っているわけではありません」

〈じゃあどういう話だ？　星型が、どんなヒントになる〉

「シトさんにとって星型は、故郷を思い出させる美しい形だったんですよね。私、それに心当たりがあるんです」

ずいぶんと得意げな顔だった。

〈……俺には分からなかったな〉

「では豚さん、シトさんが美しいと思うものは、何でしたか？」

ジェスは直接教えずに、俺にさらなるヒントをくれているようだ。

さきほどの、ヨシュとの会話を思い出す。

〈大斧だ。戦闘狂だから、武器の形を美しいと思ったんだよな〉

「ええ。ヘルデを案内してくださったときも、お城にとても興味を示されていました」

嬉しそうに紅潮するジェスの顔を見ながら、考える。

〈つまり、星型の武器がある街ってことか？〉

星型の武器――モーニングスターあたりだろうか。

「惜しいです。星型なのは、もっと大きなものですよ」

〈なるほど！　そうか〉

日本にもそんなものがあった。函館で、タワーから見下ろした経験がある。あれは確かに星の形をしていたし、同時にシトが美しいと言いそうなものだった。

〈……城壁だ。星型の城郭がある街ってことだな〉

「その通りです。そして城郭都市は、メステリアにはほとんど残っていません。ヴァティス様が破壊してしまったからです。でも、事情があって一つだけ現存しているものがあります」

ジェスはぴんと人差し指を立てた。

「北部の要衝、レスダン……街の中心部は、きれいな五芒星の形をしているそうですよ」

第二章

イケメンは九割九分クソ野郎

the story of
a man turned into
a pig.

龍翼船はマットーの洞窟に隠しておき、俺たちはひそかに陸路で移動した。

空を飛ぶ乗り物は、王朝くらいしか使わないし、目立ちすぎる。解放軍に後をつけられてしまえば、先回りされる可能性があった。逆にシュラヴィスに気付かれて逃げられてしまうのも避けたい。

幸運にも、マットーからレスダンへは馬車と船を乗り継いで行くことができそうだった。ジェスによると、レスダンはベレル川の中流域に広がる平野部にあるという。ベレル川は、ハールビルやリュボリ、プランスベートなどを繋ぐ大河。「十字の処刑人」事件のとき散々行き来した川だ。

マットーから馬車で北上し、夜にはベレル川河口近くの港街に着いた。翌朝一番の船で出発すれば、レスダンへはその日の夕方に着くらしい。旅籠で夕飯を食べながら、ジェスが行程を地図で説明してくれた。

夕飯は港町らしくシーフード。魚やら貝やら海老やらに香草をまぶして焼いたシンプルな料理だったが、ジェスはとてもおいしそうに食べていた。王都は内陸部にあるため、なかなか新鮮な魚介類がないのだ。俺はジェスが市場で買ってくれた根菜を食べた。

出発が早朝になるため、早く寝て早く起きる。

翌朝、旅籠の外に出ると爽やかに晴れたいい天気だった。塩や魚を積んだ船に同乗させてもらい、ベレル川を遡上する。

昨日の雨のせいか川は濁っていたが、船は安定していて、船旅は快適だった。山と積まれた魚のにおいが身体に染みつくほどなのはご愛敬だろう。ジェスもにおいは気にしていない様子で、無邪気に空を指差して俺に言ってくる。

「オオタカさんがずっとついてきてますよ。きっとお魚を狙っているんですね」

そうかもな、と返し、しばらくしてから俺も空を見上げる。青空の下、中型の猛禽が一羽、円を描くように飛んでいた。グルグルと回りながらも、少しずつ位置をずらし、船についてきているように見えた。

「……あんまりしっかり判別できないんだが、あれは確かにオオタカか？」

「ええ。シルエットと飛び方で分かります。ヴィースさんに教えてもらったんです」

「さすがだな」

ふとそこで、小さな違和感が浮かんでくる。

「オオタカって魚を食べるんだっけか」

「さあ、どうでしょう。確かに、小動物や鳥さんを狩る印象がありますね」

「そうだよな。俺も鳥には詳しくはないが、オオタカは陸上で狩りをするイメージがある。それなのに、どうして魚と塩を積んでるこの船を追いかけてるんだろう」

「おいしそうな豚さんがいるからかもしれませんよ」

ジェスは悪戯っぽく笑って、人差し指で豚バラをつついてきた。

「俺が狙われてるというのか？」

言ってから、気付く。

もしかすると本当に、オオタカは俺を追っているのかもしれない。

「……一つ、ずっと気になってたことがあるんだ」

「し、下着はちゃんと穿いていますよ！」

「それは知ってるから安心してくれ」

黒だった。

「あのな、『十字の処刑人』事件で一つ、まだ解けてない謎があっただろ」

「そう……でしたっけ？」

「ああ。思い出してくれ。俺たちはリュボリの慰霊塔で解放軍と別れた後、二人だけで本当の『くさりのみち』を辿って、最北端のムスキールに辿り着いたよな。そして地下墓所を見つけ出し、シュラヴィスも俺たちの動きに気付いてやってきた」

「そうでしたね。そこに解放軍のみなさんが現れてしまい――」

「それだ。解放軍の連中は、どうしてあの場所が分かったんだ？」

ジェスは顎に手を当てて考える。

「シュラヴィスさんがそのことを尋ねたとき、サノンさんは『説明する筋合いはありません』とおっしゃっていましたね」

そんな気もする。

「シュラヴィスが俺たちを見つけるのはまだ分かる。あいつは本当の『くさりのみち』を最初から知ってたんだからな。でも、解放軍の連中があの場所を見つけた方法って何だ？」

ジェスはふと空を見上げる。円を描いて飛ぶオオタカ。

「あの日、ムスキールにも、オオタカさんがいました」

「ああ。あのときはネズミでも探してるのかと思ったが……今となっては、違う理由が考えられる。解放軍は、手紙をやりとりするのにもオオタカを使ってるよな。訓練したのを、何羽(なんわ)か飼ってるんだ」

「つまり、オオタカさんを使って、私たちを追跡していた……？」

「あり得なくはないだろ。そうすると今俺たちの上空を飛んでるオオタカにも説明がつく」

少し残念だが、まあ解放軍がそうしたくなる気持ちも分からなくはない。

「ノットもサノンに戦い方を学んだな。俺たちが先回りしてシュラヴィスを見つけるだろうと踏んだんだ。そこに突撃すれば、シュラヴィスを探す手間が省けるってわけだ」

ジェスの顔から、さっと血の気が引く。

「でも、それではまた……」

「あの地下墓所の悲劇の再来になる」

人骨に囲まれたあの暗い場所で、ヴィースが死に、シトがシュラヴィスを殺し損ね、シュラヴィスが黒豚を爆殺した。手を組んでいた王朝と解放軍は、あそこで絶望的に決裂した。

「考えがある。ジェス、交渉役を頼んでいいか」


馬車の中で、俺たちは異臭を放っていた。ただでさえ豚を乗せるのに抵抗がある様子だった御者には、たんまりと金を積み、無理を言って乗せてもらった。

オオタカはもうついてこない。まだあの魚を積んだ船を追っているはずだ。

単純なトリックだった。ジェスがお得意の魔法で布と綿を創り出し、ジェスと俺のぬいぐるみを作成。大まかな色と形しか合っていないので、デコイと呼んだ方がいい代物だ。空から見える座席にはそれを置いておき、ジェスと俺の本体は魚の樽に隠れて船を降りた。

正確には、魚の詰まった樽に入って、積み荷として降ろしてもらった。

ジェスには王朝の金がたんまりとある。大金を前にして、商人たちは奇妙な提案にも快く乗ってくれたのだった。

おかげで俺たちは全身から魚のにおいを発している。

屋根のない馬車だったため、鳥の目を避けられるよう、俺たちは座席の足元で丸くなり、布を被って上から見えないようにしている。座席を汚すのをためらったのか、ジェスも俺のすぐ横で体育座りだ。

「魚のにおいがするジェスっていうのも趣があっていいな。いつもはいいにおいばかり発してるから、なんていうか、ギャップがあってさ」

「……変態さんですね」

至近距離から心底軽蔑したような顔で囁かれ、興奮する。

「もっと罵ってくれ」

「豚さんが喜んでしまうので、罵りません」

残念だ。

ガタゴトと揺れる馬車の荷台で、布のせいで何も見えないまま、俺たちは会話くらいしかすることがなかった。

「そもそも、樽にまで入る必要はあったんですか？　布を被って船を下りればよかったじゃないですか」

「鳥さんは賢いんだぞ。もちろん布を被るだけで見逃してもらえた可能性もあったが、見抜かれてしまう危険もゼロではなかった。やりすぎるということはない」

「それはそうかもしれませんが……レスダンに着いたら、まずお風呂（ふろ）に入りますからね」

「きれい好きなんだな。まあジェスの好きにすればいい」

「何を言ってるんですか、豚さんも洗うんですよ。ちゃんとブラシも持ってきました」

「用意周到だな」

到着を待ちかねながら馬車に揺られる。俺たちの旅は、どうしていつもこう何かに急（せ）かされているのだろう。いつかはゆっくりと旅をしてみたいものだ。

布の隙間から漏れる光が、少しずつ暗くなっていく。今日は晴天だ。日が傾いているのだろう。少しずつ焦（あせ）りが出てくる。ジェスによると、レスダンはベレル川から堀の水を引いているのだという。つまり、それほど遠くはないはずなのだ。

やきもきしてそろそろ外を見ようかという話になったときに、御者の声が聞こえてきた。

「もうすぐだ！　嬢ちゃん、どこで降りるか教えてくれ！」

布の覆いを取ると、心地よく澄んだ風が魚臭い空気を吹き飛ばしてくれた。夕刻、西の空は優しいサーモンピンクに染まり始めている。

ジェスは進行方向を見ると、少し目を見開く。馬車の外に何が見えているのか、豚の視点からは壁に遮られて分からない。

「この辺りで大丈夫です！」

整然としていた蹄（ひづめ）の音が乱れて遅くなり、やがて止まる。

荷台から降り、ジェスが駄賃を多めに払うと、馬車は来た道を戻っていった。

ジェスは街中で馬車を止めたわけではなかった。平地の中で、一ヶ所だけぽこりと高台になっている場所だ。すぐ近くに、整然とした街並みを見下ろすことができる。

レスダン。メステリアに残る唯一の城郭都市。

その全貌を見て、ジェスがこの位置で馬車を止めた理由が分かった。

シトの美的感覚が理解できたと思ったのはこれが初めてかもしれない。美しい形だった。平らな土地に突如現れる幾何学的な五芒星。直線的な城壁が鋭角をなして巨大な図形を描き、一つの街を取り囲んでいる。城壁の外は堀になっていて、黒々とした水で満たされていた。夕暮れ時、水鳥たちが首を畳んでぷかぷかと浮いている。

星型は、防衛の際の死角をなくす、要塞として合理的な形だという。戦いのために計算された街並みが美しい景観をなすというのは面白い。

「絵画で見た通りです！　こんなところが本当にあるなんて」

「面白いな。時間があったらぐるりと一周してみたいところだが……」

そういう場合でもないだろう。解放軍の連中より先に、シュラヴィスを見つけなくてはならない。もしここにいなければ、すぐ他の場所をあたる必要がある。

「街への入口は、こちら側の一ヶ所だけみたいですね」

ジェスがすっと指差したのは、五芒星のうち、こちらを向いた凹みになっている部分。城壁の内側へと続く橋が堀の上に架かっている。

「行こう。できれば今夜中に当てをつけたい」

「そうですね」

緩やかな坂道を駆け下りて、五芒星の街へと向かう。ずっと乗り物に乗っていたので体力はあり余っていた。

城壁は、上から見て想像していたよりもかなり高かった。堀のすぐ外まで来たときには、すでに城壁によって街の中が見えなくなっていた。

堀を越えて街へ入るための橋は木製で、左右につけられた太い鎖が城壁へと繋がっている。跳ね上げ橋だろう。今はもう使われることなどないだろうが、街が攻められた場合には、鎖を巻き上げて街への侵入経路を遮断するのだ。

堅牢な城壁に開いた大きな城門をくぐる。常駐しているのか、両脇に王朝軍の赤い鎧を着た衛兵がいたが、特に引き留められることはなかった。

城壁の内側に入り、俺はさっそく地面のにおいをあちこち嗅いでみる。

「どうですか？　シュラヴィスさんのにおいは？」

ジェスに訊かれて、顔を上げる。

「おさかなのにおいがする」

「……まずお風呂に入りましょうか」

レスダンには公衆浴場があった。城門のすぐ近くに、大きな柱と大理石の彫刻が美しい立派な建物があり、その全体からもくもくと白い湯気が上がっている。ただ旅行に来ただけだったとしても、これはすごいと真っ先に向かいたくなるようなところだった。

夕刻だからだろう。かなり賑わっており、髪の濡れた人々が続々と出てくる。

「個室になっているお風呂はありますか?」

ジェスが訊ねると、入口のおばちゃんはまず俺のことを不思議そうに見下ろしてから、鼻をすんすんと動かした。魚のにおいがしたのだろう。眉間に皺が寄る。

「あるにはあるけど、貴族様用だ。あんたじゃ入れないよ」

「おいくらですか」

引き下がらないジェスを、おばちゃんは値踏みするように見る。

「六〇〇ゴルト。普通に入れば一ゴルトだ。そっちにしときな。豚は入れないけどね」

ぼったくりに近い額だ。おそらく、ジェスを個室に入れる気などないのだろう。

だが、一般客の使う浴場で豚を洗うわけにはいかない。時間をかけたくないのか、ジェスはポシェットを探る。

「では、こちらで」

ジェスが差し出した金貨六枚を目にして、おばちゃんは目を見開く。

「なんとまあ」

途端におばちゃんの態度が変わった。顔に微笑みを貼り付けて金貨を受け取る。

「今日はやたら景気がいい。最近の若者は金持ちだね、まったく」

おばちゃんは金貨を夕日に透かすようにしてじっと見た。

そんなことをしなくても、金貨は本物だ。

高い金を払った甲斐あり、ジェスは豚を連れて特別な浴室に入ることを許された。

浴室は独立したドーム屋根の離れで、大理石の床を掘る形で円形の浴槽が造られていた。個室といってもちょっとした大浴場という趣だ。貴族用というだけあり、豪勢なつくりで全体に清潔感がある。魚の形をした彫刻の口から濃い紅茶のような色をした豊富な湯が風呂に注ぎ、浴槽の縁から常に溢れ出していた。

「モール泉か。地中に堆積した植物由来の成分が溶け込んでるお湯だ」

「ほほう、初めて見ます」

言いながらも、ジェスはすでに服を脱ぎ始めていた。黒。

「せっかくの温泉ですが、身体を洗ったらすぐに出ましょうね」

「もちろんだ」

ジェスが完全に脱いでしまう前に、俺はそっぽを向いた。身体を流す水音に続いてざぶんと音が聞こえてから振り返る。ジェスは肩まで湯に浸かって、魚の口から流れる温泉で髪を流していた。モール泉は透明だが色が濃く、浴槽の中までは見えないと判断し、俺はジェスに近づく。浴槽のすぐそばで伏せると、溢れ出すお湯で腹が温かい。

「気持ちのいいお湯ですね。少し甘い香りがします」

「お茶とか腐葉土みたいな優しいにおいだよな」

「そうですね。植物由来というのも納得です」

ジェスが突然ざばっとお湯から上がってきたものだから、俺は咄嗟に目をつぶった。背中にお湯の温かさを感じる。すぐに、ゴシゴシとブラシで洗われる感覚があった。

「突然出てこないでくれ。びっくりするから」

「ゆっくりしている時間はないんですよ」

ジェスが魔法で水流を操っているのだろう、俺の身体に絶え間なくお湯が注いでくる。豚の身体に刻まれた生得的な感覚なのか、ブラッシングはやはり気持ちがいい。頭から尻尾まで手際よく流してもらう。仕上げにミミガーの裏を洗ってもらっているときに、ふとジェスの手が止まった。

「豚さん、あれは何でしょう」

「あれって何だ」

「あれはあれです。目を開けてください」

「開けていいのか？」

「どうしていけないと思うんですか？」

瞼（まぶた）をそっともち上げると、目の前に肌色が見えた。すぐに目を閉じる。

「やっぱりダメじゃないか！」

「私は気にしませんと、何度も言っているじゃありませんか」

「俺が気にするんだ」

目を閉じていても、ジェスがむすっとするのがなんとなく分かった。ペタペタと、足音が俺から遠ざかっていく。そっと目を開くと、魔法少女の変身シーンのように、ジェスの後ろ姿を取り巻いて衣服が生成されていくのが見えた。同時に、髪を濡（ぬ）らす水分もふわりと消える。どうやらジェスは、フレスコ画が描かれた壁を目指しているらしかった。壁画の前で立ち止まるころには、ジェスは全身を服に包まれていた。

「この絵です。豚さんも来てください」

見ると、それは男女を描いたものだった。長い黒髪の男と、金髪を三つ編みにした女。二人とも裸だった。向かい合って、互いの方へ右腕を伸ばしている。

そして男の腕は、黒い鱗（うろこ）に覆われていた。

「龍族（ラチエルテ）か」

「ええ、そうでしょうね。レスダンには龍族（ラチエルテ）に関する逸話が残っているんです……でも私が気になったのは、こちらです」

ジェスは男女の間にある空間を手で示した。フレスコ画は生乾きの漆喰（しっくい）に顔料を塗って描く技法。何も描かれていないスペースは、のっぺりとした白い漆喰（しっくい）の壁だ。定期的に清掃されているのか、美しい白さが保たれているが——

「……手形がついてるな」

白い壁に、茶色の手形がうっすら見える。右手と左手、壁に向かって両手をついたかのように肩幅くらいの広さをあけて二つ。ジェスの頭ほどの高さで、手の平のサイズも大きい。おそらく大人の男のものだろう。

「この薄茶色は、お湯の色でしょうか」

「ああ、お湯に浸（つ）かった人がここで壁に手をついたんだろうな。何か気になったか？」

「きれいな壁で、目立ったものですから。最近ついたものではないでしょうか」

「誰か貴族様が、ここで絵を見てたんだろう」

それですべて説明がつく。何がジェスのアンテナに引っかかっているのか分からなかった。

「もし貴族のお客さんだったとしてですよ、入浴に来たのに、どうしてこの絵画をじっと見たんでしょう。しかも、壁に両手をついて、食い入るように見ていた感じがします」

確かにその様子を想像するとちょっとおかしいな……と思ってから、ジェスの考えに思い至る。絵画は龍族（ラチエルテ）の男と金髪の女性を描いたものだ。

「まさか、シュラヴィスがここに来てたと思ってるのか？」

「ええ。シトさんとヴィースさんの故郷を目指して来たとすれば、この絵画にお二人の姿を重ねて興味を示される可能性だってあるはずです」

「しかしそんな、たまたま都合良く……」

「この施設は、唯一の城門を入ったとき一番目立つ場所にあります。この街を初めて訪れたシュラヴィスさんが興味を引かれてもおかしくないと思いませんか？」

「でもシュラヴィスは別に観光旅行に来たわけじゃないだろ？　解放軍に喧嘩を売った身で、俺たちの推測が正しければ、あいつはヴィースについて調べるためにこの街へ来たんだ。悠長に風呂に入るとは思えない。もちろん、魚まみれになったとか、そういう身を清めたい理由があったなら話は別だけどな」

　念のため周辺を嗅いでみるが、壁に手をついた人物が風呂に入っていたせいもあるだろう、特徴的なにおいを捉えることはできなかった。

　時間に余裕がない。気のせいだろうということにして、俺たちは壁画の前から離れた。

　そのとき、ふと頭の片隅をかすめるものがあった。

「いや……待てよ」

　少し前の、入口のおばちゃんの発言を思い出す。

——今日はやたら景気がいい。最近の若者は金持ちだね、まったく聞いたときにはそこまで違和感がなかったが、「今日は」という言い方が少し引っかかる。客がジェスだけだったとして、この表現が出てくるだろうか？　それに、「最近の若者は」というのは、はたしてジェスだけを見て発せられたものなのだろうか？　一人だけを見てそこまでの一般化をするだろうか？

俺は全身をブルブルと振って水気を飛ばした。

「ジェス、一つ確認をしてから街を探索しよう」

浴場を出て、俺たちが駆け足で戻ると、入口のおばちゃんは目を丸くした。

「もう上がるのかい」

豚の行水とはまさにこのことだ。

「あの、さっきの浴室を、私より前に使っていた人はいましたか？」

ジェスの質問に、おばちゃんは眉を吊り上げた。

「やっぱり知り合いか。どこか似てると思ってたのさ。金払いもいいしね。恋人かい？」

ジェスは息を止めて、胸に手を当てた。

ビンゴだ。ジェスに雰囲気が似ていて、入浴のためだけに割の合わない大金を払う財力があり、そして男——まだ完全な断定はできないが、シュラヴィスの可能性は極めて高い。

俺はすかさず、ジェスの膝の裏を嗅ぐ。

「あの、その人が……どこへ向かわれたか……分かりますか？」

　ジェスは俺の鼻を避けようと身を捩りながら、おばちゃんに訊ねた。

「さあね。中心の方に向かっていった気はするけど。どこへ行ったかまでは……」

「そうですか、ありがとうございます！」

　ジェスはさっとお辞儀をすると、街の中心部に向かって駆け出した。そのまま走っていってしまうのかと思ったが、少し進んだだけで立ち止まった。振り返って、俺を見てくる。

「どうして私の脚を嗅ぐんですか」

「晴れておさかなのにおいも取れたからな。シュラヴィスのにおいを探そうと思ってさ」

「私の脚が関係あるんでしょうか……」

「……まあ、においは似てなくもないからな、方向性としては。血の繋がりもあるんだろう。しかも今回は、直前に同じ温泉に浸かっている。ジェスのにおいは参考になるんだ」

　ただ嗅ぎたかっただけとは、言わない。

「ただ嗅ぎたかっただけなんですね……」

　地の文です。

　呆れるジェスをよそに、俺は周囲の石畳を嗅ぎまくる。ジェスの脚をしっかりと念入りに嗅いでいたおかげか、入り混じった雑踏の中に、一つそれらしきにおいを感じ取った。

「もしかすると、これかもしれない」

「本当ですか？」

「自信はないが……辿ってみよう。街の中心部へと向かってるみたいだ」

石畳を嗅ぎながら進むと、ジェスが俺の横をついてくる。

「目的地は、どこでしょうか。やはりシトさんやヴィースさんの過ごされた場所……」

「ヴィースは領主に仕えていたと、シトは言ってたな」

「それでは、領主さんの家に向かった可能性が高いでしょうか……キルトリン家の場合は邸宅が郊外にありましたが、こうした城郭都市なら、むしろ中心部にありそうですね」

そういえば、ジェスも領主に仕えるイェスマだったのだ。

ふと思う。ヴィースもジェスも領主に仕えていたというのは、はたして偶然なのだろうか。二人とも向都の旅に成功しているし、王家に迎え入れられている。もちろんジェスは最初から王家の血を引く人間だったわけだが……。

領主には権力があるだろう。金もあるはずだ。そういうところに優秀なイェスマを買う権利があったのか、それとも逆に、領主に仕えることで知識や教養が身についたのか。

「シュラヴィスさんのおばあ様——私のおばあ様も、領主さんに仕えていたそうですよ」

「そうなのか」

地の文だったんだが……。

「ええ。ヴィースさんから伺いました。ヴィースさんは、魔法をおばあ様から教わったそうです。おばあ様も聡明で美しい方で、独力で王都に辿り着いたといいます。それでイーヴィス様のお妃に。だいぶ前に亡くなられたようですが」

「じゃあ、三代続けて領主のイェスマだったし、一人で王都に入ったし、聡明で美しいってことになるわけか」

「三代……？」

「ジェスだってそうだろ」

俺の言葉に、ジェスの頬がほんのりと赤くなる。

「わ、私は違います！　聡明で美しくなんて……それに王都には、豚さんも一緒に入ったじゃないですか」

「俺はノーカンだ。豚だからな。それに聡明で美しいのは否定のしようがない事実だ」

「そんなことを言ってくださるのは豚さんだけですよ」

「シュラヴィスだって言ってたぞ。妹にならないかって勧誘してたじゃないか」

「……それはまた、別のお話です」

少し困っている様子のジェスを見て、話を戻す。

「やっぱり領主に仕えるイェスマには、聡明で美しい人が選ばれやすいんだろうな。だから王都にも辿り着きやすいし、王家にも迎え入れられる。王朝も領主とはいい関係を築きたいだろうから、その辺り優遇していてもおかしくはない」

「どうでしょうか……領主さんの家ではきちんとしたお食事や、場合によってはお小遣いがあることも多いでしょうし、必要な教育を施すこともあるでしょう。それがイェスマの恵まれた栄養状態や、旅に必要な知識へと結びつく、というのも大きいと思います。少なくとも、私の場合はそうでしたから」

「まあ、要因としてはあるだろうな」

もって生まれた才能と、育った環境。きっとどちらも同じくらい重要なのだろう。旅に成功するかどうかが旅の前からある程度決まっているというのは、なんだか寂しい話だった。

そんな話をしているうちに、俺たちは広場に辿り着いた。おそらく五芒星の中心だろう。背の高い建物に囲まれた、円形の巨大な広場だった。

中央には、何かのシンボルだろうか、オベリスクのような先の尖った石柱が建っている。どうやって造ったのかとても大きく、周りの建物の屋根よりも高くそびえていた。

広場からは五本の大通りがまっすぐ伸びる。五芒星の街にふさわしい、五放射相称。大通りによって、広場を囲う建物群は五つに分けられている。

五つに分かれた中でことさら目立っているのが、北側に建つ、ドーム屋根の巨大な聖堂だ。きっとレスダンで一番大きな建物だろう。オベリスクの高さも、さすがにこの聖堂の大きな屋根には敵わない。聖堂以外の建物はどれも狭苦しい角ばったつくりをしていて、ほとんど隣と繋がるような形で立ち並んでいる。

「こっちだ、聖堂の方に」

俺はにおいを辿った。幸運にも途切れることのなかったにおいは、聖堂の裏手へと続いていた。聖堂の裏には、柵で囲われた緑地がある。庭のようだ。

「このお庭……街の中心部、聖堂の裏にこれほど広い敷地をもっているとなると……」

ジェスと頷き合う。歩き続けると、レンガ造りの大きな邸宅が見えてきた。日は傾いてきたが、窓の中は暗い。明かりはついていないようだ。

「こちらでしょうか」

ジェスは柵に沿って歩きながら、不安げに内側を覗いた。

「かもしれないな。人の気配はないが……それがむしろ怪しい」

しばらく歩いていくと、金属でできた立派な構えの門があった。門のすぐ内側には、小さくて粗末な小屋が建っている。見張りの者が暮らすのだろうか。

追いかけてきたにおいはまっすぐ門の中へと続いていた。

「鍵が開いていますよ」

囁き声でジェスが言った。俺は頷いて応える。

少し押すだけで、門は軋むことなくなめらかに開いた。蝶番は金属だ。最近まで手入れがされていたらしい。それなのに明かりがついていないのは、どういうことだろうか。

「準備はいいか」

俺が訊くと、ジェスは真剣な目で見つめ返してくる。

「もちろんです」

もう日が落ちてしまったらしく、木々の茂る庭は暗い。俺はにおいに気を付けながら、ジェスは人の気配を警戒しながら、邸宅へと続く道を急いだ。

条件は揃っている。ヴィースの故郷。フレスコ画についた手形。温泉のおばちゃんが言っていた、ジェスに似ているという若者。そしてここまでまっすぐ続いてきたにおいの痕跡――シュラヴィスが敷地内にいる可能性は高い。

ずっと会って話をしたいと思ってきた相手だ。しかし、いざこうなってみると緊張する。あいつは――友達だったはずの若き王は、すっかり変わってしまった。俺たちとの対話を拒否するだけならまだいい。少女たちを強制連行し、解放軍へ果たし状めいた手紙を送って、王宮を燃やしてしまった。ノットたちは、それを宣戦布告と受け取っている。

もう猶予はないのだ。ここで説得に失敗すれば、殺し合いが始まってしまう。

邸宅の正面扉は――なんと開け放たれていた。中には赤い絨毯の敷かれた暗い玄関ホールが見え、まるでサメがぽっかりと口を開けて待ち構えているようにすら感じる。

ジェスと俺は慎重に一歩を踏み込んだ。

左右に廊下が伸びている。においは右の方へ続いていた。右に進路を取る。

人の気配はない。廊下が暗いので、ジェスが魔法の光を浮かべて先を照らした。

居間らしい部屋を見つけて、中に入る。ここも真っ暗だ。しかし、窓から見える薄明かりの空が、室内をほんのりと照らしていた。

こちらに背を向けてソファーが置かれている。背もたれの上に、丸いシルエットが二つ。ジェスの光が照らすと、それは人の後頭部だと分かった。金髪の男女が座っているのだ。

「あっ……すみません」

ジェスが声を掛けても返事はない。それどころか、二つの頭は微動だにしない。

どこからともなくふわりと血のにおいが漂ってくる。

〈ジェス、あんまりいい予感がしない〉

それでもジェスはソファーの向こう側へと回り込んだ。俺もその後に続き——青白い顔をした中年の男女が倒れ込むように座っているのを、正面から見ることになった。おそらくこの邸宅で暮らす夫婦だろう。室内着とはいえ、身なりは上品だった。

二人とも手足を投げ出して、うっすら口を開け、逆に目を閉じている。生死は不明だが、明らかに意識がない。濃密な血のにおいは、床に敷かれた赤い絨毯から漂ってくるらしい。赤くて分かりづらいが、どういうわけか部屋中に血が撒き散らされているようだ。

「なんだ、お前たちか」

低い声がした。

振り返ると、背の高い姿が思ったよりも近くに立っていた。紫色の法衣をまとった立ち姿は広い肩幅も相俟って威厳がある。きつくカールした金髪。

シュラヴィスだった。

しかし俺たちは、第一声を上げることができなかった。シュラヴィスの青白い右手から、赤黒い血がポタポタと滴り落ちているのに気付いてしまったからだ。文字通り身が竦む。

「帰れ。お前たちに用はないし、お前たちにできることは何もない」

冷たい声に、かつての優しさは微塵も感じられなかった。視線を奪われるようにその顔を見ると、身体はがっしりと発達しているのに顔がげっそりと痩せていて、とても正常には思えなかった。瞳の緑色は恐ろしいほどに冷ややかだ。

「わ、私は……」

ジェスがようやく発した声は、シュラヴィスのひと睨みによって尻すぼみになる。

「同じことを言わせるな。帰れ」

「……私はシュラヴィスさんのことが心配で！」

一息に言ったジェスを、シュラヴィスは無視する。そのまま俺たちに背を向けて、離れていってしまう。右手から血を滴らせたまま。

本当に、どうしてしまったんだ。

思慮深くて、真面目で、冗談が分からなくて、その割に下手な冗談をかましてくる優しい童貞は、いったいどこへ行ってしまったというんだ。

王の執務室を囲っていた分厚いレンガの壁や、金の聖堂のガラスの壁——あんなものよりもよっぽど厚くて高い壁が、俺たちとシュラヴィスとの間に立ちはだかっていた。

「なあ、この二人は……夫婦は、シュラヴィスがやったのか」

「そうだ。屋敷を探索するのに邪魔だったからな」

背中が答えた。罪もない人を殺したのか？　だが、返答がないよりはましだった。

「どうして、どうしてそんな！」

ジェスが言ってもシュラヴィスは答えなかった。足を止めず廊下に出てしまう。

「おい！　待て、少し話をしよう。少しでいいんだ」

俺たちはシュラヴィスの背中を追いかける。

「シュラヴィスさん、どうか話をさせてください。私たち、シュラヴィスさんのことがずっと心配で、シュラヴィスさんをどうしても助けたくて、この街まで――」

「そうか」

恐ろしく暗い廊下で、シュラヴィスは立ち止まり、こちらを振り返ってきた。

その表情は陰になって見えない。

「ならば訊こう。お前は俺の妻になれるか」

「……え？」

唐突な発言に、かわいそうなジェスは言葉を失ってしまった。

「妻になると言ってみろ。そうすれば話を聞いてやってもいい」

「…………じょ、冗談ですよね」

「俺がいつ冗談を言った」

以前は割とバリバリ言ってた気がするが……。

「知っている。俺の妻になどなれないのだろう。嘘でもなるとは言えないのだろう。お前の気持ちというのは、所詮その程度なのだ。心配しているようで、同情しているようで、結局うわべだけのもの。俺のためにその身を犠牲にするどころか、形ばかりの契約を結ぶことすらできない。お前は結局、俺のことをちっとも大切になど思っていない」

言っていることが支離滅裂じゃないか。

「結婚できないからといって、なぜ大切に思っていないことになる」

シュラヴィスは、今度は俺を無視した。まっすぐにジェスを見据える。

「俺は初めて会ったときからお前を好いていた。妻になることを期待していたし、そうでなければ妹にならないかと提案さえした。いずれの場合も、拒絶したのはお前ではないか。なぜ今になって、俺の拒絶を嘆くのだ」

「……シュラヴィスさんは、大切なお友達ですし……それに、従兄です！　それでは足りないんですか？　どうして、妻や妹になる必要があるんですか」

冷たい怒りがシュラヴィスの眉間に皺を刻む。

「お前には、王の子を産む覚悟も、王の座を引き継ぐ覚悟もないのだろう。それでよく、王である俺のことが分かった気でいられるものだ。俺を助けられるなどと思い上がれたものだ」

ジェスも俺も、怯んで言葉を返すことができない。

「自分自身に問うてみるがいい。お前たちは一度でも王家の責任を負おうとしたことがあるか？　暗黒時代の再来を防ぐという責務に真正面から取り組んだことがあるか？　責任の落ちてこない安全な場所から、話し合おう、戦う必要はないと、誰にでも言えるような甘言を俺に投げているだけではないのか？」

「ち、違います……私、そんなつもりは……」

ジェスがかわいそうだったが、シュラヴィスの言葉はあくまで正論だった。ジェスも俺も、何の責任も負わない立場にいた。今だって、そこからものを言っている。

「俺は王の責任を負っている。国の未来を背負っている。どんなにつらかろうが責務を遂行してきた。それなのに、お前は何だ？　誰にでもいい顔をして、優しさを振りまいて期待させ、しかし決してこちらに踏み込んでこようとはしない！」

溜まっていた不満を一気に吐き出しているのだろう。シュラヴィスの言葉は淀みなかった。

「お前が妹になっていれば、俺はいくらでも話を聞いたものを。お前に王位を継承する覚悟があれば、俺はお前を対等に扱ったものを。しかしお前はそうしなかった。俺を拒絶した。俺を突き放した。今さら話を聞いてほしいなどと、いったいどの口が言うのだ！」

言葉が俺たちを凍りつかせ、暗い廊下に沈黙が下りる。

――俺の妹にならないか

――これは冗談ではない。真面目な提案だ

――最悪の事態になったら、ジェス、お前が王位を継承してくれないか

燃え盛る古城の中でシュラヴィスが突然切り出したことを思い出す。

ジェスには、シュラヴィスと同じ「神の血」が流れている。強大な魔力を保証し、王の権威を保証してきた血脈。このメステリアにおいて、シュラヴィスとそれを分かつのはもはやジェスだけだった。

それなのに俺は――ジェスに対するあいつの提案を、真剣に受け取ることさえしなかった。シュラヴィスにとってそれほど大事な話だったとは知らずに、茶化してしまった。

反論できない。俺たちはシュラヴィスと同じ責任を負うことを拒絶した。思いやる言葉を無責任に投げかければ、それは硬い小石となってシュラヴィスに降り注ぐのだ。

沈黙を破ったのはジェスだった。

「シュラヴィスさんは……私の知っているシュラヴィスさんは、そんなことを言いません。き

っと魔法が精神に悪い影響を及ぼしているんです。どうか一度落ち着いて――」

「知っているか」

シュラヴィスは血みどろの右手の上に赤い炎を灯した。自然光とは逆向きの陰影が彫りの深い顔に刻まれ、彫刻のような無表情を際立たせる。

「俺はこれまでにないほど正気だ」

踵を返して、シュラヴィスは去っていく。炎に照らされるその右手から血が滴り続けるのが見える。俺は追いかける。なんとか交渉を続けなければならない。

「気付いてるか。あんなことをして、あんな手紙を出したせいで、ノットたちは本気でお前を殺しにくるぞ。脅しとか喧嘩とかじゃない。本当に、お前の命を奪いにくるんだ」

「知っている。お前たちがさっき来たということは、奴らはおそらく今晩中だろう」

そうなのだろう。オオタカの監視は逃れたが、俺たちは多分に手掛かりを残してきてしまった。豚を連れた少女なんて、目立ちすぎる。馬車や船の関係者を本気で当たれば、それほど時間をかけずとも俺たちの行き先は判明するだろう。

だからこそ、早く説得しなければならない。

「……どうするつもりなんだ。まさか本気で戦うわけじゃないだろうな。なあ、一度話し合ったらどうだ」

「俺はきちんと場を用意して、時については奴らに委ねた。次に顔を合わせたとき、正々堂々雌雄を決するつもりだ。どちらかが死に、どちらかが国を手にする。単純な話ではないか」

「馬鹿言うな、そんな必要はないんだ。殺し合いなんてやめろ」

「俺のしたことを、奴らが許すわけもない。そして俺は、奴らが生きている限り安心して王政を続けることができない。どちらが正しいか、決まらなければならない。俺はそのためにふさわしい場を用意しただけ。あちらから来たら、俺も全力で奴らを殺しにかかるつもりだ」

「早計にすぎる。いったん座って話そう。まだ時間はあ――」

突然、鷲摑みにされたように鼻と口が圧迫された。口が全く動かせなくなり、行き場を失くした呼気が豚鼻を惨めに鳴らす。

「黙れ。立ち止まれ、考え直せとお前たちは言うが、これだけの時間があって、俺が立ち止まりもせず、考え直すこともしなかったと思うか？　浅い決めつけで突っ走るほど、俺が愚かだと思っているのか？」

答えられない――物理的にしゃべれないのもあった。それだけではなく、意識が薄れ、目の前に星が散り始めていた。締めつけによって呼吸が阻害され、酸欠になり始めているのだ。

「シュラヴィスさん！」

ジェスが手を素早く振り下ろすと、シュラヴィスの左手が弾かれるように小さく跳ねた。その瞬間、俺の鼻と口が解放される。大きく息を吸い込む。

どうやらあいつは、右手で炎を灯しながら、左手の魔法で俺の口を塞いでいたらしい。ジェスがそれを魔法で妨害し、解除してくれたのだ。

途端にジェスは、振り下ろした手をハッとした表情で押さえた。シュラヴィスの顔に意地の悪い笑みが浮かぶ。

「争いとはまさにそういうものだ」

シュラヴィスは弾かれた左手を軽く振り、銀色の小刀をその手に創り出した。何をするのかと身構えていると、その左手は躊躇なく、自分の右手首をずぶりと刺す。

「……っ！」

ジェスが声にならない声を上げた。シュラヴィスは顔をピクリとも動かさず、血に濡れた小刀を床に捨てる。右手から滴り落ちる血の量が、さらに多くなった。

「シュラヴィスさん、何をされているんですか？　どうしてご自分の身体を、そんな……」

癒そうと思ったのか、ジェスがシュラヴィスのもとへ駆け寄った。シュラヴィスはあろうことか、左手の軽い一振りでジェスを跳ね飛ばした。魔法の衝撃波によって、ジェスは床に激しく叩きつけられる。

「ジェス！　大丈夫か！」

「私は大丈夫です。でもシュラヴィスさんが……」

すっかり乱れてしまった髪を口の端に咥えたまま、ジェスは身体を起こす。床は絨毯だ。怪我はないらしい。しかしよくも、あいつはジェスを……！

睨むように振り返ると、シュラヴィスは廊下の先、少し離れたところで立ち止まっていた。右手の炎で照らした床をじっと眺めている。

何か見つけたのだろうか。

「まさか……心の在処って……」

隣でジェスが小さく呟いた。

何がまさかなのか。心の在処が何なのか。

ジェスの視線は、シュラヴィスの右手に釘付けになっていた。

小刀でつけられた切り傷から、赤黒い血が絨毯の上に滴り落ちている。そして――おかしなことに、その逆が起こっていた。絨毯から赤い液滴が浮かび上がり、シュラヴィスの左手に戻ろうとしている。いったい何をしているのだろう。

手首を切り、血を絨毯に一度落としてから、それを魔法で浮かび上がらせて回収している。

浮かび上がった血は、左手の上に集まって小さな球体をなした。

「シュラヴィスさん、いけません！　それは――」

ジェスの制止もむなしく、シュラヴィスは左手の上に浮いた血液を一口で飲み込んだ。

炎が消える。闇の中でシュラヴィスは左右の手をだらりと下げ、うなだれた。

「ジェス、何が起こってるんだ。シュラヴィスは何の儀式をしている」

「儀式じゃありません……シュラヴィスさんは、霊術を使うつもりです」

「……霊術？」

記憶が蘇ってくる。霊術——崖から飛び降りた俺を蘇らせるためにジェスが使ったという、禁忌の術。確かに、俺の血を使って霊魂を分離しただとか、霊術には身体の一部や血を使うだとか、ジェスはそんなことを言っていたかもしれない。

「霊術って、何のために」

「止めないと……！」

ジェスがシュラヴィスのもとに走った。しかし途中で、また弾かれて尻もちをつく。

「邪魔をするな」

俯いたまま、シュラヴィスは言った。

「ジェス、シュラヴィスは何をしてる。霊術ってどういうことだ」

素早く訊くと、ジェスは立ち上がりながら教えてくれる。

「自らの血を媒体として、死者の身体の一部を混ぜ込んだ屍薬を作り……それを飲み下すんです。もし霊魂がこちらに残っていて、使用者に霊術を使う素養があれば……その霊魂を具現化することが、ある程度まで可能になります」

「霊魂を具現化する？」

「……その、要するに、交流ができるようになるということです」

シュラヴィスが動いた。ゆっくり、跪くようにしゃがむ。

暗い廊下の中でぼんやりと、シュラヴィスの前に何か大きな塊があるのが見えた。その何かは震えるように、小刻みに揺れている。

「話せますか」

シュラヴィスの優しい問いかけに、塊が答える。

「あぅ……ぅう……」

その苦しむような唸り声を聞いて、驚いた。聞き覚えのある声。ヴィースの声だった。

ヴィースの身体の一部が、こんなところに……？　そう考えて、この赤い絨毯に何があるのかを悟った。血だ。

つまりシュラヴィスは、絨毯に染み込んだ大昔のヴィース——マリエスの血を見つけ、自分の血と混ぜ、それを飲むことで、彼女との交流を試みているというのか。

シュラヴィスはすっと立ち上がった。そして右手の上に炎を灯す。光が廊下を照らしたときには、塊のようなものはもう見えなくなっていた。

「シュラヴィスさん……どうして」

「霊術を使いこなせるのがお前だけだと思ったか？　お前に霊術の本を教えたのはこの俺だ」

「もしかすると……すでに何度か試されたんですか……？」

「ああ。何度もやった。王都で、母上のご遺体を使ってな。しかし一度も上手くいかない」

実験結果を報告するような淡々とした口調で、シュラヴィスは答えた。

「原因は明らかだった。一つしかない霊魂は、たった一ヶ所にしか宿らない。もし霊術で母上を呼び出せるとすれば、それは死んでしまった母上が心を置き去りにしたところでのみ成功するのだ。母上の心は、ご遺体には宿っていなかった」

そこでシュラヴィスの顔に、いっそう暗い影が落ちる。

「母上の心は、王都などには残っていなかったのだ。母上はここでシトと出会ったらしい。この場所にある母上の痕跡を使うのが、一番可能性が高いものと思っていたのだが……」

シュラヴィスは新たに、左手に小刀を創り出した。制止する間もなく、またずぶりと右手首に突き刺す。赤黒い鮮血がさらに垂れる。

「ダメです！　やめてください！　そんなに血を流したら、霊術を使ったら――」

「お前に人のことが言えるのか」

その一言で、ジェスはすっかり黙ってしまった。シュラヴィスは血を垂れ流しながら、廊下をそぞろ歩き始める。何かに憑りつかれているようだった。

「ジェス、何のことだ」

問いかけても、ジェスは口を閉ざしたままだ。シュラヴィスがジェスを振り返る。

「まだ話していなかったのか。お前が何をしたか。霊術の代償がどんなものか」

ジェスは目を見開いて、あわあわと唇を震わせる。

「シュラヴィスさん……」

その様子を見て、シュラヴィスは口許に意地の悪い笑みを浮かべる。

「そうか、秘密にしていたのか」

「シュラヴィスさん、お願いです！　どうか、お願いですから話さないでください！」

「何のことだ」

嫌な予感がした。ジェスがこれほど話してほしくないと願うものは、何なのか。知らなければならないと思ったが、同時に、これほど知りたくないこともなかった。

シュラヴィスはのんびりとこちらに戻ってきた。血塗れの右手に燃える炎が、その悪意に満ちた表情を照らしている。

「霊術とは、死者を蘇らせる便利な魔法ではない。魔法以前の原始的な術。霊魂と霊魂との、純粋なやり取りだ。願いを叶えるほど、同じだけのものがその身から失われる」

「シュラヴィスさん……お願いです。それだけは……」

ジェスの声は、制止から懇願に変わっていた。

しかしシュラヴィスは、全く気にする様子もなく続ける。

「常人ならまだ、精神を壊すだけで済むかもしれない。しかし魔法使いであれば――それも強力な魔法使いであるほど、代償は命に直接関わってくるのだ」

命に――その言葉を俺は受け止めきることができなかった。

シュラヴィスはもちろん、ジェスだって、強力な魔法使いじゃないか。

ジェスは隣で涙を流しながら訴え続けていたが、俺は耳を塞ぐことができなかった。

本当なら、ジェスが知ってほしくないと願うことであれば、俺は回れ右して立ち去るべきだろう。しかし俺の身体は動かなかった。シュラヴィスの語りが、俺を捕らえて放さない。

「知っているか。ジェスはお前の霊魂がその身に留まっているのを知り、お前の血が染み込んだスカーフを使って霊術を行使したのだ。俺がやったのと同じように、自分の血と豚の血を混ぜ、飲み下した。それを何度も何度も繰り返した挙げ句、お前の霊魂を自分の身体から引き剝がすことに成功した。そこでようやく、お前に意識が戻った」

そうではないか。願い星を追いかける旅で、ジェスは言っていたではないか。

――私は、スカーフに染み込んでいた豚さんの血を使えば、霊術で豚さんの霊魂を分離できるかもしれないと知りました。知ったそばから、迷わず禁忌の道に進んだんです

――豚さんには言えないような、とっても悪いことです

「シュラヴィスさん、それ以上は……」

かわいそうなジェスは、懇願することしかできない。その気になれば、シュラヴィスを攻撃したり、俺を窓の外に放り出したりできるだろう。しかし、自分の秘密を守りたいというだけ

では、ジェスにはそんなことはできないのだ。

シュラヴィスはどこか嬉しそうに言う。

「簡単に言えばな、豚。お前がここでこうやって存在している間にも、ジェスの霊魂はその代償として削られている。やがて精神に異常をきたすだろう。そして魔法使いの場合、霊魂の消耗は死に直結する」

「待て……そんなこと、聞いてないぞ」

すぐそばでしゃくりあげるジェスの嗚咽が、あまりにも苦しかった。

「ジェスが言わなかったのだろう。しかしお前も、とっくに気付いていたはずではないか。霊術は禁忌だ。いい思いをして、何の代償もないと考えていたのか？　いい思いだけして逃れられるのならば、禁忌などになるわけがないだろう。お前はジェスが禁忌を犯したと聞いて、それ以上の心配をしてこなかったのか？」

とっくに気付いていたはず。心配すべきだった——言われてみれば、その通りだ。しかし俺は、そうしなかった。気付かなかったし、心配もしなかった。目を逸らしていた。

「ジェスもジェスだが、お前もお前だな。あれだけ得意げに色々な謎を解いておきながら、俺の作戦まで暴いてすべてを台無しにしておきながら、都合のいいことだけ忘れてしまう」

シュラヴィスの鋭い視線が突き刺さる。

「ヴァティス様がわずか四三歳で自ら命を絶ったのがなぜか、お前は知っているか？　いや、

「……考えもしなかったか？」

「……夫のルタが、そのころに元の世界へ帰ってしまったからじゃないのか」

「それだけで、暗黒時代の覇者が、王朝と奴隷制度の創始者が、自ら命を絶とうと思うか？　違う。考えが甘い。ヴァティス様は、お子を一人産まれたうえに、夫のルタを蘇らせようとして霊術を行使した結果、それだけしか生きられなかったのだ。だから自らの生命を見限って、最期にご自身の霊魂を切り離し、棺に入った。子々孫々が暮らしていくだろう王都を守るため、生ける屍となり、単なる魔力の源へと成り下がる決断を下した」

そうなのか――そうだったのか。

じゃあジェスは、俺がここにいる限り、あのヴァティスと同じように――

「豚さん、私、それでいいんです！　私は豚さんと一緒にいたいんです！」

目の端から涙をぽろぽろと流しながら、ジェスは俺に訴えた。

「豚さんのいない人生を生きるより、豚さんのいる短い人生を生きる方が、私は幸せです！」

「そんな……」

言葉がなかった。

シュラヴィスは、俺たちの様子を楽しむかのように、こちらを冷酷に見下ろしてくる。

「なんと愛の重いことか。よかったな豚。俺と違って、お前はここまで愛されている」

どうしてそんなにひどいことが言えるのか。

しかし、俺は本当なら、シュラヴィスに感謝すべきなのだろう。

俺が存在することで、ジェスの霊魂がどんどん削られていく。

ジェスはそのせいで早死にする。

知らずに過ごした方が幸せだったなんて、そんなことが言えるだろうか？

「豚さん……お願い……どうか聞かなかったことに………」

俺は涙だらけのジェスを見て、頷（うなず）いた。

「分かった……今はとにかくシュラヴィスの説得だ」

まだ嘆くときではない。そんな場合ではない。ノットたちが、シュラヴィスを殺そうと、こちらへ向かっているかもしれないのだから。

これはシュラヴィスによる精神攻撃だ。反応してはならない。

何よりもまず、戦いをやめるよう、シュラヴィスを説得しなければならない。

俺がいなくなったら――シュラヴィスと解放軍の間を誰がとりもつのか。ジェスだってきっと、シュラヴィスどころではなくなってしまうだろう。

今はとにかく、何よりも説得だ。

どうすればシュラヴィスは思い留（とど）まる？　和解しようと言わせることができる？

それを考えていた方が――怪物から目を逸（そ）らしていた方が、ずっと居心地がよかった。

「シュラヴィス……教えてくれたことには、感謝する。俺はお前が霊術を使おうとするのも、別に止めはしない。だからいったん、俺の話を聞いてくれ」

「聞いてやろう」

そう言っておきながら、血を垂らしたまま、シュラヴィスは廊下の向こうへと歩き始めた。ついていこうとした。しかしジェスは、床に蹲（うずくま）ったまま動かない。

シュラヴィスが俺たちを邪魔だと思って、排除しようとしているのなら――それは大成功に違いなかった。こちらは説得しようとして来たのに、突然カウンターのように真実を突き付けられて、それどころではなくなってしまった。力尽くでも排除できるはずだが、シュラヴィスは口だけで俺たちを退けようとしている。

やはりあいつは賢い。でも、負けるわけにはいかないのだ。

シュラヴィスを追わなければ。

ジェスがいないからこそ話せることも、あるかもしれない。

階段を上って、シュラヴィスは二階へ向かう。俺はその後に続いた。振り返っても、もうジェスは見えない。泣いているジェスに後ろ髪を引かれる思いだったが、俺は心を強くもってシュラヴィスに語りかける。

「なあシュラヴィス。俺はお前に、生きていてほしいんだ。当然ノットたちにも生きていてほしい。何度でも言う。どうかお願いだから、戦いをやめてくれないか。今からならまだ間に合うんだ。まずあいつらにひとこと詫（わ）びればいい。それから話し合いを始めればいい」

「生きていてほしい？　なぜだ」

「……何を言ってる。友達じゃないか」

「残念だが、俺はそうは思わない。一度たりとも、思ったことはない」

冷たく言い放たれた言葉は、俺の内臓をひやりと撫でた。

友達ではないと言われるのはつらいことだった。

「……そんなことはない。お前自身、その口で友達だと言ってくれたのを俺は憶えてる」

「そうだったか？　まあ口では何だって言える。お前を利用するために、そう言ったのだ」

本当なのだろうか。

もし本当だったとすれば……それは利用された俺が馬鹿だっただけのこと。俺は友達だと思っていたし、ジェスだってそうだ。俺たちの気持ちは変わらない。

「ジェスは従妹として、お前に生きていてほしいと思ってるじゃないか」

「従妹？　いいや、俺にしてみればまるで他人だ」

「他人だって？」

腹が立ってきて、説得している俺の方がムキになっているような気さえした。一方のシュラヴィスはあくまで淡々としている。俺は深呼吸して息を落ち着けた。

「知っているか豚、ジェスの日記をお前に見せたことがあるだろう。あのとき、実はお前に見られないよう気を付けたページがある」

──何のことだ。

また心がざわついて、呼吸が乱れてしまう。つい耳を傾けてしまう。

真実はまるで薬物だ。知るべきでないと分かっていても……知らずにはいられない。

二階に着くと足を止め、シュラヴィスはこちらを振り返る。

「お前がおじい様によって元の世界へ帰された後のことだ。ジェスは記憶を封印され、俺の許嫁として教育を受け始めた。俺は、ジェスがやがて俺のものになると聞かされた」

シュラヴィスの口が歪んで、皮肉な笑みを形作る。

「だから俺は、ジェスを抱こうとした」

「……夫婦になると決まったなら、まあそういうこともあるだろう」

「従順なジェスはな、最初は俺を受け入れようとした。だが結局、俺を拒絶したのだ。俺は突き飛ばされた。男としてこれほどの屈辱があるだろうか」

「………やめろ。そういう話は聞きたくない」

耳を塞ぎたくなった。腹の中に、熱を帯びたような不快感が充満していく。

しかしシュラヴィスは口を止めない。

「その日の日記にはな、俺のことが書かれていた。申し訳ないことをした、でもいつかは受け入れなければならないのだろう──と。健気だろう。お前には、お前のことが書かれたページばかりを見せた。だが他のページには、実に赤裸々に、王家への拒絶の感情を仄めかす言葉が綴られていたのだ。ジェスはお前にそのことを話したか？　いや、話していないだろう。霊術のことのように、お前には隠していたはずだ」

「秘密くらい……誰にだってある」

「そうだ。そして人は嘘をつく。演技もする。そのうえで訊こう。ジェスは本当に、俺に生きていてほしいと願っているだろうか？　お前は俺の本性を知ったうえで、俺に生きていてほしいと願うだろうか？　お前の想い人を奪って抱こうとした男に、同情できるだろうか？」

「関係ない。話が逸れている」

「逸れてなどいない。俺はお前たちの欺瞞を明らかにしようとしているのだ。俺に生きていてほしいだなどとほざくお前たちの言葉は、その欺瞞の上に成り立っている。知っているのだ。お前たちは実のところ、自分たち二人が幸せになれればそれでいいのだろう？　王朝のために動き、思い通りにならない俺が、邪魔で邪魔で仕方がないのだろう？」

「そんなことはない。話を戻せ。今は殺し合うなという話をしている」

「なぜ殺し合ってほしくない。解放軍の連中の命が惜しいか？　それならジェスと共謀して、今ここで俺を殺してみろ。それが一番早いではないか」

「……だから、お前に死んでほしくないんだよ」

「それが嘘だと言っている。真っ赤な大嘘だと言っている。見え透いているのだ。お前にも、俺に秘密にしていることがあるではないか。俺に知られれば都合の悪いことがある」

押し黙る俺を見て、シュラヴィスは笑みを浮かべた。

「セレスから契約の楔が取り除かれたのに、なぜまだ世界は正常に戻らない？　俺が気付かないとでも思ったか。深世界に潜ったのは、お前と、ジェスと、そしてノットだ。お前たちが原因なのだろう？　そしてそれを、俺から隠している。知ろうとする俺は邪魔な存在なのだ」

「……そんなことはない」

「王に嘘をつくな。俺はノットを斃したら、お前たちがどんなに抵抗しようとも、すべて暴くつもりだ。この国を正常に戻すためなら何だってする。俺の計画を話してやろうか」

聞きたくなかったが、聞くしかなかった。聞いてから、否定するしかない。

「計画って何だ」

「災いの元となる魔法使いを王都に封印し、災いそのものである超越臨界を終わらせ、この国に平穏を取り戻すのだ。招待移住が完了し、その半分は実現した。イェスマも王都民も完全に管理され、王都からは一人たりとも出ることができない。後は同時に超越臨界の原因を突き止め、葬るのみだ。そうしてすべての魔法が王の管理下にある時代を完成させる」

言葉に詰まる。

意地の悪い理屈だった。シュラヴィスが計画しているものは、俺たちの望む未来ではない。だがその計画を否定すれば、俺たちにとってシュラヴィスは都合の悪い存在だという主張を肯定することになってしまう。

「どうだ。これでもまだ、俺に戦ってほしくないと思うか？　本当は、いっそ俺に死んでほしいのではないか？」

気迫に圧され、思考が混乱する。

「……待ってくれよ。あんまりじゃないか。なぜ俺たちの言葉を聞かずに、俺たちの感情を決めつける。そんなこと、絶対に思っていないからな」

「いいか豚、結局のところ、お前たちの言葉なんてどうでもいいのだ」

心底迷惑そうに、シュラヴィスの眉が歪んだ。

「戦いを止めようというお前たちの行動は、どう足搔こうとも間違っている。俺には俺の正義がある。解放軍の側にもまた別の正義があるのは理解している。それを今夜、戦いで決しようというのだ。そこに何の問題がある？　お前たちがどちらにつこうが勝手だが、死んでほしくないだなどという浮ついた勝手な理屈を、俺たちに押し付けるな」

そう言い放ってから、シュラヴィスはふと顔を上げた。何事かと思い天井を見るが、特に何かがあるわけではない。ただ暗闇があるばかりだ。

シュラヴィスはポケットから折り畳まれた紙を取り出し、開く。

「……もう来たか、思ったよりも早かったな」

紙をしまって、シュラヴィスは近くの窓を睨んだ。窓の外には、中央広場に面した聖堂のドーム屋根が見える。

「どうした、まさかノットたちがもう来たっていうのか？」

「決闘の場は中央広場にするつもりだ。もし見届けたいなら、お前たちはビールでも買って、早めにテラス席を確保しておくといい」

「なに馬鹿なことを――」

俺が言い終える前に、シュラヴィスは駆け出した――下りの階段に向かってではなく、窓に向かって。ガラスの砕ける大きな音とともに、シュラヴィスの姿は一瞬にして窓の外へと消えてしまった。

「待て！」

追いかけようと思ったが、とても間に合わない。窓枠に前脚をかけ、粉々になった窓から顔を出しても、すっかり暗くなった街が見えるばかりだった。

俺は急いで方向転換して、一階にいるジェスのところへ戻る。階段を駆け下りるときに、絨毯（じゅうたん）で蹄（ひづめ）が滑った。ノットたちはどこまで来ているのだろう。もう街に入っているのだろうか。もしそうだとすれば、決闘が始まるまでもう一〇分もないかもしれない。

暗い玄関ホールに、ジェスの後ろ姿が見えた。すでに立ち上がっている。

俺に気付くと、振り返ってまっすぐに見てくる。その顔は、もう泣いてはいなかった。

「……まずいことになった。シュラヴィスが二階の窓から逃げた。ノットたちがもう近くまで来ているらしい」

「そうですか……どうすればいいと思いますか」

抑制した声で真剣に訊いてきた。その声色に少し安心する。

これまで通りのジェスだ。

「とにかく時間がない。時間を稼いで説得を続けるしかないだろう。俺には豚の嗅覚がある。俺がノットたちを探そう。ジェスはシュラヴィスを探して、説得を続けてくれないか。説得が難しくても、時間稼ぎができれば十分意味はある。中央広場で決闘をすると言っていたから、あいつは広場辺りにいるんじゃないかと思う」

「分かりました。説得……そうですね、頑張ります」

「頼んだぞ。じゃあいったん、解散だ」

そう言った直後、廊下の向こうからガタリと大きな物音が聞こえてきた。

俺たちは揃ってそちらを振り向き、警戒する。居間の方からだ。

この屋敷には、ジェスと俺とシュラヴィス以外誰もいないはずだった。シュラヴィスがまだ残っているのだろうか？　二階の窓から出たふりをして、一階から戻ることもできただろう。しかし、戻ったとしたらなぜなのか？　霊術を諦めていないのか？

ジェスと一緒に確認しに行く。

居間を覗いた俺たちは、その状況を理解するのにしばし時間を要した。

「おかしいな」

ソファーから、夫婦の姿が消えていた。シュラヴィスが、屋敷を探索するのに邪魔だったという理由で殺してしまったはずの夫婦。

「どうしてご遺体がなくなっているんでしょう」

「シュラヴィスが持ち出したか、あるいは――」

そこまで言って、俺たちが勘違いをしていた可能性に思い至る。

そうか――もっと簡単なことなのだ。

俺たちはあまりにも、言われたことを真に受けすぎていた。

「あの夫婦は本当に死んでいたのか？」

「どういうことですか」

戸惑うジェスに、早口で説明する。

「シュラヴィスは、殺したなんて一言も言ってなかっただろ。『シュラヴィスがやったのか』という問いに対して、『屋敷を探索するのに邪魔だったから』と否定しなかっただけだ。意識のない夫婦と絨毯の血から、俺たちが勝手に、死んだと思い込んでいただけじゃないか」

今思えば、血はシュラヴィスが霊術のために垂らしていたものに違いない。

あいつは夫婦を殺してなどいない。それなのに、まるで殺したかのように説明した。

なぜだ？　面倒だったから？　しかし気絶させたと言えば済む話ではないか。

わざと誤解を招く言い方をした？　それならば、なぜ？

思えば、シュラヴィスの行動には納得できない点が散見された——いや、もちろん納得できないことしかしていないのだが、それを踏まえても、あいつらしくない、合理的ではない点がいくつもある。

どうして王宮を燃やしてしまったのか。王都を出たことを解放軍に示す方法は、他にいくらでもあったはずだ。どうして政治の中心を自ら破壊する必要があったのか。

どうしてレスダンに来て、悠長に風呂などに入っていたのか。これから解放軍相手に戦うというのに、どうして戦闘の準備ではなく母の軌跡を探ることなどに固執していたのか。

そしてそもそも——どうして俺たちに対して、ここまでひどいことをするのか。

どうしてあんなにひどいことを言わなければならなかったのか。

優しかった友人は、なぜあれほど変わってしまったのか。

違和感が、一つの補助線によってきれいに繋がる感覚があった。

それを踏まえて、俺はジェスに訊ねる。

「なあジェス、一ついいか」

ジェスは俺を見て、黙って頷いた。右手がそっと、胸の上に添えられる。

「……あんまり深刻な話じゃない。安心してくれ。ちょっと教えてほしいだけだ。俺がメステリアにいなかったときのことについて」

「はい……」

「なんというかとても訊きづらいんだが……なんだ、その、俺が元の世界に帰った後、ジェスはシュラヴィスに求められたりしたのか？」

「求められるって……何をですか？」

「なんて言えばいいかな、ほらあれだよ、夫婦っぽいこと、的な……」

暗闇の中だったが、ジェスの肩がきゅっと縮むのが見え、きっとその耳はすっかり赤くなっているのだろうと推測することができた。

「も、求められてません！」

「これは嫉妬とかじゃなくて、真面目な問いなんだが……本当だな？」

「本当です！　そもそもシュラヴィスさんは、私を許嫁として見ることなんてなくて……女性としての役割を求めることも、全くしてきませんでしたから」

「そうだよな……やっぱりそうだよな。ありがとう。念のための確認だった」

「……何の確認ですか」

俺はバップサスで過ごした夜のことを思い出していた。

ジェスとノットがビールを飲んで、二人で寝室に入ってしまった夜のことを。

あのとき俺は、ノットにジェスを取られてしまったものと思い込んで、醜く嫉妬していた。

イケメンはおしなべてクソ野郎なのだと決めつけた。だが、そうではなかった。

「ノットのときと同じ過ちを、しないための確認だ」

説明は後だ。今は急がなくてはならない。

俺が説得すべきなのは、シュラヴィスではない――ノットたちだ。


俺たちが邸宅にいる間にも、事態は悪い方へと進行していた。

ジェスと別れた後、俺は来た道を戻って街の入口を確認した。レスダンに一つしかない城門は、跳ね上げ橋が吊り上げられて封鎖されていた。住民たちが街路に出てがやがやと騒いでいる。交わされる言葉を盗み聞きするに、レスダンが軍勢によって――話しぶりからして解放軍の戦士たちによって、包囲されているのだという。

きっと近隣の街から集まってきたのだろう。

城門近くでウロウロしていると、聞こえてきた会話から新たなことが分かった。レスダンの人々に解放軍を締め出すつもりはないのだが、跳ね上げ橋は不思議な作用によって全く動かなくなってしまったそうだ。

つまり、城門を閉じたのはシュラヴィス。解放軍を待ち構えていたはずなのになぜ――と考えると、あいつの狙いが見えてくる。

シュラヴィスが求めているのは、あくまでノットたちとの決闘だ。解放軍との全面対決ではない。城門を閉ざせば、ノットたち少数精鋭だけが街へ侵入してくると踏んだのではないか。

問題は、ノットたちがすでに城壁の内側まで来ているかどうかだ。

石畳だけでなく風のにおいにまで気を配るが、城門近くは人が多すぎてにおいの追跡が難しいことがすぐに分かった。人混みを避けて、城壁に沿って歩く。ノットたちが侵入するとしたら、おそらく城壁を上から越えてくるのではないだろうか――

ふわりと風に乗って、嗅いだ覚えのあるにおいが漂ってきた。

しかしそれは、ノットでも、イツネでも、ヨシュでもない。

「ケント！」

薄暗いなかでも、イノシシの着ているボロボロのドレスはよく目立った。

「……ロリポさん。ジェスさんは？」

抑制された、低い声だった。

「別行動をしてるんだ。そっちはどうだ。ノットたちは？　もうこの街に入ったのか？」

しばらくの逡巡（しゅんじゅん）のち、イノシシは項垂（うなだ）れる。

「すみません。言えないです（ノーコメント）」

「そうか……」

気持ちは分かる。ヌリスのことを好いていたケントが、彼女を強制連行したシュラヴィスを許せるはずがないのだ。王を斃（たお）そうとするノットたちに協力するつもりなのだろう。

そしてそれを止めようとしている俺は――ケントにとって邪魔な存在なのかもしれない。

ケントの着ているドレスは汚れてほつれてひどい有様だった。近づいて見れば、水が滴っている。なるほど、ケントは堀を泳いできたのだ。さらによく観察すると、鼻の周りや腹側の体毛に泥がついている。堀を泳いだら泥は落ちるはずだから、泥は堀を泳ぎ切った後についたもの。城壁のどこかに隙間を見つけ、土を掘ることで侵入したのだと分かる。

ノットはともかく、大きな武器を持ったイツネやヨシュは、そのルートで侵入するのが困難なはずだ。ノットは双剣の炎を使えば城壁を飛び越えることができる。わざわざ狭い穴をくぐってくる必要はない。

「ノットとは別行動なんだな。偵察に来たのか？　それとも俺たちの足止めか？」

「すみません……今は話せません」

ケントはあくまで解放軍として動くようだ。説得しなければならない。

「なあ、ヌリスのことなら心配いらない。王都の地下で、きちんと生きているはずだ。シュラヴィスがそう言っていた」

「どうでしょうか」

「聞いてくれ。俺はシュラヴィスの本当の狙いに気付いた」

時間がないので、一方的ながらも内容を手短に話した。最後に言う。

「……だから、ヌリスを取り戻すには、戦いを止めるのが一番なんだよ。分かるか。あいつを殺してしまうのは逆効果なんだ」

イノシシはその小さくつぶらな瞳で俺を見つめてきた。

「信頼して、いいんですね」

「当たり前だ。仲間だろ」

「……分かりました。オレの知ってる範囲で、話します」

「ありがとう」

俺の言葉に、イノシシは黙って頷(うなず)いた。

「……じゃあ、ヨシュの居場所が知りたい。分かるか？」

迷うことなく、ケントは言う。

「ええ。ヨシュさんなら、イツネさんと一緒に北側へ向かいました。城門とは反対側です。ノットさんは城門側(こちら)から入りました。挟撃(はさみうち)するつもりでしょう」

「ということは……シュラヴィスの居場所を、あいつらはもう把握してるのか？」

「空からの偵察(オオタカ)がいますから。それに、ヨシュさんの眼(め)なら肉眼でも確認できました。シュラヴィスさんは中央広場のオベリスクの上に立っているそうです。あそこからなら、全方位(三六〇度)の視界を確保できるんだと思います」

「なるほどな。ありがとう……ケントはこれから、どうするつもりだ？」

「オレは……」

少し言い淀(いよど)んでから、俺をまっすぐに見てくる。

「本当は、ロリポさんやジェスさんを引き留めて妨害する役割だったんです。セレスとバットも一緒に街へ入ったんですが……二人を止めないと」

「セレスも……二人は何を？」

「騙(だま)し討(う)ちで、ジェスさんを拘束する予定でした」

「どうしてジェスまで」

「侮(あなど)れないでしょう。ジェスさんも魔法使(チート)いなんです。作戦を妨害されては困ります。オレたちは本気で、勝つために――シュラヴィス(最後の王)さんを斃(たお)すために来たんですよ」

　そうか……そうなのだろう。解放軍はあまりにも真面目に受け取ってしまった。

　シュラヴィスの下手くそな冗談を。

「セレスたちとは、どうやって連絡を取るんだ」

「足の裏を嗅がせてもらいました」

「…………？」

「シュラヴィスさんがイェスマだった子たちを強制連行したおかげ(せい)で、オレたちには心の声による通信が使えません。二人に何か伝えるなら、においを追跡して直接話すしかないんです」

「……分かった。俺はヨシュに会いにいく。ケントは二人を止めてくれ」

「そうしましょう」

　その声にどこか冷たさを感じて、俺は言う。

「ヌリスは俺が、責任をもって必ず解放させる。他のイェスマたちもだ。そのためにもどうか頼むぞ。今晩、必ず戦いを止めるんだ」

「分かってます。シュラヴィスさんのことは信じられなくても……ロリポさんのことなら、信じられます」

「助かる。じゃあ、また」

「はい」

俺たちは——豚とイノシシは散開し、それぞれ通りを逆方向に進んだ。俺はまっすぐ北を目指す。ヨシュたちはおそらく、城門とは正反対の城壁を越えてくるだろう。なぜなら、そこだけがシュラヴィスからの死角になるためだ。

シュラヴィスが立っているオベリスクの上からは、ケントの言う通りほぼ全方位を見渡せるが、一方向だけ例外がある。聖堂だ。聖堂はオベリスクより高い。つまり、聖堂の側にある城壁を越えれば、シュラヴィスには見つからずに街へ侵入できる。

逆の城門側から入ったノットは、正々堂々、正面から戦いを挑むだろう。シュラヴィスは必ずそれに応える。隠密に接近した姉弟がそこを背後から討つ——ケントから聞いた情報が正しければ、こんな作戦になっているはずだ。

シュラヴィスにとどめを刺すのは、金の鉈を持ったイツネの役割だ。つまりイツネは最後まで隠れている。近接攻撃だから、広場に面した建物のどこかに隠れるしかない。

一方ヨシュは、シュラヴィスの攻撃が届かない高台に隠れているだろう。そこからあのクロスボウでノットやイツネを援護する。

シュラヴィスはそれをすべて見越したうえで、見通しのよいオベリスクに立っているのだ。

決戦までの秒読みが始まっている。

夕焼けの名残はすっかり消えて、美しい星空が古い城郭都市を覆っていた。

やるべきことを終え、中央広場に駆けつけたころには、すでにノットの姿が見えていた。

両手に剣を持ち、外套を脱いだ身軽なシャツ姿。大通りの中央を広場に向かってゆっくり歩いてくる。鎧の類は身に着けていない。敵は鎧など通用しないシュラヴィス一人だからだ。

シュラヴィスは依然、オベリスクの頂上に立っていた。紫色の法衣をはためかせ、しかしその身体は風に全く揺れていない。オベリスクにはかなりの高さがある。それだけ姿は小さく見えるが、異様な威圧感を放っている。

ジェスもいた。オベリスクの麓に立っている。シュラヴィスに向かって必死に何かを叫んでいるが、内容までは聞き取れない。シュラヴィスも耳を貸している様子はなかった。

広場の縁で、ノットは一度立ち止まった。その姿は当然シュラヴィスから見えているし、ノットも顔を上げて、オベリスクの頂上を睨みつけている。ジェスが翻って今度はノットを制止しようとしているのが分かった。

暗い夜の広場に、北の平野の冷たい風が走り抜ける。

先に動いたのはノットだった。

だらりと下げていた剣を突然鋭い軌道で振り上げると——巨大な炎が噴き上がり、オベリスクの中央に直撃した。

炎が爆散し、暗い街が一瞬だけ眩(まぶ)しいほどに照らされる。

積み木を崩すように、オベリスクはあっけなく崩壊した。炎と黒煙と土埃(つちぼこり)の中で、無数の石材が広場の石畳を打つ音が地鳴りのように轟(とどろ)いた。

周辺で様子を見ていた住民たちが、途端に叫び声を上げて去っていく。

「ジェス！」

俺は咄嗟(とっさ)に駆け寄った。ノットはジェスがいても容赦しなかった。自己防衛できると踏んでいたのだろうか。それとも、ジェスが石材に潰されても構わないと判断したのだろうか。

炎と煙が夜風に流されて消える。シュラヴィスが瓦礫(がれき)の山の一番上に、何食わぬ顔で立っているのが見えた。

ジェスは、素早く距離をとっていて無事だった。ひとまずほっと息を吐く。

「やっと見つけたぜ、陛下」

ノットは言いながら、炎を放った剣からリスタを取り出して地面に捨てた。流れるような動作で次のリスタを装塡する。睨む先はシュラヴィス一人。

「決闘に応じてくれたこと、感謝する」

淡々とした声でシュラヴィスが応えた。

どちらの眼中にも、ジェスや俺の姿は全く入っていないようだ。

瓦礫の王をまっすぐに見て、ノットは問う。

「最後に一度だけ聞く。お前に——王朝に、連れ去った少女たちを解放するつもりはないか？　首輪に束縛されず、命を脅かされず、自由に暮らす権利を与えるつもりはないか？」

炎の英雄を見下ろして、シュラヴィスは答える。

「そのようなつもりは一切ない。魔力を秘めた者たちの自由は、すなわち暗黒時代の再来を意味する。俺が、王朝が、今の方針を変える可能性は微塵もない」

「そうか。なら、話すことはもうねえな」

「……そのようだ」

シュラヴィスが右手を振り下ろすと、そこに銀色のレイピアが現れた。装飾のない、細く長い片手剣。シュラヴィスが剣を持っている姿は初めて見るかもしれない。鋭い銀の刃が電撃を纏い、強く弾け散るスパークを放った。

シュラヴィスは大きく息を吐いて——そして微笑んだ。

紫の法衣が闇夜に翻る。

刹那、王の姿は見えなくなった。剣と剣のぶつかる音がして、急いでノットの方に視線を向ける。さっきまで瓦礫の上にいたはずのシュラヴィスが、すでにノットへ肉薄していた。電撃を帯びたレイピアによる鋭い一突きを、ノットは軽々といなす。電流はノットを捉え損ねて石畳を焦がした。

ノットはすかさず剣を振り下ろし、地面に炎の衝撃波を叩きつけた。二人の足元に燃える巨大な花が咲く。ノットは反動で軽々と宙を舞う。

距離を置いて、瓦礫の上に着地するノット。魔法による攻撃を警戒したのだろう。

ノットはオベリスクの残骸の上に。シュラヴィスは広場の入口に。

二人の位置関係が、一瞬にして反転していた。

「剣で生きてきた男を相手に、魔法使い様が剣で戦ってくださるとはな」

シュラヴィスを睨んだまま、ノットが軽口を叩いた。

「一対一だ。この方が公平ではないか？」

「白々しいこと言うんじゃねえ。俺が一人で来るだなんて、考えてもいねえくせによ」

瓦礫の上で、ノットは広場を囲む建物を示すように両手を広げた。

一方のシュラヴィスは視線をノットに固定したままだ。

「何人で来ようが変わらない。万が一俺を追い詰めたら、お望みの魔法も使ってやろう」

俺は周囲を見回す。イツネは広場のどこにいるのだろう。平坦な広場に身を隠す場所はないはずだ。どこか建物に潜んでいるに違いない。

ノットは今、シュラヴィスを広場の南側に移動させた。もしイツネが南側の建物に隠れていれば、二人でシュラヴィスを挟み撃ちして――殺害に成功してしまう可能性がある。

頼みの綱はヨシュだ。してほしいことと、その理由を、俺はきちんと伝えてきた。

だが、ヨシュはまだ動かない。なぜだろう。焦燥感が豚バラを焦がす。

もしかすると、シュラヴィスが瓦礫の山で死角になり、射線が通らないのかもしれない。それとも……ヨシュは俺の言うことを信じてくれなかったのだろうか。

早く。どうか早くしてくれ――

そう願うばかりだった。このまま決闘を続けていれば、どちらかが死んでしまう。

どちらも死んでいいわけがないんだ。

どちらも死ななくていい方法があるはずなんだ。

「やめてくれ！」

気付いたときには、俺は叫びながら走っていた。王と英雄の間で立ち止まる。

レイピアを構えるシュラヴィス。双剣を握るノット。どちらも俺なんて一刀両断にできる戦士だ。左右両側から突き刺さるような剣圧を感じる。

豚の身体はこういうとき、どうしようもなく頼りなかった。《スターバースト・ストリーム》は使えないし、獣の呼吸だって使えない。俺はひ弱な一匹の家畜だ。

「どけ」

低い声で言ってきたのは、ノットだ。しかし退くわけにはいかない。

「邪魔をするな」

シュラヴィスの声が続いた。皮肉にも、二人の意見が一致した瞬間だった。完全な板挟み。こんなハムサンドは真っ平御免だ。でもこれが俺の役割だった。

「せっかくここに集まれたんだ。剣も魔法もなしで、一度腰を据えて話そう」

剣を構える男に挟まれ、俺の言葉があまりにも虚しく響くことに気付いた。

命を懸けて文字通りの真剣勝負に挑んでいる二人だ。マシュマロのようにふわふわとした甘い言葉には何の力もなかった。

赤い炎が視界の端で閃いたかと思えば、俺は灼熱の衝撃波に突き飛ばされていた。

世界が回転する。ジェスが「豚さん！」と叫ぶのが聞こえる。誰かが俺を抱き止める。焼けるように痛かった身体がたちまち癒される。俺はジェスの腕の中にいた。

かなりの距離を吹き飛ばされたらしい。

顔を上げると、遠くで双剣が舞うのが見えた。シュラヴィス目がけて三日月形の炎が次々と放たれる。ノットは炎とともに瓦礫の山から跳躍し、シュラヴィスの頭上に飛びかかった。

すかさずシュラヴィスがレイピアで応じる。

炸裂する炎と青白い電撃が眩い光を放ったために、二人の姿は視界から蒸発した。

真剣同士が衝突する激しい音の応酬。

ひときわ大きな炎が燃え上がると、吹き飛ばされたのか、シュラヴィスが瓦礫の上に着地した。法衣の裾が焦げているが目立った外傷はない。

炎が消えると、ノットの姿も現れる。顔に煤をつけ、髪を振り乱して、鬼のような形相でシュラヴィスを睨みつける。俺だったら、あの視線を向けられただけで身体が動かなくなってしまうだろう――そう思わせるほどの鬼気が、ノットにはあった。

シュラヴィスは、肩で息をしながらも、平気そうな顔でノットを睨みつけている。肩を開いて胸を張り、顎を引かずに目だけで相手を見下ろす。その姿には、王の威厳と圧力があった。

あのノットと二回斬り合って、全く押されていない。魔法だけでなく剣術においても、シュラヴィスには優れた才能があるように思えた。もしかすると、自分の動きを魔法で補助することによって、動きを強化しているのかもしれなかった。

結局、俺には何もできなかった。

ジェスも俺も、もうとても二人の間には介入できない。ノットとシュラヴィスを結ぶ線は、今では岩をも削る激流のように感じられる。一歩でも踏み入ってしまえば致死の危険にさらされる――そんなことを直感的に思わせるほどの、苛烈な視線の衝突があった。

その迫力に、俺たちは言葉さえ奪われた。

次はシュラヴィスが先に動いた。

レイピアに激しい電撃を纏わせると、ノットに向かって鋭く跳躍する。弓なりの放物線ではなく、直線的な軌道で宙に飛び出し――

途端に、シュラヴィスの立っていた瓦礫の山が盛大に爆発した。

すべてがスローモーションに見え、地を引き裂くような轟音が遅れて耳に届いてくる。

シュラヴィスはなぜ足元を爆発させたのか。

ふと脳裏をよぎったその疑問は、すぐに前提から間違っていることが分かった。

瓦礫の山から、巨大な斧を持った人影が現れる。全身が眩い稲妻を纏い、積み重なっていた重い石材を軽々と跳ね飛ばしながら、豪速でシュラヴィスの背後に迫る姿。

イツネだ。

彼女は建物に隠れていたのではない――正確には、建物に隠れてはいたが、ノットがオベリスクを破壊したときの爆炎と土埃に紛れて、瓦礫の山の中に移動していたのだ。

ノットはシュラヴィスとの会話の中で、さりげなく周囲の建物に注意を向けさせていた。

ミスリードだ。あのときにはすでに、決着の型は決まっていたのだろう。

意表をついた一発勝負。

龍族の肉体をもつイツネは、粉塵まみれで、服は破れていたが、その頑丈で屈強な身体はほとんど無傷のようだった。

シュラヴィスの前には燃え盛る双剣。後ろには電撃を纏った大斧。

足場がなく、軌道修正の利かない空中で、シュラヴィスは見事に挟み撃ちされていた。

――まずい。

ここで勝負が決してしまったら、ヨシュに仕込んだこともまるで無意味になってしまう。

「…………！」

後ろから迫る大斧に気付いて、シュラヴィスは跳躍した姿勢のまま身体を捩った。しかしそこに、赤熱したノットの刃が勢いよく迫る。

空中で思い切り身体をぶつけにいくノットの、後先を考えない捨て身の攻撃。シュラヴィスは突こうとしていたレイピアを振り、炎の斬撃をかろうじて跳ね上げた。その反動で、シュラヴィスの体勢は大きく崩れてしまう。

もつれ合うようにして落ちていく王と英雄。

シュラヴィスはギリギリですべて躱したか――そう見えたところで、俺は気付く。

イツネはどこだ？

大斧はシュラヴィスの脇をすり抜けて、そのままあらぬ方向へと飛んでいく。

持ち主の――大斧を握っていたはずのイツネの姿がない。いつの間にか消えていた。

「くっ……！」

シュラヴィスは石畳に打ち付けられて、苦しそうに息を吐き出した。俺たちの方へ転がり込むように四つん這いで着地する。

「あっ――」

ジェスが小さく声を漏らした。俺も遅れてそれに気が付く。

四つん這いになったシュラヴィスのちょうどすぐそば――待ち構えていたかのように、消えた大斧の主が立っていた。

イツネは本命の武器を――魔法使いを殺すための金色の鉈を、黒い鱗に覆われたその手に持っている。振り下ろされる刃先は、まっすぐにシュラヴィスの首を向いていた。

「やめろ！」

咄嗟に叫んだ俺の声は、ジェスの叫び声と重なって、ただの騒音になり下がってしまった。

投擲された大斧が、激しい金属音を立てて遠くの石畳に突き刺さる。

銅鑼を叩いたような反響が止まないうちに――

さくり、と音が聞こえた。

金の鉈は完全に振り下ろされていた。

角ばったその刃は、嘘のように石畳を割って、中ほどまで地中に埋まっている。

全身に氷のような寒気が走った。そんな、嘘だ――俺は咄嗟に目を閉じていた。友の首が斬り落とされているところなど――肩の間の何もない場所から血が噴き出しているところなど、絶対に見たくなかった。

無音が世界を満たしていた。目を閉じていても何も分からない。ゆっくりと瞼を上げる。

乾いた石畳。そこに血は流れていなかった。

王の首は繋がっている。

鉈はわずかに軌道を逸らし、シュラヴィスの頭のすぐ横に振り下ろされたのだ。

狙いが外れた――わけではないのだろう。イツネは肝心の一発を外す戦士ではない。

見れば、土埃に塗れたイツネの顔に、一筋だけ濃くなった線があった。それは目尻から顎へとまっすぐ伸びている。強く歯を食いしばって、声を出さずに泣いている。

ノットは近くに倒れていた。目を見開いて、四つん這いのシュラヴィスと、そのそばで彼を討ち損じたイツネを見る。シュラヴィスがまだ生きているとなれば、そのそばで完全に足を止めてしまったノットとイツネは、魔法によって爆殺される運命にある。

渾身の一撃を外してしまったのだ。二人は死を覚悟しているように見えた。

だが、事態は動かない。

シュラヴィスも、自分が殺されなかったことが理解できないのか、動こうとしなかった。

三者が三者、一時的に動きを止めていた。

数秒のうちに、あまりにも多くのことが起こった。全員が混乱の中にあり、状況を把握しようと懸命に頭を働かせているように思える。

――と。

途端に静けさを取り戻した広場を、ひゅっと細い風の音が貫く。

目の前で、黒く塗られたクロスボウの矢が、石畳の上をからからと転がっていく。

ようやくだ。

ヨシュの放った一撃だった。

それは俺の依頼通り、そしてヨシュの狙い通りのものを射抜いていた。

四つん這いのままのシュラヴィスから、ぽたりと一滴血が滴る。ヨシュの矢は、シュラヴィスの耳たぶを正確に切り裂いていた。

もう一度風の音が響いて——今度の矢は的を外さなかった。

シュラヴィスの背中、中央よりわずかばかり左側に的中した二の矢は、突き刺さらずに地面に落ちた。本来ならば正確に心臓を貫いていたはずの矢だ。しかし矢尻は折られて、服を千切ったのだろう端切れが緩衝材として巻かれている。それは不殺の矢だった。

イツネは殺すのを躊躇してくれた。ヨシュは頼んだことをやってくれた。

今度は、俺が説得する番だ。意を決して口を開く。

「もうやめないか」

俺はいまだ動きを止めている三人のそばに歩み寄った。

「シュラヴィス。お前は最初から、殺し合うつもりなんてなかったんだろ」

「……出鱈目を言うな」

シュラヴィスは急いで立ち上がり、俺たちから離れようとした。その背中に問いかける。

「じゃあ説明してみろ。どうしてお前に矢が当たった？　今、お前の耳から流れている血を説明してみろ。さっきお前の背中に当たった矢を説明してみろ。お前ほどの魔法使いが、命を賭けた決闘の最中に、防御魔法を怠るのか？」

シュラヴィスは立ち止まったが、答えなかった。

ノットがこちらへ歩いてきた。通りすがりに一つ目の矢を拾い上げる。シュラヴィスの耳たぶを貫き、切り裂いた矢だ。それから、矢尻の折られた二つ目の矢に視線を落とす。

「なぜだ。なぜ手を抜きやがった。ここまで呼びつけておいて、なぜ本気で戦わねえ。防御しなくても勝てると思ったか？　慣れねえ剣まで使いやがって」

持っていた矢を、ノットはシュラヴィスの足元に投げつけた。からからと乾いた音が響く。

状況を把握できていない様子のジェスが、ノットとシュラヴィスを交互に見る。

俺がすべてを説明しなければならない。

真に受けてはいけない言葉の数々を。

真面目一辺倒の王がかました、とんでもなく下手な冗談を。

「ノット、聞いてくれ」

睨まれながらも、続ける。

「シュラヴィスはな、お前たちを殺したかったんじゃない。お前たちに殺されたかったんだ」

「馬鹿を言うな――」

こちらに背を向けたまま遮ってくるシュラヴィスを、俺はさらに遮る。

「何が馬鹿なものか。俺が全部説明してやる」

「言ってみろ」

ノットが俺を促した。頷いて、続ける。

「そもそも、今回の争いの発端は何だった？　イェスマを解放するかどうか、その一点についてお前たちは致命的に食い違ってたんだよな。イェスマとして扱われてきた少女たちを自由にしたい解放軍。彼女たちを自由にすることで戦乱の未来が再び訪れることを危惧する王朝。そこは互いに、絶対に譲れなかった」

その場にいる全員が——シュラヴィスでさえ、耳を傾けていた。俺は急いで続ける。

「十字の処刑人事件、セレスの一件、招待移住という名の強制収容。すべてシュラヴィスが一方的に王朝側の都合を押し通そうとした企みだった。解放軍はそれに猛反発した」

「当たり前だ」

ノットがそう言って顔をしかめた。俺は続ける。

「王都を攻撃する構成員まで現れ、ノットは遂に行動を起こすことを決意したんだよな。王であるシュラヴィスを斃し、国を自分たちの手で統治する。それが解放軍の目標となった」

「で、何が言いてえ？」

「これはなノット、解放軍の目標でもあり、シュラヴィスの目標でもあったんだ」

俺の説に、しばし誰も反応しなかった。ノットの眉間にますます皺が寄る。

「こいつの目標？……意味が分からねえ」

「暗黒時代の再来を防ぐためには、『最初の首輪』によって自由になってしまったイェスマたちを、一人残らず回収する必要があった。でもそんなことをすれば、民衆から反感を買うことは避けられない。必ず争いが起こる」

ここに致命的なジレンマがあった。

今このときの平和を追求すれば、未来に負の遺産を押し付けることになる。

何百万という命が失われた暗黒時代が再来してしまう。

未来の平和を実現するためには、今の平和を壊さなければならなかった。

手を取り合って話し合い、全員が納得できる方法を模索するだけではいけなかった。

誰かが破壊者になる必要があった。

「だからシュラヴィスは、自分一人がすべての必要悪を遂行し、すべての責任を被って死に、そのうえでお前たちに国を奪われることを望んでいた」

シュラヴィスの背中をまっすぐに見据える。

「それが、魔法使いを封印しつつ、国に平和をもたらす唯一の方法だったからだ」

俺の説明を聞いても、シュラヴィスは否定してこない。真面目な奴だ。論理的に否定しようと、嘘の説明を必死に考えているのだろう。反論される前に、続ける。

「お前だけの手によって魔法使いが王都に封印され、ノットたちの手によって自分が殺されることが重要だった。違うか？　暴挙を働いた王朝は愚かな王とともに滅ぼされた。英雄の手によって新しい時代が訪れた。そういう物語にしたかったんだ」

「そうではない――」

遮ってきたシュラヴィスの声には焦りの色が滲んでいた。構わずに言う。

「魔法使いの封印は、最後の王の負の遺産として民衆に受容される。その悪行とノットたちとは全く関係ないのだと、お前は自分を殺すことで示してほしかったんじゃないのか？　解放軍には、悪を斃し王朝を終わらせた革命者として国を任せたかったんじゃないのか？」

俺が一気に言葉を吐き出すと、ジェスが訊いてくる。

「それでは……シュラヴィスさんが、ノットさんたちの命を奪おうとしていたのは……」

「演技に決まってる。俺たちは騙されてたんだ。ノットたちが躊躇なくシュラヴィスを殺せるようにするための真っ赤な嘘だ。ひどいことを言って俺たちを遠ざけようとしたのも、悪人として、嫌われるためだろう。自分の死を誰もが喜んで迎えられるようにするためだ」

「違う――」

「すべて冗談だったんだよ。真に受けちゃいけない、下手くそで、全く笑えない冗談だ」

「違う！」

背を向けたままシュラヴィスは叫んだ。

「本当か？　じゃあなぜ指輪をノットに送りつけた。解放軍を打倒したければ、指輪をしたまま、自分から戦いにいけばよかったじゃないか。何の疑問も抱かれないよう不死の指輪を手放すには、指輪自体を挑戦状にするしかなかったからじゃないのか？」

まだ他にもある。思い返してみれば不自然なことが。

「そしてなぜ王宮を燃やした。生きて王都に帰るつもりだったなら、自分の住処を、行政の中心地を焼くなんておかしいじゃないか。あんなのは、負け戦の城主がやることだ。王朝の負けを印象づけるためだったんじゃないのか？　王朝の負の歴史が後世に残るのを防ぎたかったからじゃないのか？」

この街に来てからの足取りも妙だった。ゆったり温泉に浸かって身を清め、悠長に壁画なんかを眺めていたかと思えば、母が仕えていた家を訪れ、命を削ってまで家族のことを知ろうとした。勝つための戦いの前にやることではない。

まるで死ぬための心の準備ではないか。

霊術にまつわるジェスの秘密を暴露したのは、ジェスに嫌われるため。

ジェスを抱こうとしたただなんて嘘をついたのは――俺に嫌われるために違いない。

馬鹿馬鹿しい。

確かにシュラヴィスは、「十字の処刑人」事件で取り返しのつかない失敗をした。ノットたちや俺たちに嘘をついて騙そうとした。さらには北部勢力の残党に潜入していた解放軍の構成員を誤って一人殺してしまった。決して許されないことだ。

でもそれは、シュラヴィスなりに、真剣に世界のことを考えての行動だった。賛成はできないが、理解はできる。魔法使い同士の争いによって一千万の国民を数十万にまで減らしたという暗黒時代――その再来を何としてでも防がねばならないという責任があった。

だがそれは、一人でどうにかできるものではない。

一人で勝手に抱え込んで、負の面を全部自分が背負って消えようだなんて――

そんなことは絶対にさせない。

「シュラヴィス、俺はお前を見捨てない。俺たちはお前を見捨てない。自分が殺されれば済むだなんて、愚かなことは考えるな。そしてノット、今の俺の説明を聞いて、まだシュラヴィスを殺そうだなんて思えるか？」

王と英雄の間で、俺は二人に呼びかけた。剣を下ろした二人に挟まれる気分は、それほど悪いものではなかった。

ノットが舌打ちする。

「もし全部こいつの思い通りってことなら……納得いかねえな。俺たちはくだらねえ冗談を真に受けて、ここまで本気になっちまったってことじゃねえか」

シュラヴィスはそこで、ようやくこちらを振り返った。

蒼白な顔に、白目の赤さが際立っている。

「俺は――」

端整な顔を歪めて、若き王は叫んだ。

「俺はお前たちが思うような善人ではない！」

怒鳴りつけるような声には、びりびりと空気を震わせるほどの力があった。一方で、その目元から涙が落ちるのを俺は見逃さなかった。シュラヴィスは袖で乱暴に目を拭う。だがまた涙が流れ落ちてしまう。

ノットは手に持っていた双剣を腰の鞘にかちゃりとしまった。そのままシュラヴィスの方へ一歩踏み出し、言う。

「殺してほしいなら素直にそう言え。頭下げて懇願してみろ」

見下すように睨みつけて続けた。

「お前の父親はそうしたぜ」

父親の――マーキスの話を聞いて、シュラヴィスはぴくりと反応した。

驚いたことに、シュラヴィスはすっと片膝を折った。そのまま両膝を地面について、ノットの前に首を垂れる。

「……殺してくれ。お前たちの手で、すべてを終わらせてくれ」

「ダメです！」

ジェスが横からやってきて、二人の間に立ちはだかった。

「シュラヴィスさん。また一緒に、やり直しましょう」

頭を下げたまま動かないシュラヴィスの手前、ノットは剣の柄に触りさえしなかった。

激しい戦闘から一転、しんと静かになった広場に、近づいてくる足音が聞こえた。

ヨシュだ。こちらの様子を見て狙撃位置から下りてきたのだろう。姉と視線を少し交わしただけで、だいたいのことを察したようだ。

「まだ続けるつもり？　こんな茶番」

あくまで淡々と、ヨシュは言った。

「いつもそうだよね。何から何まで全部自分で決めて、それしかないと勝手に思い込んでさ。人の意見なんて聞こうとせずに、自分の決断に縛られたまま失敗するまで突き進む」

「…………」

シュラヴィスは膝をついたまま、じっと俯いていた。

「見なよ。お前を殺すはずだった姉さんの鉈は石畳に突き刺さったままだ。ノットは双剣を鞘から出してすらいない。俺だってこの通り、もうお前を殺すつもりはない」

ヨシュは何も持っていない両手を広げた。

「それでも死にたいなら……もう腹でも切って、自分で勝手に死んでくれ」

突き放すような、辛辣な言葉だった。ヨシュの真意は分からない。本当に死んでもいいと思っているのかもしれないし、どうせ死なないと見越しているのかもしれない。

いずれにせよ――突き放してくれたおかげでむしろ、ことは単純になった。

イエスマをどうするか、国をどうするか、解放軍と王朝のいずれが勝つか、そういった幾重にも絡み合った問題が、ことを複雑にしていた。

だが、本当はもっと簡単な話なのだ。

シュラヴィスが死を選ぶか否かという、本当はそれだけの話なのだ。

後は俺たちが、死を選ばせなければいい。

希望はあるはずだ。絶対に死んでやると心に決めているのならば、殺してくれだなんて言わない。迷いがあるから――心のどこかで生きていたいと思うから、他者に縋る。

セレスが教えてくれたことだ。

もう死にたいと言っている人こそ、生かそうとするべきなのだ。

もう何も話したくないと言っている人の言葉にこそ、耳を傾けるべきなのだ。

「シュラヴィス、お前は俺たちに嘘をついた」

あえて厳しい口調で伝える。膝をつくシュラヴィスと、豚の俺の視点は、同じ高さだった。

「お前は嘘をついたまま死のうとした。そんなの間違っていると、お前になら分かるはずだ。本当に自分が死ぬべき人間だと思うなら、お前の口から真実を話せ。真実で証明してみろ」

伸びた前髪の奥から、シュラヴィスの濁った瞳がようやくこちらを見てくる。

「真実？　他人のお前に、何の義理があって――」

「話を聞け！」

強く言うと、シュラヴィスは口を噤んだ。

「嘘を抱えたまま死にたいのか？　大嘘つきだとバレてしまったのに？　今ここでそのまま死んだって、お前には嘘だらけの、隠し事だらけの愚かな王という汚名しか残らないぞ。未来永劫、お前はずっとそう呼ばれることになるんだ」

まっすぐにシュラヴィスを見つめる。

「……どうせあっちには何もない。嘘も隠し事も、全部こっちで捨てていけ」

シュラヴィスはゆっくりと顔を逸らし、俺たち全員に背中を向けて立ち上がった。その手からレイピアが落ちて喧しい音を立てる。

「分からないのか。もう、戻れないところまで来てしまったのだ」

低い声が言った。

「俺は闇躍の術師を斃すために最後の至宝を使い、超越臨界をもたらしてしまった。秘匿されてきた『最初の首輪』の在処を暴いてしまった。そのせいで、世界が不安定な最悪の状況において、イェスマが自由になってしまった。のみならず、中途半端に取り繕おうとした計画によって信頼まで失った。すべて俺の失策だ」

誰も否定しない。残酷にも、事実だからだ。

「俺は史上最も愚かな王であり、愚かな友だった。立派な王にも、よき友にもなれなかった。

母上の弔いをしながら、決めたのだ――せめて自分の尻拭いをしてから消えようと」

誰も遮らない。否定しようにも、胸が詰まって言葉が出なかった。

「魔法使いを野放しにしないために、イェスマだった少女たちを漏れなく収容する計画を立てた。超越臨界（スペルクリツカ）を終わらせるために必要だと分かり、セレスを捕らえようとした。そして、すべての責任を負い――もう戻らない信頼と、もう戻らない命の償いとして、俺は死を選ぶことに決めたのだ。国をお前たちに託すために、お前たちの手によって葬（ほうむ）られることを望んだ」

シュラヴィスが斜めに俯（うつむ）き、その暗い横顔がわずかに見えた。

「どうだ。ここまで言えば満足か？　これがこの、愚かな王の真実だ」

王としてシュラヴィスがどれだけのものを背負ってきたか想像し、心が重くなる。

こんなことになってしまう前に、本当は誰かが――俺たちが一緒に背負うべきだった。

だが俺たちはそうしなかった。

だからこそ、この説得には全身全霊を懸けなければならない。

「戻らない、戻れないとお前は言うが、このまま進むのが正しいと本当に思ってるのか？」

俺の指摘にシュラヴィスの肩が揺らいだ。

「考えてみろ。ヴァティスの魔法は消え、王都の守りは崩れた。魔法使いを王都に封印したつもりだったかもしれないが、いずれ王都は攻め込まれるぞ。本当にこれで――このままお前が死んで、暗黒時代の再来が防げると思うか？」

シュラヴィスの拳がぎゅっと握られるのが見える。

「……そうだ。お前の言う通りだ」

諦めを示すように小さく首を振るシュラヴィス。

「最後の最後の計画にさえ、俺は失敗した。挙げ句の果てにはお前にすべて見透かされ、立派に死ぬことさえできなかった。こうして惨めに生き恥を晒している。そう、失敗だったのだ。俺の人生はすべてにおいて失敗だった。きっと、生まれてきたことさえもな」

「違う」

俺は即答した。

「確かにお前はたくさんの失敗をした。王として――独裁者としては、失敗ばかりだったんだろう。だが俺は、お前のそれを失敗とは呼ばない」

「失敗だろう！　失策だろう！　失政だろう！　他に何だと言うのだ！」

「――優しさだ」

理解しかねるのか、シュラヴィスは言葉を返してこなかった。

「思い出せ。十字の処刑人事件。あのときお前は、あんなに面倒なことをしなくたってよかったんだ。解放軍の要求など知らないと、最初の首輪を探すのはやめにすると、強引に突っぱねることだってできた。だがお前はそうしなかった。あくまで納得させようとした」

結果、企みが暴かれ、イェスマは解放されてしまった。

「招待移住(ジノーキス)だってそうだ。魔法使いをこの国から一掃したいなら、全員殺すという単純にして確実な方法があった。お前にはそうする力だってあった。だがそうしなかった」

魔法使いを殺さなかった結果、王都の守りが崩れるという想定外の事態によって、メステリアにおいて魔法使いを封印する壮大な計画もふいになった。

「しなかったのではない、俺は――」

「セレスを捕らえようとしたときだって、武器は使うなと命じていたのを俺は知ってるんだ」

シュラヴィスのすることは何もかもが強引に見えたが、その裏には隠しきれない優しさが見え隠れしていた。優しかったからこそ、王シュラヴィスの策は上手(うま)くいかなかったのだ。

そして――俺はジェスに鼻先を向ける。

「ジェスがここにいることだってそうだ。魔法使いを王都に封印したと言いながら、肝心のジェスがまだ自由に動き回ってるじゃないか。お前はなぜジェスを見逃している？」

「…………」

シュラヴィスは答えない。

「極めつきはこの決闘だ。お前は自分の命を犠牲にしてまで、ノットたちが国を治めるためのお膳立てをしようとしたんじゃないか。これを優しさと呼ばずして何と呼ぶ」

「俺は……決して優しさなんて……」

「全部優しさなんだよ。優しすぎるがゆえに、お前は王の仕事を遂行できなかったんだ。俺はお前の優しさのせいでお前が死ぬべきだとは思わない。お前ほどの優しい人間がこんなふうにいなくなってしまうべきだとは思わない」

「違う！」

シュラヴィスは吠えるように反論した。

「優しさではない。弱さだ。甘さだ。俺は王として不完全だっただけだ。出来損ないの王を人として見たところで何になる？　俺は数えきれないほど間違ったことをしてきた。すべて自分の意思でやった。微塵も優しい男ではない。王として生きることを選び、人として、誰のことも幸せになどしてこなかった！」

「そんなことはありません！」

ジェスが断言した。大きく首を振ってシュラヴィスを否定する。

「私はシュラヴィスさんに何度も助けられました。私が王都に入って、許嫁としての重荷に苦しんでいるとき、気負わなくていいと言ってくださったのはシュラヴィスさんでした。豚さんが身を投げてしまったとき、私を支えてくださったのはシュラヴィスさんでした」

そうだったのか――そうだったのだろう。

ジェスは俺に言わなかったが、俺がいないときジェスのそばにいたのは、シュラヴィスだったのだ。あいつはジェスに関係を迫るどころか、ジェスを支えてきた。

シュラヴィスはかぶりを振る。

「俺がいなくたって、ジェスは試練を乗り切れた。王家という狭い世界で、たまたまそばにいたのが俺だったというだけだ」

「私はそうは思いません！　今の私は、シュラヴィスさんのおかげでここにいるんです」

ジェスの必死の訴えも、今のシュラヴィスには響かないようだった。

さらに一歩、ジェスはシュラヴィスの方へと踏み出した。

「私の思いでは不十分なら、ヴィースさんのことを考えてください！　ヴィースさんは、シュラヴィスさんを心から愛していらっしゃいました。シュラヴィスさんがいたから、ヴィースさんは幸せだったんです」

「はたしてそうだろうか」

シュラヴィスは冷淡に返した。

「母上は幸せだっただろうか？　俺はそう思わない。イェスマとして過ごし、残酷な扱いを耐えた挙げ句、想い人と引き離されて好きでもない男と結婚させられた。そんななか義務として産まされたのが俺だ。しまいには、俺のために命を落としてしまった」

深刻な暗い色がシュラヴィスの顔を覆った。

「母上は死の間際、『立派な王になれ』などと、とても母が愛する息子に向けるとは思えない他人行儀な言葉を遺していった。そして亡き母上の心は、息子がいくら求めたところで、王都には残っていなかった」

「そんなことはありません！　ヴィースさんは――」

ジェスはそこまで言いかけて、口を噤んだ。

俺たちは口止めされているのだ。

父のマーキスも、母のヴィースも、自分の真意を息子には伝えないまま消えた。

――私は、あくまで自分のために、絶対の王として死ぬ

――立派な王になりなさい

彼らは自分の立場に縛られて、偽りの言葉を残して死んでいった。

俺たちに本音の一端を漏らしながらも、それを秘匿するよう念を押してきた。彼らもまた、王として、そして王の母として一生を終えることを選んだからだ。

そしてそれが、今この瞬間に繋がっている。

彼らの一人息子もまた、王として死ぬことを選ぼうとしている。まるで伝染する病だ。理不尽だと思う。悶々と渦を巻く思考がはらわたまで掻き乱してくる気分だ。

シュラヴィスがふと、ジェスのことを、そして俺のことを見てきた。

その目には今までとは違った色――渇望するような、縋りつくような色が見えた。

「……お前たちは、何か知っているのか？」

地の文は筒抜けなのだった。

「父上や母上から、何か聞いているのか？」

もう、故人の遺志を尊重している場合ではないと思った。俺は逆に問う。

「シュラヴィスは……両親がお前を愛していなかったと、本当にそう思ってるのか？」

「なぜそのようなことを訊く？」

濃い眉を顰めるシュラヴィスの表情で、俺は悟った。

本当に、そう思ってしまっているのだと。

「俺は王として、王になるべくして産み育てられた。そして王は愛を求めない。愛は隣人に向けられるものであり、王は人の隣ではなく、人の上に立つ者だからだ」

誰かから教えられたのだろう言葉を、シュラヴィスは自分の言葉のように語った。

マーキスが、ヴィースが、そして俺たちが、シュラヴィスをここまで追い詰めてしまった。

真実を伝えなくてはならないと思った。俺たちがシュラヴィスから隠していた真実を。

もっと早く、伝えておくべきだった本当のことを。

「豚さん、私に考えがあります」

ジェスが早口で言ってきた。ごくりと唾を飲み込んでから、ジェスはノットの方を向く。

「ノットさん！　あの指輪、持っていますか？」

少し眉を上げてから、ノットは首を傾(かし)げる。

「指輪？　何に使うんだ」

「シュラヴィスさんに本当のことを伝えるために、必要なんです」

どういうことだろう。シュラヴィスは大きな怪我(けが)をしているわけではない。癒(いや)す必要はないのに、なぜ今、必要なのだろう？

「指輪ならあるよ」

これまで言葉を発してこなかったイツネが短く言って、指を二回鳴らした。

走ってくる音が聞こえる。ノットを師匠と仰ぎ行動を共にしてきた少年、バットだ。すばしっこく、よく伝令や運搬を担(にな)っていた。

バットは建物の陰から話を聞いていたのか、懐(ふところ)から指輪をすっと取り出す。

「これ、返すことになったのか？」

イツネは返事をせずに、ジェスを顎で促した。説明はジェスがすべきだろう。ジェスは両手を胸の前でぎゅっと握りしめ、言う。

「シュラヴィスさん。ヴィースさんに、訊(き)きたいことがあったんでしょう？」

ジェスがシュラヴィスの右手を見る。小刀によって切り刻まれた痛々しい手首から、まだ血が少しずつ流れている。

「でも、シュラヴィスさんの霊術は上手(うま)くいきませんでした。理由を教えて差し上げます」

「……何？」

シュラヴィスは明らかに興味を引かれて、ジェスの方を見る。

「どういうことだ。何を知っている」

あくまで落ち着いて、ジェスは説明する。

「霊魂は、遺体や遺骨や血痕に宿ります。しかし、その在処はただ一つだけです。亡くなった方が心を置いてきたところ――心の在処に、霊魂は残ります」

それは俺も聞いている。だからこそ、王都でヴィースの遺体を用いた霊術に失敗したシュラヴィスは、心の在処が王都ではないことを知り、このレスダンまで来たのだ。

母の心は、故郷であり、想い合っていたシトと出会ったこの街にあるものだと信じて。

しかし、ジェスは違うと考えているようだった。わざわざ持ってこさせた指輪――そうか、そうに違いない。今になって考えれば、当然のことだった。

「ヴィースさんがシュラヴィスさんに遺した指輪こそ、ヴィースさんの心の在処です」

シュラヴィスに不死の力を与えた形見。

あの指輪には、ヴィースが自らの右腕を切り落として作ったダイヤモンドがついている。

王都で荼毘に付された遺体ではなく、息子のシュラヴィスに与えた形見のダイヤモンドこそが、心の在処だった――

ジェスは勢い込んで言う。

「もしヴィースさんの想いを疑われるなら、どうか、この指輪を試してください」

しかし、と思う。

そんな単純なことに、シュラヴィスはなぜ気付かなかったのだろう。ずっと指輪を身に着けていながら、なぜそれが母の心の在処だと思わなかったのだろう。

その答えは、シュラヴィスの反応からすぐに分かった。

「……そんなはずはない」

シュラヴィスは全く想定外という顔で、ジェスを否定した。

「母上は——母上は、王家を憎んでいた。それなのに、俺にはいつだって、立派な王になれと言って……最期の瞬間でさえ、母上は……」

亡き母の心が自分のもとにあったとは、本当に、微塵も考えていない様子だった。

「ヴィースさんはいつだって、シュラヴィスさんのことを愛していらっしゃいました」

ジェスの言葉に、シュラヴィスは声を荒げる。

「俺だってそう思っていた……そう思いたかった！　母上はただ一人、こんな俺のことを愛してくれる人だと思っていた！　だが実際には違ったのだ！　俺が即位してから、母上は一度たりとも降りていいとは言ってくれなかった！　立派な王になりなさいと、王を散々呪った口で俺にそう言ってきたのだ！　結局俺は、父上の小さな複製にすぎなかった！」

血に塗れた右手がバットの持つ指輪を指す。

「その指輪は呪いだ。見て分かるようにおぞましい力が溢れている。俺に決して死ぬことを許さず、母上がこの世の何よりも憎んだ王家に、俺を磔にする呪いが」

「違います」

ジェスは強く否定した。バットから指輪を受け取って、シュラヴィスに差し出す。

「シュラヴィスさんは、最後にどうしても、ヴィースさんの口から本心を聞きたくてこの街に来たんでしょう？　心のどこかでは、ヴィースさんを信じていたんじゃないんですか？」

指輪をのせた手を、ジェスはシュラヴィスの胸のすぐ前まで近づけた。

「お願いです。私は知っているんです。ヴィースさんから、本当のことを聞いているんです。ヴィースさんのお心を決めつける前に、どうかこの指輪を試してください」

ジェスにまっすぐ見つめられ、シュラヴィスは気圧されたように指輪を受け取った。

そして、ぼそりと呟く。

「……温かい」

受け取った指輪を、手首から流れる血が自然と包み込む。小刀で何度も切られた傷は、その血を流すことが最後の役目だったと言わんばかりに、指輪の力で癒やされた。

指輪は真っ赤な血に包まれて見えなくなる。重力に逆らいながら、血液は球を形成して浮かび上がった。目を閉じるシュラヴィス。小さく波打つ球体を両手で包み、口元へと運んだ。

あまりにも病的な儀式に、解放軍の面々は理解が追いつかない様子だった。

続いて起こった現象は、しかし、より不可思議なことだった。

「…………！」

ジェスが驚いたように首を動かした。

視線の先に――シュラヴィスの背後に、一人の女性が立っている。

どこか輪郭がぼやけて見えたが、それは明らかに、俺たちの知っている人物だった。

「何をしているのですか」

呼びかけられて、シュラヴィスははっと目を見開き振り返る。

「母上……！」

ヴィースは死んだときの姿のままだった。白いドレス姿で――右腕が欠損している。

シュラヴィスはその肩を触ろうとして、失敗した。虚像だ。ヴィースの姿には実体がなかった。俺のときと同じ。俺が霊魂としてジェスとともに旅をしていたときも、他の霊魂以外は俺に触ることができなかった。

シュラヴィスは人目もはばからず涙を流す。自分より背の低い母を目の前にして、まるで子供に戻ってしまったかのように泣いていた。

「母上……私はずっと……ずっと…………」

言葉のまとまらない息子を、母はすっと手で遮る。

「私はあなたに、一つ大きな嘘をつきました」

どこか慌てたような早口。自分の存在がシュラヴィスの未来を削っていることを自覚しているのだろうか？

シュラヴィスは動揺したように細かく頭を揺らしながら母を見つめるばかりだ。

「あなたが立派な王になることなど、私は露ほども望んでいませんでした。その嘘があなたをここまで追い詰めてしまったと思うと、責任を感じます」

いつも通りの冷たい口調だった。

——お願いです……私には、あの子しかいないんです

即位式の夜に聞いたことを思い出す。

シュラヴィスのいないところで——ジェスの前で漏らした、本当の言葉を。

「私は王の母として、一つの国を支配する者の母として、立派な王になれと言うしかなかったのです。あなたなら、分かってくれると思っていました」

「そんな！　どうしてそんな、立場など！」

「立場がいかに人を壊してしまうか、今のあなたになら身に染みて分かるでしょう」

強まっていく語気に、シュラヴィスは怯んだように固まった。

「腹を痛めて授かった子が、一九年もの間あらゆる情熱を注いで守ってきた子が、愛しくない

わけがありましょうか！」

「母上……」

「過去のことは、過去のことです。あなたが生まれてから、私があなたに注いできた愛の言葉はどれも本物です。あなたは本当に、私の人生のすべてだったんですよ」

呼吸を整えてから、ヴィースは言う。

「状況は変わりました。あなたはもう、十分頑張りました。これ以上、一人で国を治めようとするべきではありません。立派な王になることができないのなら、やめてしまいなさい。もうやめてしまえばいいのです」

「しかし――」

一方的に、時間が惜しいかのように、ヴィースは再びシュラヴィスを遮る。

「立派に死ぬくらいなら、無様に生きなさい。それが母の望みです」

ヴィースの声は、上ずって、震え始める。

「今まで本当のことを言えなくて……言ってあげられなくて、ごめんなさい」

固く結んだシュラヴィスの口から嗚咽が漏れる。俺はただ、互いに触れ合おうとして失敗する親子の姿を傍から眺めていることしかできない。

ヴィースは口づけをするかのように、シュラヴィスの頬に顔を近づけた。

風に乗って、小さな囁きが俺の耳にも届いてくる。

「私が何より大切にしてきたものを、どうか壊さないで」

シュラヴィスは膝から崩れ落ち、声を上げて無様に泣いた。

立派な王として死のうとしていた男に、もうその面影はなかった。

ふと我に返ったように、ヴィースは顔を上げる。そして早足でノットの前に向かった。

ノットはぎょっとして半歩後ろに下がり、左手でするりと剣を抜く。

「何だよ、ババア」

「…………」

ババア呼びに傷ついたのか、ヴィースはわずかに顔をしかめた。

「剣を片方、貸していただけませんか」

ノットは眉根を寄せる。

「なぜだ」

「理由は、結果を見れば分かります。その左手に握っている剣を貸してください」

ヴィースは指差して、続ける。

「――主人の首を落とした剣を」

なぜ知っているのか――そんな疑問を挟む余地もなく、ヴィースは右手でノットの剣を握った。柄（つか）ではなく、刃の部分をだ。実体はないはずの彼女の血が、銀色の刀身を黒く染める。

ノットが慌てて剣を引こうとするが、ヴィースはゆっくりと首を振る。

とくとくと流れる血は剣先から滴る代わりに、空中を流れていく。

それがいったい何の術か、俺には想像も及ばなかったが、ヴィースの血は霧状になり、異様な軌跡を描いてある一点に漂い始めた。喩えるなら、無数の蝿が屍肉にたかるような――石畳の上に、赤黒く点描された立体的な人影が生成されていった。

すらりと背の高いそのシルエットには見覚えがあった。

「無様なのは父親譲りか」

聞こえてきた声に、シュラヴィスは恐怖心を露わにして振り返る。

その高慢な声は紛れもなく、彼の父、マーキスのものだった。

「一つ教えてやろう。お前に話していなかったことを」

人体の形をした赤黒い霧が、右手をすっと胸の前まで上げた。

「私の死に様を知っているか。深世界で、私がいかにして消えることになったか」

「いえ……」

動揺しながら、シュラヴィスは首を振った。

「きっと、王として誇り高く死んでいったと思っているのだろう。だが違うのだ」

石畳に膝をついたまま、シュラヴィスは父親のような何かを見上げていた。

「私はお前の思惑に反して、深世界から戻ってくることができなかった。理由は一つ。誰からも求められなかったからだ。妻からも、お前からも。人として誰からも求められない者は、惨めにも、願望で成り立つ深世界では存在することさえ許されなかった。私はそこでようやく知ったのだ。私にはもう家族しかなかったのに、家族にとって私は必要のない存在だったと」

「…………！」

シュラヴィスは赤く腫れた目を見開く。

——私が必要なのではないのだろう。私の、力が必要なのだろう。とうに知っている。私は王として、そういう生き方を選んだのだ

深世界で聞いたマーキスの言葉が、自然と脳裏に蘇ってくる。

人として、夫として、父として、誰からも顧みられなかった男の言葉を。

「私があの闇の魔法使いの心に囚われたままでは、私の魔力によってお前たちが殺されてしまうと思った。だから私は無様に懇願したのだ——そこにいる剣士に、私を殺すようにな」

黒い霧のような手がノットを指した。

その手が下ろされると、形にならないマーキスの姿は不安定に揺らいだ。

「最期の瞬間に私の心を満たしたのは、王としての責務でも、最強の魔法使いとしての誇りでもなかった。憎いはずの私を、自らの命を犠牲にして庇ってくれた弟の姿だった。罪のない少女たちを焼き殺した私に、それでも優しく茶を淹れてくれた妻の姿だった。嫌そうな顔をしな

がらも、戦いの稽古でともに汗を流してくれたお前の姿だった」

「父上……」

「親子とは恐ろしいほど似てしまうものだ。あえて言おう。私のようにはなるな」

赤黒い人影が話している間、ヴィースの霊魂は黙ってシュラヴィスを見つめていた。自分の血によって創り出した夫には目もくれず、たった一秒すら惜しいかのように、自分の息子だけをじっと見ている。

マーキスの影も、シュラヴィスだけをまっすぐに見ているようだった。

愛し合うことのなかった二人が、今は同じ方を向いている。

「父の背中を追っている限り、お前は私と同じ道を行く羽目になる。違う道を選べ。絶対の王などという虚像を目指すな。いくら大きな力があったとして、畢竟、一人の人間が絶対の存在になることなどあり得ないのだ。最期には結局、自分の生き方を悔やみながら、惨めに死んでいくことになる」

「そんな……」

「目を覚ませ！　お前は私とは違うのだろう。ならば違う道を行け。王道を外れてみろ。崇高な何かのために生きるのではなく、卑近な誰かのために生きてみればいい」

「なぜですか！　父上が……父上が言ったのに！」

シュラヴィスは語気を荒げた。

「絶対の存在を目指せと、父上が言ったのではないか！　立派な王になれと、母上が言ったのではないか！　ずっと私に、言い聞かせてきたのではないか！　なぜ今さら、そんな……」

「きっと、死んだからでしょう」

ヴィースが穏やかに言った。

「死者には何の責任もありません。何のしがらみもありません。皮肉にも、一つしかない命を失ってようやく、本当のことが言えるようになりました。あなたに会えなくなって初めて、自分の愚かさに気付いたんです」

畳みかけるように、マーキスが言う。

「父や母と同じ間違いをするな。死んでからでは、いくら悔やんだところで遅いのだ。責任やしがらみがお前を殺すのならば……そんなものは捨ててしまえ」

「今さら……今さらそんなことを！」

シュラヴィスは咆哮した。

「王になれ、王であれと言われたからそうしたのに！　王などにならなければ……誰が人を殺めたいなどと思うか！　誰が罪もない人たちの自由を奪いたいなどと思うか！　誰が友を裏切って独りで死にたいなどと思うか！」

泣き叫ぶシュラヴィスは駄々をこねる子供のようだった。

だからこそ俺たちは、彼の叫んでいることが心からの言葉であると知ることができた。

冷たい風が広場を吹き抜ける。

「ごめんなさい、シュラヴィス――あまりに重いものを、背負わせてしまって」

ヴィースは左手をシュラヴィスの頬に添えた。その中指には、かつてシュラヴィスが贈った指輪が嵌められたままだった。

「これからは王ではなく、人として生きなさい。それが私たちからの、最後のお願いです」

風はどんどん強くなっていく。雪山から下りてくるかのような冷気が吹き付けて、俺たちの目をひりひりと痛めつける。

思わず目を閉じて、生理的反応として流れた冷たい涙を瞼で絞るようにしてから目を開けると――シュラヴィスの前に二人の姿はすでになかった。

冷たい風はすぐ収まった。俺たちはしばらく言葉を失っていた。

最初に口を開いたのはジェス。

「……あの」

シュラヴィスは下を向いたままだったが、ノットはジェスを静かに見てきた。

「ノットさんたちは……シュラヴィスさんをどうされるおつもりですか」

「どうするって？」

握りっぱなしだった剣を鞘にしまい、ノットは大きく息を吐いた。

「俺たちは戦いに負けた。イツネがこいつを仕留め損ねた時点で、死ぬはずだった。こいつが俺たちを殺すつもりだったら……俺たちはサノンみてえに肉片になってただろう」

確かにノットの言う通りだった。

シュラヴィスの近くで足を止めてしまった時点で、あの爆殺魔法は有効だった。すべてを賭けた渾身の一撃が外れたあのとき、捨て身で挑んだノットとイツネは死ぬはずだったのだ。

しかし、そうはならなかった。

「俺たちは戦いに負け、こいつは戦いに勝つつもりがなかった。要するに引き分けだ。どっちかの言い分だけが通るようにはならねえ。負け犬同士、上手くやってくしかねえだろうが」

ジェスが期待するように、大きく目を瞬く。

「それでは……話し合いで解決されるんですね？」

「ああ。こいつさえ、よしと言えばな」

放心したようなシュラヴィスに、ノットはようやくちらりと目を向ける。その視線に込められたのが恨みなのか憐れみなのか、それともまた別の感情なのか、俺には分からなかった。

「シュラヴィスさん！　ノットさんはこう言っていますよ」

ジェスが近くに駆け寄っても、シュラヴィスは依然として動かない。

「……シュラヴィスさん？」

返事はない。ジェスは距離感を測りかねるかのように、少し離れてじっとシュラヴィスを見つめる。

静寂を切り裂くように、パン、と乾いた音が響いた。魂を抜かれたように突っ立っていたシュラヴィスが、音と同時に大きく体勢を崩す。

すぐそばで、イツネが右手を振り抜いていた。

シュラヴィスは尻もちをついて、頬を抑えながらイツネを見上げた。

「いい加減にしろよ！　なに悩んでんだよ」

イツネは覆(おお)い被(かぶ)さるようにしてシュラヴィスを押し倒した。哀れな男の左右の手首を石畳の上に押さえつける両腕が、肌色から黒い鱗(うろこ)へと塗り替わっていく。

龍族(ラチエルテ)の力。シュラヴィスは抵抗できなかった。その青白い左頬に、赤いビンタの跡が、見事なほどにはっきりと残っている。

「あたしのクソ親父(おやじ)とあんたの母さん、どういう関係だったか知ってんだろ。思い合ってたのに、つまんない仕組みのせいで引き裂かれて、そのまま死んでいったんだ」

怒りからか、イツネの顔は上気していた。

「どうしてその子供同士で、こんなくだらないこと続けなきゃいけないんだよ。もうやめにするんじゃいけないのか？　馬鹿なあいつらの代で全部終わりにできないのかよ？　もっとマシにやる方法を、一緒に考えていくんじゃダメなのかよ！」

「…………」

あくまで口を閉ざすシュラヴィスに、イツネは言う。

「あんたの子供、産んでやるよ」

突飛な発言に驚いた。後ろから、ヨシュが矢を落としてしまう音が聞こえた。

「……それで、あたしたちの子を新しい王にしたらいい」

シュラヴィスは石畳に頭を付けたまま、動揺を隠さず目を見開いた。

気まずい沈黙が流れる。

イツネの両腕が人肌に戻った。シュラヴィスの乱れた金髪をその手が軽く叩く。

「馬鹿。冗談に決まってんだろ」

ぽかんと呆気にとられたシュラヴィスの顔は、ビンタの跡も相俟って滑稽ですらあった。

彫刻のように整った顔が、少しずつ歪んでいく。

「見捨てないでくれて……ありがとう」

しばらく無様に泣いてから、シュラヴィスはようやくそう言った。

第三章 人の初恋を笑うな

the story of
a man turned into
a pig.

口では無関心そうに言いながら、ノットは満足げに旗を見上げた。

それは巨大な赤色の旗だった。王政の中心地である金の聖堂――暴走した解放軍の砲撃によって無残に半壊した建造物の屋根の上、一番高いところで翻っている。

赤地の旗の中心には白く抜かれた紋章があった。二本の剣が交差して、その交点には銀の首輪を意味する一つの輪が描かれている。銀の紋章――イェスマ守護者の象徴だ。

思えば、これほどノットにふさわしい旗はない。イェスマとして死んだ少女への想いを、ずっと携えてきた二本の剣で燃やしながら、ここまで辿り着いたのだから。

王都を守る魔法がなくなっているため、この大きな旗は外からも見ることができる。戦いの炎と流れた血を象徴する赤色は、王朝が解放軍の下に入ったことを表向きには意味していた。

事態はひとまず収束した。

あの夜、王の首を掲げて行われるはずだった勝利宣言は、翌日の昼、代わりに王都で旗を掲げることによって遂行された。

「まあこんなもんでいいだろ」

王は死んだ——そういうことになった。

ある意味では、この表現も間違ってはいないだろう。もはや王ではなくなったシュラヴィスは、王都に残ってひっそりと実務の一部を担当することを引き受けた。

この国はこれから、王の一存ではなく、話し合いによって動いていく。

第一歩として、魔力をもった少女たちは即刻解放されることとなった。暗黒時代の再来を防ぐという課題には、これから長い時間をかけて向き合っていくしかないだろう。

旗を掲げ終え、ノットとシュラヴィスは握手を交わした。

立派な外套を風にはためかせるノットと、黒く地味なローブを着てフードを被ったシュラヴィスとの対照的な姿が、早春の陽の光の中で印象的に際立っていた。

握られた手は何度か不器用に揺れて、それからも握られたままだった。イケメン二人は互いの顔を無表情で見つめ合っていたが、やがてシュラヴィスが握られた手に目を落とす。

どうやら、ノットが手を固く握って放さないらしかった。

「いいか童貞野郎」

とノットはシュラヴィスを至近距離で睨みつけた。

「もしまた、お前がお前だけの判断で勝手に物事を進めたら、俺が直々に、徹底的にお前をしばき回す」

シュラヴィスは表情を変えずにノットを見つめ返し、頷く。

「承知した」

「男と男の約束だ。破れば、お前に二つしかねえもんを一つずつ丁寧に踏み潰して、生まれてきたことを一生後悔させてやる。分かったか」

シュラヴィスはそこで首を傾げる。

「それは腎臓のことを言っているのか？」

「……自分で考えろ」

呆れたように、ノットはようやく握っていた手を放した。

ノットたちはいったん王都を離れるという。今後の協議がどこでどのように行われるかは、これから決まっていくようだ。

ジェスが王都の外までノットたちを見送りにいくことになった。

その間、俺は金の聖堂の前でシュラヴィスと一緒に残ることにした。

ようやく会話ができるようになったシュラヴィスと、話さなければならないことがある。

「……王都という呼び名も、変えなければならないだろう」

シュラヴィスが呟いた。俺は尋ねる。

「どんな呼び名にするつもりだ？」

「さあな。王という言葉がなければ何でもいい」

「それなら、シュラランドとかどうだ。お前の名前からとってさ」

「なぜ俺の名を冠するのだ。敗れた王朝の、最後の王の名を」

「…………」

冗談だったのだが、マジレスされてしまった。まだ彼我の距離感を摑みかねていることもあり、俺は大人しく口を噤む。

シュラヴィスはなんとなく歩き始め、広場を西に向かっていく。聖堂前の広場からはメステリアの西方をよく見渡すことができる。逆に西部の街からは、聖堂の屋根に翻る赤色を見ることができるだろう。望遠鏡を使えば、銀の紋章を象った模様も判別できるかもしれない。

俺はシュラヴィスの横を一緒に歩いた。日は少しずつ西に傾き始めており、逆光が眩しい。

話をしなければならない。

レスダンでの騒動があった昨晩以降、ジェスとはあまり踏み込んだ話をしていない。踏み込んでしまったら何もかもが壊れてしまいそうで、恐ろしくて話を切り出せなかったのだ。

「……なあシュラヴィス」

黒いローブの姿に話しかけると、シュラヴィスはフードを外した。歩きながらこちらを見てくる深緑の瞳が、捉えどころのない輝き方をした。

「ジェスのあの話は、本当なのか」

思い切って、問いかけた。

「ジェスが俺を拒絶したという話か」

「……違う。あれが真っ赤な嘘なのは知ってる。俺に嫌われるためのでまかせだったんだろ」

「そう思うか」

「お前はそもそも、あんなことができるタマじゃないからな」

「まったく見くびられたものだな。俺も男だ。あのように魅力的な女性が許嫁としてそばにいれば、少しくらい変な気を起こすかもしれない、とは思わないのか」

相変わらず、冗談なのかそうでないのか分かりづらい奴だ。表情は変わらなかった。

しかし言われてみれば……ジェスを襲った事実がないとしても、シュラヴィスがジェスのことを心の中でどう思っていたかは分からない。本当に好いていた可能性だって――

「なくはない。そう思うだろう？」

「地の文だったんだけどな」

シュラヴィスは前を向いて歩きながら、眩しい陽光に目を細めている。

「本当のところを言えば、俺はジェスのことが好きだった」

ただ呆然と、俺は聞いていた。

「あれほどまっすぐで、優しくて、優秀な女性を、俺は母上以外に知らない。お前が戻ってこないのであれば、いつかその心の傷を俺が癒してやれないものかと本気で考えすらした。それくらい魅力的だったのだ……胸も大きすぎないしな」

そこまで聞いて、ほっとする。

「なんだ、冗談か」

表情を全く変えずに言うシュラヴィス。

「ああ」

「そもそもジェスは俺の従妹だ。手を出したりすることは一生ないから、安心してくれ」

「分かった」

冗談が通じるかどうかはさておき、再び冗談を言い合える関係へと戻れたことに安堵した。

しかし、と思う。

胸が大きすぎないくだりは冗談だとして……他の部分も本当に冗談だったのだろうか？

シュラヴィスは本当に、ジェスに微塵も好意を抱かなかったのだろうか？

まあ人の心を詮索するのはよくない。俺は話を戻すことにした。

「……俺は恋バナをしにきたわけじゃないんだ。分かってるだろ。俺が訊こうとしていたのは霊術の話だ」

広場の西端に着いて、視界が下までぱっと開けた。広大な国土。遠くには逆光の山々。

シュラヴィスは柵に寄り掛かると、少し目を伏せる。

「こんなことになるならば、お前に言うべきではなかった。言う必要のなかったことだ。ジェスに固く口止めされていたことだった」

それを俺に言ってしまうことで、シュラヴィスはジェスに嫌われようとした。嫌われたまま死のうとした。しかしジェスは嫌わなかった。シュラヴィスは死ななかった。

「本当なんだな」

「……ああ」

シュラヴィスがレスダンの屋敷で俺に突き付けてきた、信じがたい話を思い出す。

ジェスは命を削って俺を生かしている。

俺が存在する限り、ジェスの霊魂は消耗し続ける。俺を蘇らせた代償として、ジェスは未来の時間を失い続けている。

「信じられない。そう思うか」

シュラヴィスに問われ、頷く。

「信じられないというか……受け入れられないというか」

「信用してくれ。俺が嘘をつくような男に見えるか」

「………………」

「すまない……これも冗談だ」

昨日の今日でこんなことを言うとは、冗談にしてもひどいものだ。

しかし、シュラヴィスはシュラヴィスなりに以前の関係を取り戻そうとしているのだと思うと、少し嬉しくも感じた。

「もう二度と、冗談なんか言うんじゃないぞ」

シュラヴィスはふっと表情筋をほころばせる。それは笑みに見えないこともなかった。

「冗談抜きで言おう。霊術の話はすべて本当のことだ。ヴァティス様の記した『霊術開発記』にはっきりと書いてあった。お前がいる限り、ジェスは命を削られ続けている。しかしジェスはそれでいいと言っている。お前と一緒にいることの方が、ずっと大事だとな」

ハツが苦しくなる。目が潤んできたのは、冷たくなってきた風のせいにしようと思った。

訊きたいことはもう一つあった。

「……セレスから楔が失われたのに、どうして世界が戻らないか――それも気付いてるのか」

シュラヴィスは俺を見下ろしてくる。

「やはりお前は、知っていたのだな」

ハッタリだったのか。まずいと思い、もも肉に力が入る。そしてそこまで考えてしまってから、シュラヴィスには心の声が筒抜けであることを改めて思い出した。

……しかしもう、いいだろう。シュラヴィスに対して隠し事をしている時間は終わった。

「そうだ。これは俺とジェスだけの秘密だったんだが――」

俺はシュラヴィスにすべてを話した。

死の街ヘルデで、ヴァティスの夫、ルタの亡霊に出会ったこと。

彼から一枚の黒い紙を渡されたこと。

その黒い紙を忘却の泉で洗い流したときに、メッセージが現れたこと。

──偽りの肉体を捨て　汝らの罪を清算せよ
俺は現実世界と深世界を行き来し、なかば世界のバグを利用するような裏技で肉体を取り戻した。そのせいで、今も超越臨界は収束しない。世界は異常で満ち溢れている。

俺のせいなのだ。

俺が存在するから、世界は元に戻らず、人が死んでいる。

俺が存在するから、ジェスの命が削られている。

「なあ、一緒に考えてくれ。俺はどうすればいい？　肉体を捨てるしかないのか？　肉体を捨てて超越臨界を解除し、世界が正常に戻ったところで、ジェスの霊魂はどうなるんだ？　ジェスの命が削られるのは、俺が完全に消えてしまわないと止められないのか？」

少し感情的になってしまった。落ち着くために、一度深呼吸をする。

シュラヴィスはしばらく何やら考えていたが、やがて神妙な顔で俺を見てくる。

「それらの疑問に答えられるほどの知識は、残念ながら今の俺にはない」

聞いて、項垂れる。

「まあ……そうだよな」

「だが今しがた、解決法は思い付いた」

一瞬聞き間違いかと思い、反応が遅れてしまった。

「本当か？」

「ああ。ついでに俺の疑問も、一つ解けてしまったようだ」

「待て、どういうことだ？　シュラヴィスの疑問？」

「王都を守る魔法がなぜ突然損なわれてしまったのか……ずっと気になっていたのだ」

「分かったのか？　どうして？」

シュラヴィスの脳内ではパズルが解けているらしかったが、俺にはさっぱりだった。疑問符が増えるばかりの俺に、シュラヴィスは言う。

「お前の話にヒントがあった。ジェスを呼んできてくれないか？　ここですべて明らかにしてしまおう」

「すべて？　すべてって何だ？　どうやって？」

「王都の守りはなぜ損なわれてしまったのか。世界の異常はどう収めたらよいのか。死から蘇ったお前の存在をどうすればよいのか。まだ分かっていないことを、お前やジェスと一緒に、今日ここで明らかにしたいのだ」

すぐに教えてくれないあたり不親切だが、確かに俺とジェスにそれぞれ説明するのは二度手間だろう。ジェスをすぐに呼んでくればいい話だ。

「分かった。ノットたちはそろそろ王都を出たころだろう。ジェスを連れてくる」

「頼んだ。俺はここで待っている」

期待にハツを高鳴らせながら、俺は広場を離れた。


結果から言えば、ジェスを捜すのは大変骨が折れた。ノットたちを王都の外へ見送った後、ふらっとどこかへ消えてしまったらしい。

昼下がりの王都を、俺は得意の嗅覚を使って捜し回る羽目になった。

においを忘れることはない。毎日のように嗅いできたのだ。枕や靴下のような遺留品がなくとも、俺はジェスの足跡を辿ることができる。

ジェスは思い出の場所にいた。

よい思い出も、悪い思い出も、そして最悪の思い出もある場所——忘却の泉だ。

崖の上の小さな台地にきれいな水の湧いている場所。ジェスと俺がホーティスに届けるための「泉の水」を採取した場所であり、俺が身を投げてしまった場所であり、そしてルタの紙を洗い流した水が黒く染まって残酷な使命を告げた場所でもある。

ジェスは泉の横の芝に体育座りして、ぼうっと王都の街並みを見下ろしていた。

「ここにいたのか」

「……はい」

沈んだ声だった。ジェスの目は街の方を見たままだ。シュラヴィスとようやく打ち解けたと思っていたら、今度はジェスが言葉少なになってしまった。

俺はジェスの隣に座る。そして気付く。

「この泉、涸れてるじゃないか」

「……そうですね」

相変わらずジェスは静かだった。俺は座ったまま泉を見る。水が全く湧き出ておらず、底まですっかり乾いてしまっていた。白い岩が露出している。まるで閉園した後のテーマパークを見ているようで、なんだか寂しい気分になった。

「そういえば、泉の水が止まったってビビスが言ってたな。この泉もヴァティスの魔法で水を汲み上げてたから、王都を守る魔法がなくなったのと同時に涸れたのか」

「ええ……この泉、忘却の泉には、ヴァティス様の膨大な魔力の一部が溶け込んでいて、方法さえ知っていればそれを取り出して使うこともできたそうです。きっと湧いている水自体、完全に自然のものではなかったんでしょうね」

「なるほど、だからホーティスやルタはこの泉を使って……」

犬の姿で魔法を使えなかったホーティスは、自分を縛る足輪を外すためにこの泉の水を要求した。亡霊として死の街に現れたルタは、俺たちがしかるべきときに真実を知るよう、この泉の水を使ってメッセージを綴った。二人とも、魔力を取り出す方法を知っていたのだろう。

話が一段落すると、ジェスはまた黙り込んでしまった。

沈黙の方が楽なことは分かっていたが、俺は切り出す。

「シュラヴィスが言ってた霊術の話……あれは本当なんだな」

ジェスは首を縦にも横にも振らなかった。無反応だ。

「正直言って、俺は嬉しかった。ジェスがそこまでして俺と一緒にいたいと思ってくれてること……それは本当に、嬉しかったんだ」

ジェスの首が小さく揺れる。それ以上の反応はなかった。続ける。

「でもな、俺はジェスの命を削りたくない。その気持ちは分かるだろ。ジェスだって、もし俺が命を削ってまでジェスを生かしていたら、きっと嫌なはずだ」

「……だから、秘密にしていたんです」

震える声が聞こえてきて、五臓六腑がきゅっと絞られるような痛みに襲われる。

「豚さんが本当のことを知ってしまったら、きっと今の状態ではいられなくなってしまう……それが分かっていたから、秘密にしていたんです」

「そうだろうな。ジェスはそういう人だ」

言ってから、心を決める。

「でも、俺は本当のことを知ってしまった。もうこのままじゃいられないんだ」

ジェスが振り向いてくる。真正面から見たその目は真剣だった。

「豚さんの記憶を消せば、元通りになります」

一瞬、本当にそうされるのではないかという恐怖に襲われた。しかしジェスの顔をしっかりと見て、そうではないことを確信した。これまでにないほど弱く儚い顔をしている。

「でも消してないだろ。知ってるはずだ。俺たちは嫌というほど見てきたんだ――本当のところを共有しないということが、どんな悲劇を招いてしまうのか」

たとえ真実が怪物の姿をしていたとしても、俺たちはそれと向き合わなければならない。

これまでの旅で学んだことの一つだった。

「……どれくらい、削ったんだ」

思い切って、尋ねる。訊かなければならないことだった。

「知りません」

「知らないことはないだろう。シュラヴィスが言うには、ヴァティスはジェスと同じようなことをしたせいで、四三までしか生きられなかったそうじゃないか」

ジェスは表情をわずかに歪ませる。

「……ヴァティス様は、私とは違います。魔力もよっぽど大きいですし、それに――」

尻切れ蜻蛉に口を噤むジェス。

「それにどうした」

「……いえ、何でもありません」

「また隠し事をするのか」

俺が言うと、ジェスは追い詰められたように目を潤ませる。かわいそうだが——できれば訊かないであげたかったが、それでも俺は、問わないわけにはいかなかった。うやむやに済ませていい話ではなかった。しっかり突き詰めなければいけない話なのだ。

「ヴァティスは、ジェスとどこが違うんだ……？」

しばらく迷う様子を見せてから、ジェスは俯きがちに言う。

「……ヴァティス様には、お子さんがいました」

しばらくその意味が分からなかった。しかし一つ思い出すと、連鎖するように言葉が蘇ってくる。気になってはいたが、俺が追究しようとはしなかった言葉の数々。

——産の代償を知っているでしょう。私はもう、そこまで長くないのです

死の間際にヴィースが言っていたこと。「産の代償」という恐ろしい響き。

思い返せば、他にも気になる点はあった。

——見ての通り子供もいない私に、語る資格があるのかは分からないけれどね

ビビスが言っていたことの違和感。なぜ子供がいないことが、見て分かるのか。

——ヴァティス様は、お子を一人産まれたうえに、夫のルタを蘇らせようとして霊術を行使した結果、それだけしか生きられなかったのだ

シュラヴィスの言っていたことの違和感。出産と、寿命と、何の関係があるのか。

産の代償とは——そういうことなのか。

「魔法使いの子を産むことは、霊魂を削ることなんです。強大な魔力を秘めた子を産むほど、たくさんの霊魂が削られます。だから王家には、女性が……」

思えば、マーキスやホーティスの母を、俺は見たことがない。病や怪我すら癒してしまう魔法を——それも、メステリア最高の魔法使いを自称していた夫イーヴィスの、規格外といっていい魔法をもってしても、彼女の死を止めることはできなかったのだ。

ヴィースが死を覚悟していたのも、そういう理由だったのか。

しかし、と考える。今この文脈に限っては、産の代償は決して悪いことではない。

「じゃあジェスは……ジェスの霊魂は、まだヴァティスほどは削られてないんだな」

「ええ、おそらくは」

少し安心する。しかしそれは、このままでいいということを意味するわけではなかった。

ジェスがすぐに死ぬということではないにせよ、俺の存在がジェスの命を削っていることに変わりはないのだ。ジェスの死は、どれほど遠くにあるのかは分からないが、着実に近づいてきている。

「ありがとう。本当のことを話してくれて」

ジェスは声を出さずに頷(うなず)いた。

「……それでな、一つ、いい知らせがあるんだ」

俺が言うと、ジェスは少しだけ目を見開く。

「いい知らせ、ですか？」

「ああ。実は俺たちの秘密を、シュラヴィスに話した」

「そう……でしたか」

「そしたらシュラヴィスが、何か閃(ひらめ)いたらしいんだ。俺たちのことや超越臨界(スペルクリツカ)のことで、まだ分かっていないことを明らかにする『解決法』とやらを確信してるみたいだった」

「本当ですか？」

ようやく、ジェスの言葉に気力が戻ってきたような気がした。

「相当な自信がある様子だった。何か突破口になるかもしれないぞ。あいつは金(きん)の聖堂(せいどう)前の広場で待ってる。一緒に行こう」

「もちろん、そういうことなら！」

ジェスは勢いよく立ち上がった。俺も四足で立ち、頷く。

「よし。善は急げだ。さっそく——ん？」

一歩目を踏み出そうとして、俺は足を止める。

「なんだこの、黒い——」

「気に入っているんです。別にいいじゃありませんか」

横から遮られて顔を上げると、確かにジェスは今日も黒だった。

「……いや違う。別にジェスが黒い下着を着用していることに違和感を覚えたわけじゃない」

「それでは、どうされたんですか？」

俺は涸れてしまった泉に近づく。白い岩に囲まれた奥の方——水が溜まっていたらきっと見えなかっただろう場所に、何か黒い人工物があったのだ。

かつて水が流れていた場所に踏み入り、その黒いものをよく見てみる。

白い岩の中に、真四角に切られた黒い岩が嵌め込まれていた。金色の文字が書かれている。

問いたきことのある者よ
提言、諫言、宣言、苦言、もしくは讒言のある者よ
お主の望みを叶えよう
儂の処へ直に来るべし

ジェスも俺の隣にしゃがんで、一緒に覗き込んだ。

「怪文書だな。どういう意味だ？」

「この泉を造られたのはヴァティス様ですから、ヴァティス様がご自身で記されたものかと思いますが……」

「泉に水が湧いていたら普通は気付かない場所にある。ということは、王都の守りが崩れたときに読めるよう、ヴァティスが仕込んでおいたってことか？　でも儂の処へ来いって……もう死んでるのにな」

そこでジェスが、ポンと手を打つ。

「シュラヴィスさんの『解決法』とは、もしかするとこのことかもしれません」

「ヴァティスに訊くことか？」

「はい。シュラヴィスさんは金の聖堂の前にいらっしゃるんですよね」

「なるほど、あそこにはヴァティスの遺体が安置されている」

「ルタさんのことや、超越臨界のこと、そして霊術のこと……尋ねるなら、ヴァティス様ほど適任な方はいらっしゃらないのではありませんか？」

「でも、ヴァティスはもう死んで――」

言いかけて、気付く。つい昨晩、死人の言葉を聞いてきたばかりではないか。

期待がどんどん膨らんでいく。

もしかすると何から何まで上手くいくのではないかとさえ思い始めていた。

「行きましょう！」

ジェスと一緒に、早足で金の聖堂へ向かう。

俺たちにできることは――俺たちがやるべきことは、一つしかない。

できるだけの真実をかき集めて、一緒にいる方法を探すことだ。

諦めずに道筋を探すことだ。

いつだって、俺たちはそうやって乗り切ってきた。


シュラヴィスは広場の一角に腰掛け、聖堂の屋根で翻る赤い旗を眺めていた。遅くなったことを詫びると、気にしていない様子で首を振り、金の聖堂を指差す。

「行こう。『解決法』はすぐそこにある」

ジェスと俺が何の疑問も挟まずに頷くのを見て、シュラヴィスは俺たちが「解決法」に気付いたことを悟った様子だった。

もうすぐ沈む赤い夕陽に照らされながら、金の聖堂へ向かう。

ステンドグラスの見事だったファサードは完全に崩壊し、入口だった場所にはぽっかりと大きな穴が開いている。俺たちは瓦礫を乗り越えて、建物内へと入った。

シュラヴィスの創ったガラスの壁が手前と奥とを仕切っている。その分厚い壁は、シュラヴィスが軽く触れるだけで、あっけなく消滅してしまった。

迷いのない足取りで奥へ進むシュラヴィスを、ジェスと俺も追いかける。

シュラヴィスは正面の一番大きな祭壇の手前で足を止めた。

王朝の祖、ヴァティスの棺がある。白い岩をくり抜いて造られた石棺。

「蓋を開ける。中身を見たくなければ、目を逸らしていろ」

シュラヴィスはまず目を閉じて、祭壇に向かって頭を下げた。祭壇の中央にあるのは、右手を空に向かって掲げ、左手をそっと胸に当てている儚げな女性——ヴァティスの彫像だ。その視線は自らが伸ばす手の先、遥か遠い星空を眺めるかのように上を向いている。

魔法使い同士の戦いを勝ち抜き、暗黒時代を終わらせ、王朝を創設した、最初の女王。

彼女はこれからどんなことを語るのだろう。いったいどんな人なのだろう。

静寂の中、シュラヴィスは両手を棺の上に伸ばした。

白い一枚岩の蓋がゆっくりと浮かび上がる。俺は目を逸らさなかった。その必要はないと思った。なんなら、深世界の中で一度、中身を間近に見たことだってあるのだ。

蓋が取り除かれると、そこには当然、遺体があった。

ヴァティスの亡骸。しかし、その姿は俺の想像していたものとは全く異なっていた。

真実はときに、怪物の姿をしている。

「これは……呪い」

ジェスが声を漏らした。

朽ちることなく、ヴァティスは眠るように横たわっていた。しかしその白い肌は、隙間なく真っ黒に染まっていた——正確には、黒く毒々しい網目のような模様で覆われていた。

俺にも見覚えがあった。イーヴィスが、ジェスが、ノットが、セレスが、同じような状態になっているのを見たことがあった。

闇躍の術師による死の呪い。

それと同じものが、ヴァティスの亡骸を覆っているのだった。

シュラヴィスは顎に手を当てて、やはりと呟いた。

「ヴァティス様は、ご自分の身体を依り代とすることで、ここに自らの霊魂を封じ込め、王都を守る力の源とされた。それが崩れたから、王都の守りも崩れてしまった。何者かが、ヴァティス様のご遺体に宿ったヴァティス様の霊魂を、呪いによって殺したのだ」

「誰かがこの死体を殺したってことか」

「奇妙な表現になるが、そういうことだろう」

ジェスが堪えきれない様子で訊く。

「でも……どなたが？　ガラスの壁があって、外からここには入れませんでした。入れたとすれば、シュラヴィスさんが――」

「俺ではない。なぜ俺がそんなことをする」

「じゃあ、誰かが遠隔で呪いをかけたってことか……？」

「それもないだろう。この呪いは、物理的接触によって施される類のものだ。闇躍の術師も、変形する真鍮の杖を相手に直接刺すことで、呪いをかけていた」

確かにそうだった。

封じられた金の聖堂で、呪い殺されたヴァティスの遺体。唯一入ることができたはずのシュラヴィスには呪う動機がない。それではいったい、誰がどのように呪いをかけたのだろう。

ジェスが後ろを振り返る。

「そういえば……ガラスの壁には、小さな穴が開いていました」

そうだ。ジェスと一緒に見つけたのだった。分厚いガラスの壁の隅に、小さな穴が一つだけ開いていた。しかしガラスの壁は強力な魔法で守られていた。シュラヴィスの防御魔法を突破したのは一体何者なのかと悩み、結局解決しなかったのだ。

「その穴から、誰かが何かを伸ばして、ここまで呪いを届けた？　でもな……」

ガラスの壁からこの石棺までは、かなりの距離がある。遺体を覆う頑丈な蓋もある。石棺は少し黒ずんでいたが、ほぼきれいに保たれていて、傷つけられた痕跡などは見えない。

考えていると、シュラヴィスが少しだけ顔を上げる。

「なるほどな。呪いがここまで辿り着いた方法が、ようやく分かった」

まどろっこしい言い方をするものだ。

「なあ、教えてくれ。いったい誰がこの呪いをかけたっていうんだ」

シュラヴィスは棺に背を向け、俺たちの方を向く。

「お前たちだ」

ジェスも俺も、さすがに唖然とする。心当たりが全くなかった。

「シュラヴィスさん！　私たち、そんなことはしていません。そもそも私は呪いのかけ方なんて知りませんし……シュラヴィスさんの壁を突破することさえ、できなかったんです」

「言い方が悪かったか。呪いを施した主体は、当然ジェスでも豚でもないだろう。しかし原因となったのはお前たちで間違いない――そういうことだ」

シュラヴィスはまっすぐにこちらを見てきた。

「お前たちは、何かよからぬものを、王都の中に持ち込まなかったか？」

すぐにはっと息を呑むジェス。取り出したのは――あの黒い紙だった。

死の街ヘルデで、ルタの亡霊から受け取った紙。泉を黒く染め、俺たちの運命を告げた紙。

「……豚さん、これ」

真剣なまなざしでジェスに見つめられ、俺も気付く。

「ああ、そういうことか」

人に謎を解かせるとき、そこには必ず動機がある。

ヴァティスの夫、ルタには、俺たちに真実を伝えるのと同時に、もう一つやりたいことがあったのだ。真実を知りたいという俺たちを利用して、やりたかったこと——

王都で生ける屍として眠る妻ヴァティスを、呪い殺すことだ。

あの黒い紙を忘却の泉で洗い流すことによって、俺たちはメッセージを受け取った。泉の水が黒く染まって、白い岩の上に文字を描いた。黒い水は最終的に、流れて消えた。

なぜそんな手間のかかることをさせたのか。

真実の記された紙をそのまま渡してくれるのでは、いけなかったのか。

いけなかったのだろう。流れていった黒い水が重要だったのだ。あの黒い水が王都を移動して、金の聖堂に辿り着き、ガラスの壁に穴を開けてヴァティスの棺に辿り着いた。

泉の水にはヴァティスの魔力が溶け込んでいた。強大な魔力をもった王朝の祖の魔法を利用すれば、シュラヴィスの壁も突破できるはずだ。

ルタは俺たちをいいように利用して、ヴァティスの王朝を終わらせようとしたのだ。

いつだったか、ホーティスが俺たちを騙して王都から史書を持ち出させたように——謎を出題することで目的から目を逸らさせ、俺たちを運び屋に仕立て上げたのだ。

「俺たちが王都にこの手紙を持ち込んだせいで、王都の守りは崩壊したってわけか」

「そういうことになるだろう」

禍々しいヴァティスの亡骸に目を落とすシュラヴィスを見て、ジェスは胸に両手を当てる。

「ごめんなさい……！　私、何も知らずにこんな……私のせいで……」

シュラヴィスは不器用に微笑もうとして、失敗する。ジェスの肩に置こうとしたのだろう手が、空中で迷って身体の横に戻る。

「仕方のないことだ。いずれそうなる運命だった。ヴァティス様の夫だったルタが王都の守りを崩そうとしていたことなど、誰が見抜けただろう。お前たちは悪くない。王朝は終わるべくして終わったのだ」

最後の王が言うのだから、説得力があった。

しかしジェスは目を潤ませている。黒い紙を握る手にぎゅっと力が入るのが見えた。

泣き出しそうなジェスを前にして、シュラヴィスにはなす術がないようだった。

そうして保たれたしばしの沈黙のおかげで、気付く。

「……そうか、俺は呪いがここへ来るところをばっちり見てたんじゃないか」

二人の視線が俺に注がれた。

「ジェスのノーパンと王都への砲撃も、やっぱり因果の糸で繋がっていたんだ」

うっすら赤いジェスの耳が、なおさら赤く染まるのが見えた。シュラヴィスが眉を顰める。

「の、のーぱん……？」

シュラヴィスにはよく意味が分かっていない様子だった。多分、言葉の意味が分かったとしても、俺の話している事象について理解することなど到底できないだろう。

「王都の守りが消えた朝、ジェスはノーパンだった。なぜか。前の晩に、俺が黒色をえっちだと言ってしまったからだ。なぜ黒色の話になったのか。謎の黒い影を、俺が目撃したからだ。ちょうどこの聖堂の前でな」

シュラヴィスの頭上には疑問符が三つくらい浮かんでいたが、俺は説明を続行する。

「あの黒い影に見えたものこそ、ルタの手紙から流れ出た黒い水だったんだ」

「そ、そうかもしれないですけど……」

ジェスの罪悪感は羞恥心によってほとんど塗り潰されていたに違いない。しかし、今後ノーパンになるという愚行をしないようお灸を据える意味でも、俺はそのまま続けた。

「ノーパンと、王都への砲撃という二つのイレギュラー。この二者に直接の因果関係はなかった。しかしどちらも、ルタの黒い水が原因となっていた。因果の糸で結ばれていたんだ」

沈黙。

シュラヴィスは「ノーパン」という言葉の意味が何か気になって仕方ない様子だったが、ジェスの様子を見て口を閉じた。賢明な判断だろう。

「……でも」

と、ジェスが呟いた。

「どうしてルタさんは、そんなことを……ヴァティス様のご遺体を呪ってしまえば、王都の守りは失われてしまいます。ご自身の子孫が継いでいる王朝を、危険に晒すことになってしまいます。そして実際に——」

ジェスはその先を言わなかった。言うまでもないことだ。

王都は解放軍から攻撃された。それが発端となって、王朝は事実上打倒された。

シュラヴィスは小さく息を吐き、言う。

「真実を知る方法が一つだけある。お前たちも分かっているのだろう」

俺が棺の方を見ると、シュラヴィスは頷く。

「ヴァティス様なら、ルタという男のことをよく知っているはずだ。さらに言えば、ルタのいた世界で収束したという超越臨界のことも聞いているだろう。一度死んだルタを霊術で呼び戻した経験もあるのだから、ジェスの悩みを解決する方法だって知っている可能性が高い」

「……はい」

ジェスがゆっくりと頷いた。

前に進むためには真実が必要だ。その真実を手に入れるための、最後にして最大の希望が、ここには眠っている。

王朝の仕組みに翻弄され、遂には王朝を終わらせてしまった俺たちが、王朝を始めた人物に辿り着く——皮肉な偶然か、それとも深遠な必然か。

流れるような動作で、シュラヴィスが左手に小刀を出現させた。

「シュラヴィスさん、それは……！」

制止しようとするジェスに、シュラヴィスは力強く首を振る。

「このくらい、させてくれ。お前たちを裏切り、遠ざけたことへの——せめてもの償いだ」

シュラヴィスは小刀で右手に軽く切り込みを入れ、ヴァティスの遺体の上に血を滴らせた。

手首をザクザク切っていたあのときとは違い、きちんと今後のことを考えたやり方だった。

「最初の女王は、最後の王が召喚する」

俺たちの視線を背中で遮るように棺と向き合い、シュラヴィスは霊術を行使した。

優美な彫像に見下ろされながら、最後の王の血が、最初の女王の遺骸を溶かし込む。

出来上がった屍薬は浮かび上がって、作成者に取り込まれる。

死者と生者が一体となる儀式。

生者の霊魂が削られ、死者に形が与えられる。

シュラヴィスが顔を上げるのに従って、俺たちも顔を上げると——

最初の女王ヴァティスは、そこにいるのが当然であるかのように立っていた。

「…………！」

俺たちは咄嗟に一歩下がった。

その姿は、祭壇に祀られた彫像とほとんど同じと言ってよかった。

ポーズまで同じだ。右手を上に伸ばし、左手を胸にそっと当てている。身長は一七〇ほどだろうか。シュラヴィスとジェスの中間くらいに見えた。

美形で若々しい女性だ。目鼻立ちがはっきりとしていて、長い金髪はせせらぎのように波打っている。濃い眉や顔の鋭い輪郭からは生命力の強さが溢れ出すようだ。その肢体は瑞々しく、全く年齢を感じさせない。

シュラヴィスは深々と頭を下げた。ジェスもそれに続く。俺はしばらく女王の姿を凝視してしまったが、ジェスが手で、強制的に俺の頭を下げさせた。

様々な色の大理石を組み合わせた幾何学模様の床で視界が覆われる。

動く音がして、ヴァティスが姿勢を変えたのが分かった。ずっとあのポーズでいたら疲れるのだろう。目を上げようとしたが、ジェスの指に瞼を塞がれてしまった。

「面を上げよ」

低くも美しく透き通った声だった。

しかし、ジェスもシュラヴィスも顔を上げない。俺もジェスに押さえつけられたままだ。

「……聞こえなかったか。頭を上げよと言っておるのじゃ」

「せ、僭越ながら……」

シュラヴィスが深く頭を下げたまま、とても言いづらそうに口を開いた。

「服を……着ていただけませんか」

現れたヴァティスの霊は、なぜか全裸だったのだ。ジェスが俺にお辞儀を強制しているのはそのためである。他の女性の裸を、俺に見せないため。

「何を恥ずかしがっておる。『死人に服なし』とよく言うではないか」

今まで出会った人間でそんなこと言っていたのはたった一人だけだ。

それも、かなり特殊な例だった。

服を脱ぎたがる性格は、もしかすると遺伝するのだろうか。ジェスのノーパンにもこれで説明がついてしまうのが恐ろしいところだと感じた。

「……いや、死人は口ばかり、の間違いだったかのう。仕方ない。窮屈じゃが着てやろう」

布がふわりと舞うような音が聞こえて、俺はようやくジェスから前を見る許可をもらった。

何が目的なのか、ヴァティスは露出が多く煽情的な黒いドレスを着ていた。悪戯っぽく笑うその顔が、シュラヴィスのことを舐めるように見る。

「しかし我が末裔よ。お主はいい男に育ったものじゃ。食べてしまいたいくらいじゃのう」

艶めかしい王朝の祖に距離を詰められ、耐性のないシュラヴィスは顔を真っ赤に染めた。

「た……た、食べないでください」

「何を慌てておる。もちろん婉曲表現に決まっておろう。まぐわいたいという意味じゃ」

「いえ、その意味でも食べないでくださると……私はあなたの子孫——末裔です」

生真面目なシュラヴィスがしどろもどろになっているのは、かわいそうだが面白かった。

思っていたのとは違う強烈な人が出てきて、俺も正直驚いていた。

祭壇の上で空に手を伸ばす楚々とした彫像からは全く想像できない。

「息子の孫の、そのまた孫じゃったか。儂の血は三二分の一にまで薄まっているのじゃから、少し遊んだところで全く問題なかろうに」

その手がシュラヴィスの頬を触ろうとし——すり抜けた。

霊魂には実体がない。そして世界が超越臨界という異常に蝕まれていなければ、本来は呼び出した者にしか認識すらできないものだ。俺のようにおかしな手順を踏まなければ、身体を手に入れることはない。

ヴァティスはつまらなさそうにため息をつく。

「せっかく可愛い末裔と出会えたというのに。触れ合えぬのはつらいものじゃな」

シュラヴィスは——そしてジェスも俺も、最初の女王の振る舞いに言葉を失っていた。

そんな俺たちを見て、ヴァティスは自身の彫像に目を向ける。

「お主ら、あの像を真に受けておったのか。およそ、慎ましくしとやかな女子が出てくるとでも思ったのじゃろう」

気まずそうに、シュラヴィスは肩を縮める。

「い、いえ……ただ、一般に広まっている印象と異なったものですから……」

「儂の戦略じゃ」

ヴァティスは軽く言い放った。

「世の者どもは清楚で控えめでか弱き女子を有り難がる。求められているものに応じて、偽りの偶像を作ったまでよ」

言いながら、今度はジェスに顔を向ける。ジェスは緊張しきって、近づいてくるヴァティスの前で身じろぎ一つしなかった。

「しかしのう、女子に生まれし我が末裔よ。たった一つ、これだけは憶えておくがよい。中身まで、そうなってはならんのじゃ」

「は、はい……！」

慌てて応えるジェスの顔に口を近づけ、ヴァティスはその耳元で囁く。

「結局勝つのはわがままな者じゃ。そして自分のわがままのため、誰より我慢できる者じゃ」

ヴァティスは言いながら、なぜかジェスの胸を揉もうとして、失敗していた。

おい！

現れたかと思えば好き放題。見境のない人だった。

ジェスは遠い祖先に揉まれそうになり驚愕した様子で、胸の前で腕を交差させていた。末裔たちの動揺を一切汲み取ることなく、ヴァティスは楽しそうに語る。

「子孫というのは本当に可愛くて可愛くて仕方がないのう。儂に似て美形になったものじゃ。よくぞここまで頑張ってくれた。触れ合えるなら抱きしめてやりたいところじゃ」

その言葉は淀みなく、止まる様子がない。

「こうして可愛い末裔に呼び出してもらえるなどとは、願いさえすれど思ってもみなかった。この世から消えてしまう前に、お主らに語りたいことがたくさんあるのじゃ。どうか聞いてくれぬか。酒はないのかのう？　飲みながらゆっくり話したいものじゃ」

「……あの」

俺が思い切って口を挟むと、ヴァティスの鋭い視線がこちらへ向けられた。

シュラヴィスやジェスが恐れ戦くのも分かる気がした。雰囲気というか、威圧感があまりにも違う。マーキスやイーヴィスですら見劣りするような迫力が——目には見えない圧力が、音もなく俺を押さえつけてくる。

「なんじゃ、お主は食ってやらんぞ」

「食べていただかなくて結構ですが……」

高圧的に見下ろしてくるヴァティスに対し、精一杯に心を奮い立たせる。

「僕たちは、知りたいことがあってあなたを呼び出しました」

この世界に異常をもたらしている超越臨界の解決法。

俺たちに「罪を清算せよ」と告げてきたルタの手紙の解釈。

ジェスの命を削っている状態の解消法。

どうしようもなく絡み合ってしまった問題を解くための糸口を求めて、ここに来たのだ。

「知っておる、知っておるとも。お主の下卑た心の内は、すべてお見通しじゃ」

不満げに、王朝の祖は嘆息する。

「儂はすべてを知っておる。知ったうえで、一から丁寧に話を始めようとしておるのだ。偉大なる女王の語りを——可愛い子孫たちへの愛の言葉を、豚のお主がそう遮るでない」

「それは……失礼しました」

しかし、俺が遮ったことでジェスやシュラヴィスとの温度差に気付いたのか、ヴァティスはすうと息を吐いて静かになった。後ろを振り返り、右手を天に掲げる自身の彫像を見やる。

「王朝は終わり、儂の始めた物語も終わろうとしている。一三〇年。概ね想定通りじゃ」

ゆっくりと、ジェスの方に向き直る。

「お主はこの終わりをどう生きるか知りたいのじゃろうな。物語の終わりを知るためには、物語の始まりから知らねばならぬじゃろう。まずは耳を傾けてはくれぬか。儂が駆け抜けた物語の、その始まりに」

ジェスは慎重に口を開く。

「その物語が……私たちがこれからどうすればよいかを、教えてくれるのですか」

「もちろんじゃ」

ヴァティスは微笑んだ。

「きっと、お主ら二人が望むことを教えてやれるじゃろう」

二人とは、誰のことだろうか。

ジェスとシュラヴィスを指しているのかと考えたが、ヴァティスはむしろ、ジェスと俺の方を見て話しているようにも思えた。

ヴァティスはジェスのそばから離れ、気まぐれに歩き始める。

「儂が生まれ育ったのは北部の街。今はもう滅んでおるからその名を言っても分からぬじゃろう。街の中でも地位のある、比較的裕福な家の娘じゃった」

そこから始めるのか、と思う。今とは無関係に感じるような、遠い昔の話だった。

「当時、魔法使いの家系に生まれた女子はみなこう言われて育った――『よき妻になり、丈夫な子を産み、殺し合いは男に任せておけ。それが女子の戦いである』とな」

暗黒時代。魔法使いが激しく殺し合い、メステリアの人口が激減したという悪夢の時代。

そんな暗い時代の話を、ヴァティスはおとぎ話でも読み聞かせるように語る。

「儂にも異論はなかった。殺し合いなどしとうはなかったし、権力のある男に寵愛されながら恵まれた環境で子を産み育てたいという希望もあった。しかしのう、ある日、儂は知ってしまったのじゃ。あまりにも醜い世界の秘密を」

ブレーカーが落ちたかのように、周囲が一瞬にして真っ暗になった。

驚いて左右を見ていると、生温かい風に吹かれる。森の香りの中に、ふわりと血のにおいが漂ってきた。徐々に目が慣れてくる。俺たちはなぜか、夜の森に移動したようだった。

小さな足音の、駆ける音が聞こえる。

当然のようにヴァティスが歩き始めたので、俺たちもついていく。

ぐにゃぐにゃと曲がった不気味な枝の向こうに、暗い森の中を走る少女の後ろ姿が見えた。

「一六の儂じゃ」

後を追いながら、ヴァティスが指差した。

少女は柔らかな金髪をなびかせて、しきりに左右を見回しながら走り続ける。

「お姉さま！」

少女の必死に叫ぶ声。どうやら、姉を探しているようだ。

大昔の自分を大股で追いかけながら、ヴァティスは俺たちに言う。

「儂には二つ上の姉がおった。それがある日、突然姿を消してしまった。して、ひと月も経った夜、『助けてくれ』と儂の頭に呼び掛ける弱々しい声が聞こえてきた。姉の声じゃった」

俺たちは足を止める。少し先で、少女が立ち止まっていたのだ。

彼女は地面を見下ろしていた。暗い木々の間から差す月明かりが、横たわるそれをうっすらと照らしている。投げ出された手足。無残に破れた白い服。血。

ここまで懸命に走ってきたのだろう。靴を履いていない足は傷だらけだった。

「ああ！　お姉さま！　そんな！」

少女ヴァティスは崩れ落ちるように倒れ込み、その身体に縋りついた。力なく揺れる青白い手足を見て、そこにもう命が宿っていないことを知る。

少女の言葉にならない絶叫が夜の森に響き渡った。一方、大人のヴァティスは落ち着いた様子で手招きしてくる。

「見よ。我が姉君の腹を」

俺たちは遠巻きに、哀れな姉妹に近づいた。しかしその配慮は不要だった。これは過去の記憶なのだろう。幼いヴァティスには、当然俺たちのことなど見えていないようだった。

ヴァティスの姉の下腹部——破れた服の隙間から覗く、赤黒い傷跡。

あまりに見覚えのあるものだった。

「何をされたか、お主らにならら分かるじゃろう」

力尽きた少女に、ブレースのことを思い出さずにはいられない。腹の傷が膿んで弱り、運命に絶望し、俺たちの身代わりとなって命を差し出してくれた心優しき少女。

深刻な様子で立ち尽くすジェスとシュラヴィスに、ヴァティスは頷く。

「儂が知らなかっただけで、公然の秘密ということじゃったらしい。男どもはのう、男同士で勝手に殺し合っておるだけではなかった。死にたくないがために、我が身可愛さから、競って女子の胎を食らっておったのじゃ。知っておろう。魔法使いの子宮には存在の源たる霊力が溜まっておる。食らい続けることで霊魂が補強され、その身は不死へと近づいていくのじゃ」

闇躍の術師は、そうして不死身の身体を手に入れていた。

切り刻まれ、焼き尽くされても、またそこから再生するほどに。

「失われた霊力は戻らぬ。いくら身体を癒したとて、霊力が戻らねばいずれ死に至る。姉上は連れ去られ、腹を切られた後、故郷へ逃げてきたようじゃったが、ここで力尽きてしまった」

少女ヴァティスは涙も涸れてしまった様子で、息絶えた姉の頭を撫でている。大人のヴァティスは、その姉の髪を指差す。

「憶えておくがよい。姉上のしておる、この赤い硝子の髪飾りを」

それは、言われなければ髪飾りとは分からないほどの、赤い何かの破片だった。乱れた髪に絡まって引っ掛かり、暗い月夜には血の塊のようにさえ見えた。

急に視界が明るくなり、目を細める。昼だ。眩しさに慣れてくると、今度は巨大な都市の中にいるのが分かった。整った街並み。平穏に暮らす人々。堅牢な城壁に囲まれ、中央にそびえる巨大な岩塊の上には立派な城が建っている。ここには一度来たことがあった。

現実に、ではなく、深世界の中で。

ヴァティスに導かれて石畳の道を歩く。彼女が追いかける長髪の少女は、またしても、かつての若きヴァティス自身の姿のようだ。雑踏に溶け込みたいのか、灰色のローブで身体をすっぽりと覆っている。何かを探している様子だった。

「ここは儂の故郷に近いポズピムという都市じゃ。知っておろう。儂が殺し損ねた魔法使い、イーヴィスを呪い殺し、マーキスの身体を奪った男の、素晴らしき生まれ故郷じゃ」

シュラヴィスがはっと息をのむ。しかし、ジェスと俺はこの場所をよく知っていたため、今さら驚かない。ヴァティスによって急襲され、魔法の炎で無残に焼かれている様子を、かつて深世界の中で実際に見ていたのだから。

跡形もなく焼かれ、禍根だけを残し、一三〇年後、王家に呪いをもたらした街。

今見ているこの景色は、焼かれるずっと前の状態だろう。

「ここポズピムの城主はのう、強大な魔力をもちながら、戦を好まず民を慈しむ、心優しき王と言われておった。事実、確かにそうじゃったらしい。他の男と殺し合うことはせず、民を豊かにすることに尽力しておった」

思い出す。闇躍の術師はシュラヴィスに殺される前、自分の仕えていた城主がいかに素晴らしい人物だったか語っていた。戦を好まぬ、優しい城主。その城主をヴァティスが一方的に蹂躙したのだと、恨みがましく語っていた――

前を歩くかつての自分をしばらく見てから、ヴァティスはこちらを振り返る。

「このとき儂は、姉の仇を調べに来ておった。そしてあの場所に、遂に見つけたのじゃ」

指差すのは、街の中心部にある巨大な岩塊。

途端にぐるりと景色が変わって、再び暗闇が周囲を覆った。チラチラと小さく燃える炎が前方で揺れている。地下の狭いトンネルだ。少女ヴァティスが前方を松明で照らしながら忍び歩いている。俺たちはその後を追った。

生臭い、死のにおいが鼻腔を刺激する。

この場所にも一度来たことがある気がした――いや、来たことがあるはずだ。

辿り着いたのは地下牢だった。金メッキされた金属の格子が炎にぬるりと光る。こうして魔法耐性をもたせた牢獄は、魔法使いを拘束するためのものだ。深世界では、ここにマーキスが囚われていた。出る方法のなかったマーキスは、家族のためにこの場所で果てた。

あのときはマーキス以外に囚人などいなかった。しかし今は、檻の向こうに衰弱した少女たちが繋がれているのが見える。少女ヴァティスは申し訳なさそうに目を伏せながら奥へと進み――そしてふと立ち止まる。床から何かを拾い上げた。

赤い硝子。髪飾りの破片だ。それは少女がポケットから取り出した破片と、パズルのようにぴたりとくっついた。

ヴァティスの姉は、この地下牢へと連れてこられていた――

「儂はのう、ここで知ってしまったのじゃ。ポズピムの城主が、裏で数え切れないほどの少女たちを地下牢に監禁し、胎を切り裂き、殺しておるのじゃと。戦わずに済む権威は、そうやって手に入れた不死の力に裏付けされておるのじゃと」

「そんな……」

ジェスが悲痛な声を漏らした。

ヴァティスが踵を返すと、俺たちは金の聖堂の中に戻ってきた。

日も暮れて堂内はすでに暗く、壁のランタンには明かりが灯っている。

俺の息はちょっとした冒険の後のように荒くなっていた。ジェスとシュラヴィスも、衝撃を隠せない様子だった。

暗黒時代のどろりとした闇を直接見せつけられ、吐きそうな気分になる。

「信じられぬじゃろう。当時、強大な魔力を誇る男は例外なくそうじゃったという。若き女子を連れ去っては、我が身可愛さにその胎を食い散らかし、多くの場合、殺しておった」

捲し立てるように、ヴァティスの口調は荒くなっていく。

「だのに女子どもはなぜ大人しくしておるのか。なぜ立ち上がり、戦おうとせんのか。儂は母に、泣き叫んで問うた」

ヴァティスは自らの棺にちらりと目をやった。

「答えは明快じゃった。産の代償。女子は魔法使いの子を産めば、それだけ霊力を削られる。子を産むほど、そしてその子が強い魔力をもっているほど、命が短くなっていくのじゃ」

産の代償については、さっきジェスから教えてもらったばかりだ。

王家に女が残らない理由――

「すると簡単な法則が成立する。分かるじゃろう。親から子へと力や権威を引き継いでいくやり方では、短命な女は、主になることなどできんのじゃ。どうしても、長生きする男が権威を引き継ぎ、力を蓄えることになってしまう。強き女子が現れても、わずか一代で終わる運命。そうして魔法使いの社会は、男どもの支配する社会となった」

シュラヴィスは、俯くように頭を下げて聞いていた。

ヴァティスは続ける。

「自分が殺されなくとも、未来の娘が殺されるかもしれぬ。未来の息子が女を殺して生きていくかもしれぬ。そうした恐怖から逃れることはできないと、儂は知ってしまった。何の権威ももたぬ儂は、ただただ無力じゃった。待ち受けるのは絶望的な未来。さて、儂はそれからどうしたと思う？」

突然、ヴァティスはジェスに問いかけた。

「えっと………」

頑張って考える様子のジェスに、ヴァティスは微笑みかける。

「儂はのう、愛しい姉を殺され、儂を愛してくれた母を喪った後、星に願ったのじゃ。安らかに生きたいと。この世界を覆う恐怖から逃れたいと。すると星空が応えた。いくつもの流星が滝のように流れていった」

ジェスがはっと息を呑んだ。

絶望のなかで星に祈り、星空がそれに応える。

それはきっと、ジェス自身が体験したことでもあった。

「世界の外からルタという男がやってきたのは、その翌日のことじゃった」

一三〇年以上前のこと。俺たちにとって、壁画に描かれた神話のような遠い出来事だった。

しかし一方で、俺たちの身に起こったことと、あまりにも相似していた。

それがヴァティスにとっての、物語の始まり。

「アルトランタという国から来たというあの男は、すべてを変える力をもっていた。知っておろう。魔力の起源となる『契約の楔』を見つけ出す力をもったルタと手を組み、儂は瞬く間にこの国を制圧した。楔を自分に刺し、圧倒的な力を手に入れた。不死の男どもに楔を刺し、脱魔法により奴らを無力化して殺した」

ヴァティスはジェスを見る。

「異界の者の力を借りて国を変えてしまうとは——儂とお主には、どうやら似たところがあるようじゃの」

「わ、私は……！　世界なんて、とても……」

違いますと言わんばかりに両手を振るジェス。ヴァティスはニヤリと笑う。

「何も違わぬ。儂もお主も、自らに足りぬ力を願いによって手に入れたのじゃ。結果として、儂は王朝を創り、お主は王朝を終わらせた」

考える。ヴァティスには暗黒時代を勝ち抜く力が足りなかった。だから力を手に入れるための能力をもったルタが引き寄せられた。しかし俺は？　俺は、ジェスにとって足りないどんな力を満たすために、この世界に引き寄せられてきたのだろうか？

ヴァティスは俺に意味深長な眼差しを投げかけると、続ける。

「ルタはよい男じゃった。儂の志に共鳴し、ともに戦ってくれた。儂らは二人で国を統一し、王朝を創り、子をなした。まこと、よき伴侶じゃった。儂らは二人で、理想の世界を築き上げることに成功したのじゃ」

いったんそこで言葉を切り、ヴァティスはジェスに向き直る。

「物語の終わりは、そんなさなか、突然に始まった。何が起きたかは知っておろう」

「……ルタさんが……殺されてしまった」

「そうじゃ。同盟の魔法使いに裏切られた。皮肉にものう、儂を裏切りルタを殺したのは、儂が最も親しくしていた女じゃった」

「どうして……どうしてその人は」

狼狽するジェスにヴァティスは冷たく言う。

「知らぬ。頭に血が上った儂は、あの女やその家族、その仲間を、気付けばすべて石にしてしまっておったからのう。死人に口なしじゃ」

ヴァティスはそっと目を瞑る。

「ルタは死に、儂には絶望だけが残った。裏切られたことはもちろん衝撃じゃったが、それ以上に、首謀者と知るなり長年の友を一族郎党容赦なく皆殺しにしてしまった儂自身にも、儂は衝撃を受けておった。暗黒時代に満ち溢れていた暴力性を、魔法使いは例外なく受け継いでいるのだと身をもって知ってしまったのじゃ」

ヴァティスは自身の手をじっと眺めていた。

「魔法使いが野放しになっている限り、平和は決して続かぬ。一人の力ある善良な魔法使いが他のすべてを管理して初めて、平和が実現される。儂はそう思う他なかった」

沈黙が流れる。シュラヴィスは痛ましい表情で、自分の胸に手を当てていた。

魔法使いの強大な力に伴う暴力性。生身の肉体から逸脱し、並外れた攻撃力を手にしてしまった魔法使いは、その力をもつ限り例外なく脅威なのだ。

ヴァティスはふっと息を吐く。

「あまり思い出したくないことじゃから詳しく振り返ることはせんが、そこからどうなったかは、お主らもよく承知しておるはずじゃ」

女王は、暗黒時代の再来を防ぐための手立てを考えた。自分の血筋以外の魔法使いを徹底的に管理することにした。

一部は血の輪という心臓に付ける輪によって弱体化した。これが王都民となった。

他は銀の首輪によって無力化され、王都の外に追放された。これがイェスマの起源だ。

王都民は生涯王都に閉じ込められて暮らすこととなり、イェスマはやがて奴隷として社会の安定のために流通されるようになる。そのすべてを王が管理する。

魔法を自由に使えるのは絶対的な力をもつ王族だけとなった。

暗黒時代はこうして終わった。

「運命の皮肉じゃろう。たった一人の助力によって築き上げた理想を、儂はそのたった一人のために壊してしまったのじゃ。そして壊れた理想は際限なく腐っていき、またしても多くの女子に苦しみを与える結果となってしまった」

シュラヴィスが苦しそうな声で、ヴァティスに問う。

「それでは……私たちが……歴代の王が守ってきたものは腐った理想にすぎなかったと、ヴァティス様はそうお考えなのですか！」

「当然じゃ。そんなこと、人の心で考えれば明らかじゃろうに。何の罪もない女子が奴隷扱いされ殺されることを前提とした仕組みが、腐っていなくて何なのじゃ」

シュラヴィスは項垂れる。

ジェスを絶望させ、俺を怒らせ、ノットを戦いに向かわせたこの国の制度は、それを始めた本人からしても、明らかに腐っていた。イェスマという理不尽は、違う理不尽をなくそうとして国を築き上げたヴァティスの絶望から生まれたものだった……。

「もっと上手くやる方法はあったのかもしれぬ。罪のない少女たちにわずかな希望だけ与えて苦しませるくらいなら、いっそ男と同様生まれてこないようにし、魔法使いなど根絶やしにしてしまえばよかったのかもしれぬ……じゃが、儂はそうしなかった」

言われて気付く。イェスマは苦しめられ、多くが無残に殺されてきた。少女ばかりが不幸を背負う仕組みだと思っていた。しかしその裏で、おそらく同数の男子が、堕胎され、そもそも生まれてくることすら許されなかったのだ。

生まれてきて苦しむことと、そもそも生まれてくることさえ許されないこと、どちらが不幸なのかと考えかけて、やめた。いずれにしても地獄のような仕組みに変わりはないのだ。

そんなものを、最初の女王は創り上げてしまった。

「後のことは、身から出た錆じゃと思う」

ヴァティスは暗い声で言った。

「儂が霊術を研究し、霊魂となったルタを呼び戻して——深世界に入ってその身体を取り戻したとき、儂は不都合なことがルタに伝わらぬようきれいに隠したつもりじゃった。しかし隠し事というのはそういつまでも都合よく隠れていてはくれぬ。ルタは儂がどんな国を創ったかを知ってしまった」

ジェスが自分の胸の辺りで、服をぎゅっと握るのが見えた。

「とても感心できるものではなかったのじゃろう。だからこそ、王朝が終わるべきときに終わるよう、あやつはこっそり、こちらに呪いを残していったのじゃと思う。生ける屍となってまで腐った理想を守り続けるじゃろう儂を、しかるべきときに、安らかに眠らせようとした」

ヴァティスは棺の中の自分自身を見下ろした。その肌には毒々しい網目状の黒い痕がついている。呪いの痕跡。王朝の祖の夫が王朝を終わらせた証拠。

「あやつは、儂があやつを蘇らせるために何をしたかも悟ってしまった。霊術という禁忌には途方もない代償が伴うことを、あやつはよく知っておった」

いったん言葉を切り、呟くように。

「……そして、もうおしまいにしようということになった」

「おしまいに……？」

シュラヴィスの問いに、ヴァティスは神妙に頷く。

「あやつは儂に理解を示してくれた。儂のしたことを支持せずとも、儂の心には寄り添ってくれた。しかし、もうこの国にはいられないと、そう告げてきよった」

耐えられなくなったように、ジェスが前のめりに問う。

「ヴァティス様は、どうされたのですか？　そこで諦めてしまわれたのですか？」

「当然、そうではなかった。お主と同じじゃ。霊術によって命が削られることくらい、安いものじゃと思っておった。儂はルタを引き留めようとした」

ようとした——その表現に、結果はすでに示されていた。

「では、どうして……」

食い下がるジェスに、ヴァティスは慈愛の眼差しを向ける。

「問題は、あやつと儂、二人だけのものですらなくなっていたのじゃ。儂の寿命がいくら削られるなどという、ちっぽけな話ではなくなっていた」

理解が及ばず、思考が止まる。

「どういうことですか？」

俺の口が勝手に開き、ヴァティスにそう訊いていた。てっきり、ルタもヴァティスの寿命を削ることを嫌ってこの国を去ったものだと思っていたからだ。

そうではないのだとしたら、いったい何が彼を去らせたのか。

「ここから先は、きっとお主らの知りたくないことを語ることになる。嫌であれば立ち去るがよい。物語を聞かぬ自由もお主らにはある」

ヴァティスの視線は「お主ら」、つまり俺たち――ジェスと俺に向けられていた。

ジェスは怯んだように口を開かない。俺は一歩前に出る。

「教えてください。物語は、最後まで聞きます」

「左様か」

ヴァティスがジェスを見ると、ジェスもようやく覚悟を決めたようで、深く頷いた。

それを見て、女王は丁寧に語り始める。

「あやつがアルトランタという異なる世界から来たことは知っておろう。このメステリアでは到底知り得ぬことを、あやつは知っておった。そして教えてくれたのじゃ――異、い、る、世界を繋ぐことにより生じる災厄について」

初めて聞く話だった。シュラヴィスも当惑した様子で、ヴァティスに訊く。

「どういうことですか。異なる世界を繋ぐこととは？」

「まず、契約の楔について、お主らがどれほどのことを知っておるか話してみよ」

俺には詳しく話せる自信がなかった。シュラヴィスもすぐには答えない。

ジェスが顔を上げる。

「……契約の楔は、人に魔力を与える結晶です。この国に全部で一二八個あり、現実と願望を結びつける結節点になります。一二八個すべてが使われると、現実と願望が入り混じってしまう超越臨界という現象が起こります」

淀みなく優等生のように答えるジェスに、ヴァティスは頷く。

「的確な説明じゃ。魔法とは願望を現実にする力。その媒介をするのが契約の楔じゃ」

ヴァティスの手元に、透明な三角錐の像が現れて浮遊する。契約の楔だ。

「して、これはそもそもどこから来たものじゃと思う？」

これにはジェスでさえ返答に困った。契約の楔は太古の昔からあるものだと聞いていた。もとからあるものがどこから来たのかなど、考えたことすらなかった。

俺たちの内心を読んだように、ヴァティスは首を振る。

「かような異物が、もとより世界にあるわけもなかろう。契約の楔は、伝染病のように、異なる世界から移ってきたもの。より詳しく言えば、メステリアにあった一二八の楔は、太古の昔に、ルタのおった世界、アルトランタからこちらへ送られてきたものじゃ」

ジェスが目を見開く。

「送られてきた……つまり、魔法の起源が他の世界からもたらされたということですか？」

「いかにも」

ヴァティスの手元に浮かんだ楔が倍々に増えていき、数え切れないほどになる。分裂は七回起こっていた。二の七乗。おそらく一二八あるのだろう。

「楔と世界の関係は繰り返す。アルトランタにもまた、楔のない時代が存在したそうじゃ。そこへもたらされた一二八の楔は、かの国に魔法という逸脱した法則を持ち込んで、世界の在り方を根本から変えてしまった」

ヴァティスの手元に浮かぶ一二八の楔の周りを、半透明の球体が囲った。これが世界を表しているのだろう。

楔が一つ、また一つと内側から球面に突き刺さっていく。そのたびに球体は眩く光る。

「そして、アルトランタにあった一二八の楔、そのすべてが使われると──」

楔が刺さるほどに明るさを増していた球体は、最後の一本で一気に輝いた。

「超越臨界が起こる。楔が使われるごとに近づいていった現実と願望は、過剰に接近し、一つに融け合ってしまう。融合した世界は極限まで過熱し、不安定な状態となる」

ヴァティスの手の上で一二八の楔を刺された世界が、タガが外れたように白熱していく。

これが超越臨界──今のメステリアの状態だ。

現実と願望が混在し、混乱してしまった状態。

「この状態を戻すには、過剰な熱を世界から取り除いてやらねばならぬ。ぴったり重なってしまった現実と願望を、ずらしてやる必要がある。アルトランタではそれを実行したそうじゃ。結節点となる楔を直接身体に宿す者たちが死んで、一つ残らず楔を外した」

ヴァティスの手の上に浮かんだ眩いほどの世界から、一二八の楔が取り外された。

過熱した世界は少しずつ冷めて、元の半透明に戻っていく。

一方で、楔は世界の熱を吸い、激しく赤熱していた。

半透明の球体として表された世界の中で、行き場を探して彷徨っている。

「折しも、不幸にも、アルトランタは他の世界と繋がっておった――こちらの世界と繋がっておった。アルトランタには、太古のメステリアから転移した者が一人おったそうじゃ」

アルトランタを表す球体の隣に、もう一つ、全く同じ球体が現れる。ただしこちらには、楔が存在していない。魔法が存在しない時代のメステリアだ。

二つの球体の間に、赤く光る糸のようなものが見えた。

「役目を終えた契約の楔は、その熱を冷ます場所を求めておった。たった一人が繋いでいた通り道によって、アルトランタで行き場を失っていた一二八の楔が、こちらの世界にもたらされてしまったのじゃ」

赤熱した楔は魚の群れのように移動し、赤い糸を通って隣の球体になだれ込んだ。

冷たいメステリアの空気によって、楔が冷やされていく。

やがてこの楔(くさび)が、メステリアに魔法と暗黒時代をもたらした――

「もう理解できたであろう。メステリアで超越臨界(スペルクリツカ)が起これば、同じことが繰り返される」

ヴァティスは左右の球体を見比べる。

「儂(わし)が使わずに残しておった楔(くさび)はたった三つじゃった。万が一それを使い切ってしまえば、今度はメステリアで超越臨界(スペルクリツカ)が起こる。この世界は過熱する」

一本の糸が――アルトランタからメステリアに来ていたルタという存在が、二つの世界を繋(つな)いでいる。ヴァティスがその一本の糸を指した。

「ルタがこちらの世界に残った場合……あやつは楔(くさび)を導く糸になってしまう。超越臨界(スペルクリツカ)を収めようとすれば、アルトランタに再び楔(くさび)がもたらされてしまうのじゃという」

ジェスがごくりと喉を鳴らした。これはアルトランタとメステリアにとどまる話ではない。

当然、メステリアと俺のいた世界にも当てはまることだ。

世界と世界を繋(つな)いだまま、世界の異常を解消してはならない。

「儂(わし)が楔(くさび)を三つとも使い、ルタの霊魂をこちらに残したまま死んでしまえば、条件は満たされてしまう。あやつはそれがどれほど危険なことかを語った。儂(わし)らが一緒にいる、ただそれだけのために、自分の故郷を、何億という命を危険に晒(さら)すことはできぬと」

冷や汗が流れるのを感じる。

今ヴァティスが語っていることは、これから起こり得ることそのものだった。

「そうしてルタは、超越臨界が起こってしまう前に元の世界へと帰り、世界の繋がりを不可逆的に断ち切ったのじゃ。そなたらを導いた痕跡と、儂を殺した呪いを残してな」

「それでは……つまり……」

口を開いた俺に、ヴァティスの言葉が鋭く刺さる。

「いかにも。このままメステリアの超越臨界を収めてしまえば――お主のいた世界とこちらの世界とを結ぶ糸がそのままであったなら――今度はお主の世界に一二八の楔が送られる。魔法とは無縁じゃった世界が際限のない暴力に包まれ、暗黒時代が繰り返されるじゃろう」

ジェスの顔がすっと青白くなる。そのまま卒倒してしまうのではないかと思った。

「じゃが、幸運にも――皮肉にも、と言った方がよいかの、お主らは禁忌を犯し、そのせいで超越臨界はいまだ持続しておる。禁忌の関係が続いておる限り、楔が移動することはない」

「そんな……」

ジェスの声が漏れる。

俺たちは、禁忌の代償をいかに回避するか聞くためここへ来た。何か少しでもよりよい道がないか、縋るような気持ちでここへ来た。

それなのにヴァティスは、より悪い道しかないと言っているのだ。

「簡単に言い直してみよう」

ヴァティスは追い打ちをかけるようにジェスへ詰め寄る。

「お主は愛する者と一緒にいたいのであろう。しかし、お主らが同じ世界におるままでは――こちらの世界とその豚の世界とが繋（つな）がっておるままでは、豚の世界は暴発寸前の銃口を突き付けられているのと同じ。お主らがその禁忌の関係を解き、超越臨界（スペルクリツカ）を収束させてしまえば、引き金は引かれ、豚の世界は暴力の楔（くさび）で満たされる」

あらゆる道を塞がれてしまったような感覚に陥る。洞窟の中、懸命に出口を探す俺たち。かろうじて見つけた狭い抜け道も、進んでみれば完全に塞がっている。今できるのは、ただ同じ場所に留（とど）まり続（つづ）けることだけ。

このままの関係を続けていれば、メステリアの異常はなくならない。

ジェスの命も削られ続ける。

そして、もしそれが解決できたところで――

俺とジェスが一緒にいるのならば、今度は俺の世界が脅威にさらされる。

一緒にいたいという二人の身勝手のために、何十億という他者の生活が脅（おびや）かされる。

「じゃあ……そんなの、どうすれば……」

絶望する俺に、ヴァティスは冷静に告げる。

「順番が重要じゃ。糸を取り除く前に、超越臨界（スペルクリツカ）が解除されてはならぬ」

ヴァティスは三本の指を立てる。

「今、世界を繋（つな）ぐ糸は三本ある。こちらにおるはずでない者が二人、あちらにおるはずでない者が一人。お主はその最後の一本でなければならぬ。他の二本をまず先に戻し、最後にお主が元の世界へ戻る。そうして世界を完全に切り離せば、お主が消えて超越臨界が解消されても、楔がお主の世界へと移動することはない。メステリアも正常に戻る。すべて元に戻るのじゃ」

――ここぞというときに帰りなさい

イーヴィスが死の間際に遺した言葉を思い出す。

ジェスとともに王都へ辿り着いた俺を、世界を脅かすからといって送還した老人の言葉を。

先見の明があると散々自画自賛していた賢王の言葉を。

「なぜ儂が物語の始まりから話したか、お主らには分かるか？」

ヴァティスが、明確にジェスと俺の方に顔を向けて言った。

言葉に詰まった。答えは分かっていても、とても口にすることなどできない。

「儂らとお主らが、悲しいほどよく似ておったからじゃ。健気な少女が絶望の中で祈り、助けてくれる男と出会い、道を切り拓き、そのうちに惹かれ合って、しまいには離れ離れとなる。まるでおとぎ話のようであろう」

ヴァティスの口調に熱が入る。

「本来繋がっておるべきでない二つの世界――そこを跨いでしまった物語というのはのう、必然的に、出会いと別れの物語になるのじゃ。反対から見れば、行きて帰りし物語じゃ。祈りによって無理に結び付けてしまった世界はいつか必ず元通りにせねばならぬ。完全に切り離し、不可逆的に離れ離れにしなければならぬ」

ジェスは声を出さずに、口をきつく結んで、目尻からぽろぽろと透明な涙を流していた。

俺はあくまで食い下がる。

「本当に、他に道はないんですか」

こちらを見下ろすヴァティスの目には、ようやく人間らしい光が宿っていた。俺たちに対する憐(あわ)れみなのか、過去の自分に対する悲しみなのか。

「……あったら真っ先に教えておるわ、たわけ」

ヴァティスはジェスの前に来た。最初の女王とその末裔(まつえい)が、まるで母と娘のようにして向かい合う。

「訳が分からぬじゃろう。霊術がどうの、楔(くさび)がどうの、超越臨界(スペルクリツカ)がどうの、こちらとあちらの世界がどうのだなど、本当はどうでもよいと思っておるじゃろう。今この瞬間の幸せを失いたくない、それだけなのじゃろう」

触れ合うことができないながらも、ヴァティスはジェスの両肩にそっと手を置いた。

「しかしのう、世界様というのはもとよりそういうものなのじゃ。普段は到底手の届かぬところにありながら、いざとなれば突然お主の隣にやってきて、おかしな理屈を喉元に突き付けてこよう。一国を統べる王族でさえ、その理不尽のもとで生きねばならんのじゃ」

ヴァティスはすっとジェスから離れる。

「しゃべりすぎてしまったようじゃ。本当は気が済むまで語り合いたいところじゃが——」

震えるジェスを見て、ヴァティスは残念そうに微笑んだ。

「伝えるべきことはすべて伝えた。あとはお主らが判断を下すのみじゃ」

静かに歩いて、自らの棺に戻っていく。

片足を棺の縁にかけたとき、一度こちらを振り返ってくる。

「そうじゃ、最後に一つだけ。お主ら二人、どちらでもよい」

シュラヴィスとジェスを、ヴァティスは交互に指差した。

「せっかく続いた儂とルタの血脈を、お主らの代で絶やすでないぞ」

呆然とする俺たちを残して、ヴァティスはすっと消え去った。

好き放題しゃべって、大きな爪痕だけ残していって——嵐のような人だと思った。

シュラヴィスはまだ距離を掴みかねている様子で、俺たちにあまり言葉をかけなかった。

「力になれることがあれば、いつでも協力する」

壊れた聖堂を後にする俺たちの背中に、不器用な調子でそれだけ言ってくれた。

ジェスと俺には帰る部屋がなかった。王宮は焼けているのだ。

なんとなく向かった先は、王都の地中にある、岩を掘って造られた豪勢な寝室。古城ホテルのような雰囲気には見覚えがあった。

向都(こうと)の旅の末に王都へ辿(たど)り着(つ)いた俺たちが、最初に泊まった部屋だ。

ジェスが「ここぞというとき」までとっておいたものを、俺に見せてくれた場所。

言葉少なに、俺たちはやたらフカフカなベッドの中に入る。とても夕飯を食べるような気分ではなかった。だから、とりあえず眠ることにした。

ジェスの腕に痛いほど抱きしめられながら、思う。

まるで物語を巻き戻しているみたいだ。

この部屋は、つらく厳しい最初の旅がようやく終わった場所。俺たちはこれから、つらく厳しい最後の旅に出なければならない。

一緒にいられる時間を噛(か)み締(し)めるように、眠る。

煌(きら)びやかな喫茶店の中を歩いていた。

賑(にぎ)やかだが、決して聞き取れない話し声。夢の中だとすぐに分かった。

奥のボックス席には二人の女性が隣り合って座っている。相変わらずパーカー姿のひろぽんと、院内着のブレース。彼女たちの向かいに、イノシシがちょこんとお座りしていた。

　イノシシはフリフリのドレスを着ていた。

「あっロリポさん！　乙でーす！」

　ひろぽんがこちらに気付いて、手を振ってきた。俺は頷いて、イノシシの隣にお座りする。

「ケントくんから聞きましたよ。やること、全部終わったって」

　そう言って、ひろぽんは嬉しそうに紅茶を啜った。

　ケントは俺の隣で、誇らしげに背筋をぴんと伸ばす。

「ロリポさん、今日、シュラヴィスさんからヌリスを返してもらえたんです。首輪もついていませんでした。今オレの本体は、ヌリスと一緒に眠っています」

　ケントの着ているドレスは、最後に見たときは泥塗れでボロボロだったが、今はきれいなものに変わっていた。

「……よかったな、遂に自由の身か」

「ええ。王政は終わり、ヌリスは解放されました。別れは惜しいですが――そろそろ頃合いかな、と思っていたところです」

　ひろぽんは頷く。

「いやあ、間に合ってよかったです。すぐにでも、お二人には戻ってほしいと思ってて」

　言葉の出てこない俺を、ブレースは静かに見つめている。

ひろぽんがそんな俺たちの様子に気付く。

「あれ、ロリポさん、どうしたんです？」

俺はまず、話さなければならないことを話すことにした。

契約の楔というものの存在。そしてそれが世界にもたらす脅威。楔が俺たちの世界に流れ込んでしまうのを防ぐためには、順番を守らなければならないということ。三本の糸を元に戻さなければならないこと。

「つまり……ブレースも？」

ゆっくりと、ひろぽんはティーカップをソーサーの上に戻した。

「嘘でしょ、なんでブレースまで」

ひろぽんの手がブレースの膝に置かれる。その手が膝の上にあるブレースの手を、上から強く握るのが見えた。言うのが心苦しい。

「世界を跨いだ存在が、世界を繋いでしまうんだ。そっちの世界を守るためには、世界を完全に分離しなきゃいけない。俺たち三人は、それぞれ元いた世界に戻る必要がある」

「そんな」

下を向くひろぽん。その肩に、ブレースがそっと手を置く。

「……大丈夫。私に考えがあります」

ブレースは小さく微笑むと、立ち上がった。

「少し、お手洗いに」

聞き間違いかと思った。ケントがぽかんとした顔で問う。

「待って。ここ、夢の中でしょう？」

その懸念は妥当だろう。夢の中でお手洗いに行ってしまえば、現実世界の身体が連動してしまわないとも限らない。

「ご心配には及びません。でも、そうですね……お豚さん、一緒に来てくださいませんか？」

俺は二重に困惑する。

「一緒にって、お手洗いに……？」

「ええ」

「いや、そういう趣味はあんまりないんだが……」

ひろぽんが顔を上げて、俺を見てくる。

「ブレースがそう言ってるんです。信じて一緒に行ってあげたらどうです？」

「あ、ああ」

俺は手招きされるがままに、ソファーから下りてブレースのもとへ移動する。

この状況をジェスに見られていたら、多分、いや絶対に怒られてしまうだろう。

「ヒロコ、ありがとう」

ブレースは丁寧にお辞儀をすると、狭い廊下を歩き始める。俺はドギマギしながらその後についていった。

カラフルなランプやら古い時計やらで骨董品店のようになっている通路を歩き、狭い角を曲がる。突き当たりに木製の扉が見えた。ここがトイレだとすぐに分かった。抽象化された男女が左右に並ぶ、真鍮製の現代的なピクトグラムが扉に打ち付けられていたからだ。

ここはブレースの夢の中。きっと、彼女が入院している病棟のトイレでは、このマークが扉に貼られているのだろう。

ブレースが、扉を押そうと取っ手を握る。

「……本当にいいのか？」

「ええ。来てください。お豚さんに、見てほしいのです」

待て！　俺は何を見ればいいんだ？

ブレースが扉を開くと——その向こうには、想像もしていなかった光景が広がっていた。

暗い、夜の森の中。ブレースと一緒に踏み出すと、湿った土の香りを含んだ風が吹き抜けていった。振り返ると、トイレの扉だけが、どこでもドアのようにぽつんと立っている。

「ここは……」

「お豚さんと、二人きりでお話がしたかったのです」

「な、なるほどな。そういうことか。安心した」

俺の目の前で用を足そうとしていたのかと思った。

ブレースはそんな俺の様子を、無表情でしばらくじっと見ていた。

「……どうした」

「期待、されていたのですか？」

「き、期待って何を」

「私がお豚さんの前で用を――」

「いや、断じてそれはない。安心してくれ」

「そうですか。ほっといたしました」

静かな調子で淡々と言うものだから、冗談なのかどうかさえ分からなかった。もし本気で心配されていたのなら、彼女の中で俺がどういうキャラになっているのか大変な懸念が残る。女の子が用を足すのを目の前で見たがるような変態だと思われていたら困るのだ。

「以前から、薄々と思ってはいたのです」

「待ってくれ。誤解なんだ。俺には誓ってそういう趣味は――」

「違います。私が還るべきだ、ということをです」

焦って早とちりしたことを恥じる。そうだ、当たり前じゃないか。

ブレースは、俺が説明した三本の糸について、俺と二人きりで話したかったに違いない。

「以前からって……どうして帰るべきだなんて思ってたんだ。そもそもブレースは、メステリアに帰るといったって……」

「ええ、あちらに命はありません。ですから、還るのです」

木々の隙間から、ブレースは空を見る。星が輝いていた。

「お豚さんやヒロコの世界に来てから、気付いてしまったのです。こちらには、リスタも、魔法も、ありません。えすかれーたやすまほなど、不思議なものもたくさんありますが、すべて魔法を使わずに説明できてしまうものだと、ヒロコは教えてくれました」

「でも……それで、どうしてブレースが帰るべきだという話になるんだ」

「私だけは、違うのですよ」

ああ。そういうことか。

「ブレースは魔法が使えるんだな」

「魔法かどうかは……分かりません。しかし私には、噂を変えてしまう力があります。びょういんの方々や、ヒロコのもとに来たけいさつの方……ヒロコを困らせてしまうような質問をする人たちは、私が心苦しく思うだけで、みなさんすべて忘れて立ち去ってしまうのです」

「記憶を操作したってことか？」

「分かりません……しかし、私の望むように、噂が変わってしまうのです。ヒロコがお豚さんたちをメステリアへ送り出したときのことも……記事になっていたそうですが、ヒロコがそれで苦しんでいると私が知った後に、記事の存在自体が消えてしまったと聞きました」

ブレースは大きな胸の前でそっと手を合わせる。

「この夢もそうです。私には、魔法らしい魔法は使えません。お豚さんたちのこちらの身体を癒すこともできないほど無力なのです。しかし、ヒロコや、サノンさんや、メステリアにいるはずのお豚さんたちと、夢の中でお話しできるなんて……魔法ではない、魔法というものを遥かに超えた、何か恐ろしい力……それが私の中にあるのを感じます」

魔法を超えた力――聞き覚えがあった。

ルタの亡霊が言っていたのだ。アルトランタからメステリアへとやってきた者には、魔法を超えた神のごとき力が宿るのだと。だからこそ、ルタは契約の楔の在処を見通すことができたし、死の街ヘルデにあった大昔の男の墓では、運命を焼き払うという炎が燃えていた。

メステリアにとってのアルトランタが、俺のいた世界にとってのメステリアだとしたら――メステリアから来たブレースにも、同様の力が宿ってしまうのかもしれない。

ブレースはまた夜空を見上げる。

「世界を変えてしまうほどの力を手にして思ったことは……ただひたすらに、恐ろしいということでした。手の中に、脆く崩れそうな硝子の球を抱えている気分です。そこに、たくさんの人の大切なものが、詰まっているのです」

ふと思う。

「なあブレース、その力を上手く使って、この現状をなんとかできたりはしないか？　ブレースが帰らずに済んで、契約の楔もそっちに流れ込まないような方法が、もしかするとあるんじゃないか？」

淡い期待が膨らんでいく。しかしブレースは、ゆるゆると首を横に振った。

「そのような力が私にあるかどうか……私にあるのは、噂を語る力と、夢を見る力だけなのです。世界の繋がりをどうにかするなど……楔のことをよく知っていたルタさんというお方にさえできなかったことが、はたして私にできるでしょうか？」

確かにそうだ。ヴァティスはブレースのことを知っているはずなのに、他に道はないと言っていた。きっとダメなのだろう。しかし。

「ダメ元でもいい。試してみてほしいんだ。時間はまだあるじゃないか」

俺の発言に、ブレースはこちらを向いてくる。

「時間、ですか」

「どうかしたのか」

「時間……は、あまりないと思います」

恐ろしいことを、ブレースは冷静に断言した。

「おそらくあと二日。二日で、硝子の球は落ちてしまいます」

「二日？　たったの二日？　いったいどうして――」

ブレースが、俺に向かってしゃがんできた。俺の頭にそっと手が置かれる。

「お豚さんたちのご無事を願って、これまで様々なことを試し、手を尽くしてきました。世界を望むように変える方法は知りませんが、さきほどお豚さんからお話を伺い、世界を変えてしまうことを避ける方法なら分かりました」

「どういうことだ」

「私はここから、還(かえ)ることができます」

豚と同じ目線の高さで、ブレースは暗い森の中に目をやる。

俺もそちらを向いた。遠くの木の根元に、ぼんやりと青白く光るものがあった。キノコだ。

「ここは……針(はり)の森(もり)なのか？」

「私が戻るべき世界です」

「違う。こんな暗いところに、ブレースは――」

「お豚さんやヒロコには、素晴らしい世界のことを教えてもらいました」

いつもはぼんやりと遠くを見ているような眼差(まなざ)しが、俺にまっすぐ向けられる。

「私はそれで十分だったのです。その世界に生きて、その世界を変えてしまうことなど、私にはできません」

「待ってくれ。そっちの世界にだって、本当は変えた方がいいところなんていくらでもあるんだ。むしろ変えた方がいいところしかないんだよ」

「もしそうだとしても……それを変えるのは私ではなく、お豚さん、あなたたちです」

ブレースは微笑(ほほえ)んだ。

「私は、私が死後にどうなったかをここで見ました。ノットさんは、私の遺骸を大事に抱きかかえて、大声で泣いてくださいました。大切に、荼毘に付してくださいました。命を狙われ、追われながらも、私の骨と首輪をずっと持っていてくださいました」

その微笑みからは、以前のような諦めではなく、旅を終えたような満足が感じられた。

「私はよいのです。メステリアには、私の眠るべきところがあります。もし私が還ったら……そこに証を置いておきましょう。私が還ったかどうかは、それを見て確かめてください」

「証？　証って何だ。具体的にどういう形のものだ」

「ご覧になれば分かるはずのものです。それがあったら、私が還ったのだとお考えください」

「待て、話が早すぎる。まだ、今すぐってわけじゃないんだろ？」

「ヒロコには、さきほどお別れを告げました」

「何だって？」

別れを告げた——はたしてそうだっただろうか？

思い出す。「ありがとう」——ひろぽんにそう言って、ブレースは俺とここに来た。

あのときから、すでに心は決まっていたのか。

「待ってくれ、お願いだ。ブレースが唯一の頼みの綱かもしれないんだ。俺はジェスと一緒にいたい。でもこのままじゃ、一緒にいられなくなってしまう。力を貸してほしいんだ」

「お気持ちは、分かります」

ブレースが俺を撫でてくる。

「ですが、それはお豚さんとジェスさんの物語です。噂を語り夢を見るだけの私には、立ち入ることなどとてもできません。私はヒロコやお豚さんの大切な世界を、壊したくないのです。楔というもののことは、みなさんに委ねます」

遠回しだったが、言わんとしていることは分かった。

ブレースは、苦しみの中で、違う世界に行きたいと考える人だった。世界を変えたいと思う人ではなかった。だからこそ、自分が三本の糸のうちの一本であり続けることに耐えられないのだ。「硝子の球」を壊したくはないのだ。

「……そうか、そうだよな」

俺も分かってはいるのだ。どうするのが正しいのか。たった一つの明確な道筋が、俺の前にはっきりと見えている。その先にジェスがいないことに、俺が耐えられないだけなのだ。

これはどこまでも、ジェスと俺の問題だ。

「お二人がどんな結末を選ぼうと、私は陰から応援しております」

そう言って、ブレースは俺に頬を寄せてきた。ぎゅっと抱きしめられる。

「このこと……ジェスさんには内緒でお願いしますね」

気が付くと、俺は喫茶店に戻っていた。

トイレの扉があったはずのところは壁になっている。ブレースといた森へ戻ることはかなわず、俺はボックス席へと戻った。

「遅いですよロリポさん。大きい方だったんですか?」

俺が一人で戻ってきたのに、ひろぽんは呑気(のんき)にそんなことを言ってきた。

「あのなあ、女の子がそういうこと言うなよ」

「うわあ、男女差別反対! 女の子にも、下ネタを言う権利はあるんですよ」

その明るい口調に、俺はおよそ気付いてしまった。ブレースが彼女に何をしたのか。

警察の記憶や報道の記録すら変えてしまう力。

その力が最後にどんな思い出を消してしまったのか、彼女の顔を見れば分かってしまう。

ケントはどうなのだろうか。見てみると、黒く小さなイノシシの瞳は、神妙な様子で俺やひろぽんを観察している。何かを察した様子だった。

「……オレ、そろそろ戻りますね」

イノシシはそう言って、ソファーから下りてきた。

「ヌリスやノットさんたちとの残り少ない時間を、大切にします」

「ケント――」

俺が言いかけると、イノシシは深く頷(うなず)く。

「オレが日本へ戻ったら——二本目の糸がきちんとなくなったら、そのことが確実にロリポさんへ伝わるよう、解放軍のみなさんにお願いしておきます」

その瞳には断固たる決意が宿っていた。

ああ……そうじゃない、ケント。そういうことじゃないんだ。

倒れていくドミノを止められずに眺めるような気持ちで、俺は転移仲間と向かい合う。

俺は、メステリアに同じくらい心残りがあるだろう友人と、気持ちを共有したかっただけなのだ。少しくらい、弱音を吐き合いたかった。許されるものなら、戻らなくていいのだと納得させてほしかった。

でもケントは、俺よりずっと大人だった。

「じゃあ。次はメステリア(こちら)で会うか、日本(あちら)で会うか、分かりませんが……」

「そうだな」

「戻ったら、一緒に秋アニメを見ましょう」

「ああ……」

言葉を失(な)くしてしまった俺を残して、イノシシは去っていった。

カランコロンとカウベルが鳴る。

「あれ。二人きりになっちゃいましたね」

ひろぽんに言われて、顔を上げる。

「変なこと言うなよ」

「事実を言っただけですよ」

「確かにそうだった。申し訳ない」

「またそうやってすぐ謝る。言い返してくれなきゃ面白くないですって。二人になったのは事実ではありますよ。でも、『二人きり』という色のついた表現をわざわざ選んだ私の発言を、単なる事実以上のものとして指摘することができたでしょう」

「指摘したらどうなるんだ」

「レスバが楽しめます」

赤いフレームの眼鏡をくいっと直して、ひろぽんはにっこりと笑った。

「レスバって……夢をインターネットみたいに言うなよ」

「いや、ある意味インターネットみたいなものかもしれませんよ。離れた場所にいる者同士がこうやって会話しているんですから。夢も繋がってしまえばSNSだと言えませんか?」

「まあそうか、間違ってはいない」

脳が停止したままでもずっと会話が続けられるのは、ひろぽんのいいところだった。

違うか、あんまりよくないな……。

俺は彼女と向かい合う形で、ソファーの上にお座りする。

ブレースが使っていたはずのティーカップが、跡形もなく消えているのに気付いた。

「……レスバをする元気はないんだが、ちょっと相談してもいいか」

「え、恋バナですか？　私、恋バナ大好きです！」

「なんで相談としか言ってないのにすぐ恋愛相談に限定するんだよ」

「でも恋バナなんでしょ」

「………………。」

「ほらやっぱり。ジェスちゃんと一緒にいたいのに、みたいな話だとは思ってましたよ。いくらでも相談してください。こう見えて私、恋愛経験豊富なので」

胸を張るひろぽん。「こう見えて」の部分にツッコみたくなったが、そうするとまた余計な会話が増えてしまいそうなので割愛しておく。

お言葉に甘えて、俺は率直にこれまでのことを話した。

ジェスが命を削ってまで、俺を蘇らせていたこと。

それが原因で、メステリアでは異常事態が収まらないこと。

ジェスと俺が一緒にいるまま異常を解消すれば、俺たちの世界に危険が及ぶこと。

それでも――一緒にいたいということ。

「うーん、なるほど」

ひろぽんは案外真面目に考え、胸の下で腕を組んだ。

「色々言いたいことはあるんですけど、そうですね、まずはお見せしたいものがあります」

「ちょっと待っててくださいね。さっきケントくんにも同じものを見せたので、そんなに時間はかからないと思うんですけど」

そう言ってまた眼鏡を直し、ひろぽんは眉間に皺が寄るほど強く目を閉じた。

途端に景色がぐるりと変わる。喫茶店の暖かな光は蛍光灯の白い光に変化し、俺の身体はソファーから落ちてリノリウムの床に着地した。

病院だった。すぐそばに電動式のベッドがある。いくつかのモニターと、音を立てる機械、そして何本も走るチューブやケーブル。

「少し下がれば、豚さんの視点からでも見えると思います。これが今のロリポさんですよ」

言われた通りに、数歩後ろに下がる。おそるおそる首を上げると――

人が横たわっていた。

「これが……」

「ええ。悲しいことに」

俺と呼ばれた人は、鏡で見慣れた自分自身の姿とはとても思えなかった。

顔や首周りはチューブやらテープやらでほとんど見えない。手足は細く、力なく投げ出されている。寝ている姿というより、死体と言われた方がしっくりくるくらいだった。

「もうギリギリだそうです。ここ最近、なぜか急速に衰弱が進んで……」

ひろぽんは人間の俺の方を見たまま言った。

「このペースだと、保証できるのは明日を入れて二日。そう聞いてます」

二日――ブレースの言っていたことを思い出した。

そういうことなのか。

二日経（た）ってしまうと、俺の身体（からだ）は修復不能なところまで行ってしまい、俺は戻ることすらできなくなってしまうということなのか。

「ここ、あんまり好きじゃないので。戻りますね」

ひろぽんがそう言っている最中にも景色は変わり、俺たちは喫茶店へ戻ってきた。

元通り、向かい合って座っている。ひろぽんは、はあ、と大きく息を吐いた。

「明後日（あさって）を過ぎれば、ロリポさんには戻る場所がなくなってしまう危険があります。向こうでジェスちゃんの命を吸って存在し続ける以外には、死ぬしかなくなるんです」

「そんな……急すぎる」

「それに、契約の楔（くさび）でしたっけ？　ロリポさんがこっちに戻ってこられず、向こうにいるまま死んじゃったら、その楔（くさび）とやらがこっちの世界に送られてきちゃうんでしょ？　ただでさえ戦争の消えたことがないこの世界に、人間に核兵器みたいな力すら与える危険なものが一二八も入ってくるんですよね？」

「……ああ」

「ちなみに、それと比べるとスケールの小さいことで申し訳ないですけど」

すっかり冷めているであろう紅茶を少し啜ってから、ひろぽんは言う。

「ロリポさんの身体がこっちで死んじゃったら……私や父親は、責任を問われるでしょうね」

一つ一つの言葉が、ハツに刺さるようだ。

「すまない……」

「ま、私はいいんですけどね。私なんて、どうせ——」

突然言葉が切れたので、ひろぽんを見る。きまりが悪そうに彼女は笑う。

「いえ、気にしないでください。つまりねロリポさん。道は一本。道を外れたら断崖絶壁。あとは、ロリポさんが道を進む覚悟だけっていう話なんです」

言葉がなく、頷く。

「で、恋バナに戻るんですけど、ロリポさんはジェスちゃんのことが好きで好きでしょうがないんですよね。道の先にジェスちゃんがいないことに耐えられない」

頷く。

「ジェスちゃんも、きっとロリポさんのことが好きで好きでしょうがない。二人は離れたくない。離れられない。苦しいですよね」

ひろぽんは顔をほころばせる。

「いやあ、羨ましいです。初恋って感じ。しかも美女と家畜でしょ。純愛ですよ。私だって、二人には幸せになってほしいと思ってます。そう思わない人、いないんじゃないですか」

「……早く『でも』を言ってくれないか」

喉から絞り出すような声になってしまった。

「分かりました。じゃあ言いますね。でもですよ、ロリポさん」

ひろぽんは優しい顔で、優しい声で、言う。

「もう終わりなんです」

涙が出そうになるのを、こらえる。

知っていたのだ。俺が言えずにいた、誰かが言わなければならなかったこと。

「……終わりか」

「ええ。終わりです」

ひろぽんは俺のことをじっと見てから、口を開く。

「思ってること、当ててみましょうか。ロリポさん自身は、実はもう気持ちに整理がつきつつあるんです。あとはジェスちゃんの心配をしてるだけ。自分がいなくなっても本当に大丈夫なのか、それが気になって仕方ないんでしょ」

こちらが全然しゃべっていないのに言い当ててくる。

「どうしてそう思うんだ」

「分かりますって。ロリポさんはノットくんでもないし、シュラヴィスくんでもない。やりたいことを貫いたり、やるべきことを背負い続けたりする人じゃない。自分にできることを見極めて、その中で最善の道を選ぶ人です」

「そうか……」

「ジェスちゃんをあの世界に置いていくのがはたして最善なのか、ロリポさんはそれに悩んでるんです。だから私が、安心させてあげます」

「……ジェスは」

　と口にしてから、恥ずかしさを覚える。

　誰かに向かって、自分の好きな人はこんな人なのだ、と語ることは難しい。

「はい。聞いてますよ」

「ジェスはな、二度も精神を壊しかけたんだ。イーヴィスによって、俺がメステリアから日本へ戻されてしまったとき。俺が日本へ戻ろうとして、崖から身を投げてしまったとき」

「そうみたいですね」

「きっと、今度もそうなる。一緒にいてあげたい。一緒にいたい」

「気持ちは分かります。でも大丈夫ですよ。ジェスちゃん、まだ一六なんでしょ」

「大丈夫だと、本当にそう思うのか」

「ええ。こう見えて恋愛経験豊富な私が断言します」

　ひろぽんは人差し指をぴんと立てて、にっと笑った。

「あるときはその人しかいないと思ってたって、女の子って案外けろりと忘れるもんです。きっと数年後には、お顔のよろしい男性といちゃいちゃしてますよ」

「ジェスはそういう人じゃない！」

咄嗟に、きつい口調で言い返してしまった。反省する。

「……悪い」

いいんですと笑って、ひろぽんは続ける。

「ロリポさんの例の小説に、すっごく好きなセリフがあるんです」

小説――俺がジェスを忘れられなくて書いた、王都へ向かう旅の物語。出会いと別れの物語。行きて帰りし物語。

「『お前はな、親身になって助けてくれる人に初めて会って、それに縋っているだけだ。そして俺は、お前が俺を必要としているということに甘えていただけだ』」

ひろぽんはすらすらと諳んじた。

俺に言うために憶えてきたのか、もしくは、それだけあの小説を読んでくれたのか。

「それは……俺がジェスを突き放そうとして言った嘘の言葉だ」

「でしょうね。でも、ヴァージンズラックというか、童貞の功名というか、ロリポさんはあのとき、恋愛に関して一面の真実を言い当ててるんです。いいですか」

畳みかけるように、ひろぽんは言う。

「世の中に誰一人味方なんていないんだと思う瞬間は、誰にだってあります。そんなとき、味方になってくれる人がいたら、そりゃ豚相手だって、うっかり好きになっちゃうでしょ」

「うっかりって、そんなの、あんまりじゃないか」

「もちろん、お二人の気持ちを否定するわけじゃないですよ。世の中の恋愛なんて多かれ少なかれそういうもんですから。きっかけが何であれ、今ある恋心や愛情は本物だと思います。でもねロリポさん、その恋愛は本物でも、すべてじゃないんです。たった数ヶ月の、ちょっと切ないラブストーリーの一つじゃないですか」

「俺が……ジェスと俺の関係を特別に考えすぎてるってことか」

「ええ。そろそろ魔法を解いてあげるときです。そう思いませんか」

言われたことを反芻し、咀嚼する。

ジェスは俺と一緒にいたい。一緒にいなければやっていけない——そう俺は思っている。

でも本当は違う。

俺がいなくたって、ジェスはなんとか元気にやっていける——

いや、本当にそう断言できるのか？

理屈では分かるような気がしても、俺の心が頷かない。

「もう十分、一緒に色々したんじゃないですか」

少し呆れたように、ひろぽんは言った。

「王家の血を引くプリンセス、三つも下の金髪美少女と、相思相愛で楽しくブヒブヒやっていたんでしょう。普通のオタクには、そんな贅沢な経験あり得ませんよ」

ひどいことを言っているようだが、俺にはその理由が十分に伝わっていた。

ひろぽんは、俺に生きてほしいのだ。

間違っても死を選ぶようなことはしてほしくないから、あえて厳しいことを言うのだろう。

「ロリポさん、初恋を終わらせるときです」

その宣告は痛いほどに強く響いた。

「……そうだな。そうなんだろうな」

「もしこっちに帰ってきたら、私がジェスちゃんのこと忘れさせてあげてもいいですよ」

驚いて顔を見ると、悪戯っぽく笑っている。

「馬鹿……そんなことは必要ない。俺は自分でけじめをつける」

「やだな、嘘ですよ。真に受けすぎ」

一通り笑って、ひろぽんは立ち上がる。

「じゃ、頑張ってくださいね。ロリポさんの向こう二日間は、多分、人生で一番きつい時間になるはずです。一生消えないトラウマ級の爪痕を、心に刻まれてしまうはずです。でも、死にはしませんから。ちゃんと戻ってきてください」

いつもと変わらない様子で、ひろぽんは手を振ってくる。

溢れ続ける感情と止まることのない思考とがぶつかり合い、渦を巻き、波となって弾ける。

視界からすべてが消えた。何も音のしない暗闇の中に、俺は独り残された。

ジェスのことだけを考える。

こんな俺を愛してくれて、こんな俺にこだわってくれて、禁忌の道に足を踏み入れてしまった少女のことを、考える。

世界のことなんてどうでもよかった。

ただジェスのことが大切だった。

それほど大切な人に、世界を壊してしまうようなことをさせるわけにはいかなかった。

俺はようやく覚悟を決めることにした。

第四章

物語には必ず終わりがある

the story of
a man turned into
a pig.

なんだかんだで、出発は昼過ぎになってしまった。

ジェスの操縦する龍翼船に乗り込み、俺たち二人は南へ向かう。

空は気持ちよく晴れて、春の風が心地よい。いい陽気だった。

後ろを振り返り、見えもしない星を見ようとする。いつだって北の夜空で輝く願い星サルビーアは、レイリー散乱により大気が青く染まっている今でも、確かに北にあるはずだ。南へ向かう旅というのはすなわち、北の願い星に背を向けて進む旅。

願いとは逆の方を向いた旅だ。

「あの辺りが、礫の岩地でしょうか」

ジェスが左の方を指差した。その手首には、赤茶色に汚れてしまった薄緑のスカーフがしっかりと巻かれている。俺はジェスの脚の間から身体を伸ばし、ジェスの指した方を見下ろす。

ずっと下に、やたらギザギザと尖った灰色の岩地が広がっていた。

「懐かしいな。とすると、あっちがミュニレスか」

「ええ。もうすぐ見えてくると思います」

ジェスの操作で龍の翼が傾き、船がゆるやかなカーブを描き始める。

間もなく、南部最大級の商業都市ミュニレスが前方に現れた。大きな建物が整然と立ち並んでおり、その間を幅の広い道路がまっすぐに通っている。赤色の三角屋根と白い漆喰(しっくい)で塗られた外壁のコントラストが美しい。

俺たちの目的地は、そこからさらに南、峡谷を越えた先にあるバップサスだ。

しばらく飛ぶと暗い森が見えてくる。バップサスはその中にあった。

「……高度を落とします。修道院跡に着陸しますね」

ジェスはバップサスの様子を見ると、静かに言って龍翼船(りゅうよくせん)を操作した。

船体が傾くことで、村の様子が――村だった場所の様子が見えてくる。

真っ黒に焼けた木々が無残に倒れている。家々が立ち並んでいた場所には土台や壁の一部しか残っていない。北部(ノザン)勢力の襲撃を受けてから、バップサスに人が戻った様子はなかった。村はこのまま消えてしまうのだろう。

「ジェスは王都に入ってから、ミュニレスより南に行ったことはなかったんだっけか」

「ええ。バップサスの話は聞いていましたが、これほどとは……」

「すごかったんだぞ。夜起きたら、あっという間に火に包まれて。セレスやロッシやサノンと一緒に死ぬ気で脱出したんだ」

「むう……」

「どうした？」

「私の知らないところで豚さんがセレスさんと何をしていたか、想像していました」

「もちつけ。想像で怒ったりするな。セレスとは誓って何もしてないからな」

犬（四〇代男性）や黒豚（三〇代男性）はセレスをベッロベロのネッチョネチョに舐めていたが、俺は紳士なのでそんなことはしなかった。

「本当でしょうか」

「本当だ」

セレスに眼鏡をかけさせて「お兄ちゃん」と呼んでもらったことも、記憶にない。

「あるんですね……」

背中側のジェスをおそるおそる見上げると、上下逆になったむっつり顔が俺を睨んできた。

着陸が荒くなったのは、多分俺の気のせいだろう。

修道院跡は山の中腹を造成した平地にある。まだ春先なので草はそれほど茂っておらず、歩くのには困らなかった。龍翼船を下りてまっすぐ修道院跡に向かう。俺はジェスの後ろをぴったり離れずに歩く。

この場所に、ノットはブレースの遺骨を隠した。

修道院の床だった場所で、首輪の痕跡が残る石のタイルを探す。前に探したのはおよそ五ヶ月前だった。依頼主はセレス。セレスはノットが密かに隠したものが何か知りたがっていた。

だから、サノンや俺に小さな可愛らしい嘘をついて、探させた──

「ありました。これですね」

ジェスは丸く焼け残った跡の前で立ち止まった。銀の首輪の形が、石のタイルに焼き付けられた跡。魔法の劫火は首輪の持ち主を焼き尽くしたが、彼女を縛り付けていた首輪だけは、魔法で保護されていたために焼けなかった。

ジェスはしゃがんで黙禱した。それから、石に明るく焼きつけられた丸い跡を指でなぞる。

「ノットさんの物語は、ここから始まったんでしたね」

まるで当時の記憶を呼び出そうとしているかのようだった。

ジェスはきれいな瞳でこちらを見てくる。

「六年前、王都へ向かうはずのイェスマを匿っていたこの修道院が、マーキス様によって燃やされてしまって……」

俺は言葉を引き継ぐ。

「そしてここには、ノットの想い人だったイースがいた。イースはかろうじて逃げ出したが、イェスマ狩りに捕まって殺された。ノットはイースの骨を使った剣で炎を燃やし続けた。イースの妹だったジェスを助け、仇の大男を討ち、マーキスを殺し、遂には王朝を打倒した」

「まるで英雄譚のようですね」

「紛れもない英雄譚だ」

ノットは世界を変えてしまった。新しい時代を創ってしまった。寄る辺もなく小さな村を拠点にしていた孤児は、俺たちとの出会いをきっかけに村を出て、最後の王に決闘を挑むほどの存在となった。

俺たちは、そのそばにいただけだった。ノットという男の壮大な英雄譚からしてみれば、ジエスは――まして俺なんかは、ちょっとした脇役にすぎなかっただろう。

ジエスと俺の物語は、最初から英雄譚ではなかった。

「……開けましょう」

ジエスがそう言って、両手を前に出す。

首輪の跡の焼きついた重い石材が、重力に反してふわりと浮かび上がる。そのまま横に平行移動して、隣のタイルの上へと、静かに重ねられた。

タイルの下には穴が掘られていた。そこに素焼きの壺が納められている。

「これが……」

ジエスは壺に手を伸ばして、ふと気付いたように近くの土を手で掬う。土に混じって、黒い灰のようなものが見えた。

「豚さんが見たときは、首輪が壺の上に置かれていたんですか？」

「ああ、確かそうだったはずだ」

「ブレースさんの首輪はもう、風化してしまったんですね」

ジェスは掬った土を元に戻した。イェスマの首輪は身体を離れると、そのイェスマが慕っていた人が近くにいなければ、膨大な魔力を放出しながら自壊していくのだ。黒い灰はきっと、風化した首輪だろう。

「それで……どうすればいいんでしょう」

ジェスに訊かれて、悩む。

「ブレースは、ここに何か印を置くと言っていたんだ。でも具体的に何とは……」

「開けますか？」

ジェスは骨壺の蓋を指し示した。

「お願いできるか」

壺の蓋を、ジェスは両手でゆっくりと持ち上げる。中には――

覗き込んで、二人して呆然とする。遺骨の前だ。厳粛に振る舞おうと努力したが、数秒後にはジェスも俺も堪え切れずに噴き出してしまった。

ブレースが、そんなユーモアの持ち主だとは思っていなかった。

遺骨の上にそっと置かれていたものを、ジェスは優しくつまみ上げる。

「これを本当に、ブレースさんが？」

「間違いないだろ」

俺があまりにも笑うものだから、ジェスはむっと頬を膨らませる。

ジェスは手の平の上にそれを置いた。

紫色の、小さく可愛らしいスミレ——遺骨の上で枯れることも萎れることもなく咲いていた花は、ジェスの手の中で、空気へ溶けるように消えてなくなった。

「豚さんは夢の中で、いったいブレースさんとどんなお話をされていたんですか」

「それは秘密だ」

「むう……」

「怒ってるのか」

「拗ねてるんです」

「なるほど。拗ねた顔が可愛いから、しばらくは教えないことにする」

「じゃあ拗ねません」

「思いっきり拗ねてるぞ」

ジェスは拗ねないように表情をコントロールしたい様子だったが、失敗していた。その表情がまた可愛らしいので、ジェスはどんな顔をしても可愛いということが分かった。

遺骨に手を合わせてから、石のタイルを元に戻す。

心のどこかに、印や証など何も見つからないことを望んでいる自分がいたことには、気付いていた。骨壺を開いても何も見当たらなくて、じゃあ仕方ないよなと王都に帰る。また明日来てみようか、だなんて言いながらおいしいものでも食べて、そして翌日再訪しても何も見つからない——そんなことを期待しなかったわけでもなかった。

でも、ブレースは還ってきたのだ。

引き返し不能点はとっくに過ぎている。物語は前に進むしかない。

「ここまで来たんですから、せっかくなのでキルトリへ行ってみませんか？」

龍翼船が置かれた場所まで歩いて戻りながら、ジェスが言った。

「いいな。行ってみたい」

「決まりですね」

船に乗り込んで、ジェスの脚の間に身体を収めながら、思う。

キルトリはジェスがイェスマとして暮らした街。俺とジェスが出会った場所だ。戻って様子を見てみたいという気持ちは確かにあるのだが、どうも心が重くなる。

最初の街に戻るのだ。なんだかいかにも「旅の終わり」という感じがしてしまう。

離陸のとき、ジェスが啜り泣いているのが聞こえた。


龍翼船は傾いてきた太陽に照らされながら暗い森の上空を通過する。

森の名前は、そのまま「暗黒林地」。ジェスによると、ここから切り出される木材が、建材や燃料としてメステリア南部の暮らしを支えているのだという。なぜそんな林の名前に「暗黒」という不穏な言葉が使われているのか、ジェスは気になっている様子だった。王宮図書館で調べても答えは分からなかったのだという。

「そういえば、この森で何があったか憶えてるか」

雑談のつもりでジェスに訊いてみると、ジェスの脚がぴくりと反応して、俺の胴体を左右から強く挟んできた。

「し、知りません……！」

予想外の反応に、困惑する。

「知らないって……まさか、憶えてないのか？」

「いえ、憶えてはいますけど……」

「……？」

「ええそうですよ。私が豚さんの背中に乗せてもらって、それで少しえっ――」

ジェスは言いかけて、急に口を閉ざした。

なるほど、ジェスはあの事故のことを思い出していたのか。

「いや、すまない、初めてヘックリポンを見たときのことを話そうとしてたんだ……」

「……っ！」

ジェスの魔法が乱れて、龍翼船が危険な傾き方をする。

「おい！　危ないぞ、運転に集中してくれ」

ジェスはむっつりと黙って船を安定飛行に戻した。

ほっと息をつく。

この森でヘックリポンを見たとき、ジェスはヘックリポンにまつわる言い伝えを楽しそうに話してくれた。そこから趣味の話になって、ミステリーの話になって、隠し事はできないという話になって――ジェスはそれまで隠していた自分の運命をようやく俺に告げた。

イェスマの残酷な運命を知った俺は、俺以外に頼る相手のいないジェスを、豚にも縋る思いだったジェスを、絶対に見捨てないと誓ったのだ。

あのとき俺は、あくまでジェスの頼れる相棒であり続けようと心に決めた。

俺を頼るしかない少女に恋をするなど卑怯だと思い、ジェスへの好意を隠し通そうとした。

でも結局、そんなことはできなかった。

ジェスが可愛すぎたからではない。

俺だって、あんなに優しくされたことは生まれて初めてだったからだ。

顔を赤くしているジェスに、言う。

「色々あったのに、一番記憶に残ってるのは背中に乗ったことなんだな」

ジェスはふん、とそっぽを向く。

「えっちな女で悪かったですね」

「いや別にそういう意味ではなくてな……」

そんな会話をしているうちに、キルトリの街が見えてくる。大きな広場に大聖堂。そこを中心に広がる円形の街並み。ど真ん中に着陸するわけにはいかないので、俺たちは街外れの小高い丘に降り立った。

「ちょっといいですか」

船を降りると突然、ジェスが後ろから両手で目隠しをしてきた。

「……どうした？」

「雰囲気を変えてみようかと思いまして」

いくつもの旗が強風になびくような音が、ジェスの方から聞こえてくる。

「はい」

と数秒後には目を解放された。

瞼（まぶた）をもち上げ、ジェスを振り返る。布を生成する魔法の音がしたから、その場で早着替えをしたのだろうと予想はついていた。それでも目を奪われる。

「それは……」

「最初に旅に出たときの格好です」

水色のワンピース。どこにでもいるような、田舎の少女の旅装束。

二回目の転移以降、一度も見ていなかったから、すっかり忘れかけていた姿だった。

「ご感想は？」

「……いいな、なんだか純朴な感じがして」

じー、とジェスは俺を見返す。

「それはつまり、普段は純朴な感じがしないという意味ですか」

「違う。なんというか、ほら、まだ王族っぽくないというかさ。普通の女の子って感じだ」

なお不満げなジェスに、どう言えばいいのかと考える。時間稼ぎに訊く。

「袖が短いが、寒くはないか？」

「ええ、今日は比較的暖かいので」

「そういえば、あのときとは違って首輪がないんだな」

「あった方がいいですか？」

「いや、ない方が絶対にいい」

ジェスは頷く――それでも、満足のいかない様子は変わらなかった。

そこで俺は、魔法の言葉を忘れていたことに気付く。

「可愛いな」

ジェスはすっとそっぽを向いて、歩き始める。

「別に可愛くはないです」

顔は見えなかったが、その照れを隠すように低くなった声と、若干力の抜けた足取りから、俺は正解を言い当てたのだと理解した。

ジェスの左手首には相変わらずスカーフが巻かれている。きれいな浅い湖のような色だった布地は、染み込んでしまった俺の血によって少し淀んだ色味になっていた。魔法を使えばきれいにできるはずなのだが、ジェスはそのスカーフに魔法を使いたくないらしかった。

龍翼船を木立に隠してから、街へ下りていく。土の馬車道をしばらく進むと、やがて石畳の通りに変わり、人の往来も賑やかになる。俺たちは街の中心に辿り着いた。

ドーム屋根の大聖堂と、その前の大きな広場。

「ここはお祭りの会場だったな」

「はい。豚さんが舞台の上で踊ってくださった場所です」

何が面白いのか、ジェスはふふっと笑う。

「何だよ、見事なダンスだっただろ」

「見事すぎて、みなさん大爆笑でしたね」

ジェスは楽しそうに笑いながら聖堂へと向かう。黒い金属でできた重そうな正面扉はこちらに向かって開け放たれていた。ジェスがそこを指差す。

「中に入ってみませんか？　一度、見てみたかったんです」

「もちろん。でも、一度も入ったことがないのか？」

「ええ……イェスマは入れませんでしたから」

そうだった。一般の人が礼拝に使う場所へ立ち入ることを、イェスマの少女たちは許されていなかったのだ。

聖堂内はこざっぱりとしていた。広く平らな大理石の床に木製の長椅子が規則正しく並べられているだけだ。ジェスはそれでも、左右を興味深そうに眺める。夕刻だからか、客は俺たちのみだった。

正面奥には大きな大理石の像があった。空に向かって手を掲げる、楚々とした女性。はだけて優雅に流れる着衣の隙間からそのしなやかな肢体が覗く。

「本人を知ってると、受ける印象がずいぶん違わないか」

「そうですね。自慢の肉体をたくさんの人に披露したがっているようにも見えます」

「ジェスはそうならないでくれよ」

「なりません。すぐ服を脱ぎたがる人たちとは違うんですからね」

大きなヴァティス像の前に立つと、視線が自然と上を向く。高いドーム屋根の内側に見事なフレスコ画が描かれているのが見えた。たくさんの人や動物が、大きく描かれた女王に頭を下げている。絵画の中で、女王は清々しいほどの全裸だった。

「ジェスの中にもあの血が流れてるんだよな」

「裸の絵を見ながらそう言われると、なんだか複雑な気持ちになります……」

ジェスは何かを探すように歩き始めた。

「どうしたんだ」

「この聖堂のドーム屋根、登れるようになっていると聞いたことがあるんです」

「屋根をか……？」

「ええ。二重構造になっているらしく……こちらかもしれません」

壁に小さな入口がある。奥を覗くと、上へと登っていく階段が続いていた。

「かなり階段を上がると思いますが、行ってみますか？」

「せっかくだ。登ってみよう」

ジェスは嬉しそうに微笑むと、意気揚々と入口をくぐった。

階段は狭く、急だった。しばらくは螺旋階段をぐるぐると上る。前を歩くジェスから離れないように、俺も頑張ってついていく。

「……今日は白なんだな」

歩きながら言うと、ジェスの足取りが恥じらうように少し速くなった。

「最初にお会いしたときもそうでしたから」

「そこまで忠実に再現しなくても……」

まあ、穿いていないよりはマシである。

「ちなみに、豚さんは何色がお好きなんですか？」

「難しい質問だな」

急な登りで、ジェスも俺も息が切れてくる。言葉数も少なくなる。

「ジェスはどうなんだ。好きな色は」

「それは下着の色という意味ですか？」

「いや……一般に色の話だ」

「そうですね。私は……」

しばらく考えて、ジェスは左手を見る。

「このスカーフの色が好きです。豚さんが選んでくださった色ですから」

登りがきついせいだろう。呼吸が苦しくなってくる。

「そうか……俺もその色が好きだ」

「なんだか誤魔化された気がします」

「誤魔化してなんかいない」

「では豚さんは、どうしてこの色がお好きなんですか」

「ジェスが好きだと言ってくれた色だからだ」

完全に息が上がってしまい、俺たちは無言になった。

螺旋階段が終わると踊り場に出た。俺たちはそこで小休憩を挟む。小さな窓からドームの内側が見えるようになっていた。ちょっとした好奇心から覗いてみる。

間近に見えるフレスコ画。四角く奥行きのある小窓は視野を限定しており、特にヴァティスの裸体がよく見える構造になっていた。どう考えても、計算された設計だった。

「………」

俺が無言で顔を戻すと、ジェスも小窓からフレスコ画を眺める。

「…………」

どうやらヴァティスは、本当に露出狂らしかった。

王朝の歴史上、この衝撃の真実を知っていた人間はごくわずかしかいないだろう。

「行きましょうか」

「そうだな」

ドーム屋根は、内側にフレスコ画の描かれた層と、外側にテラコッタの瓦が並べられた層との二重構造になっていた。小窓より先の階段は、その二層の間を縫うように造られている。狭いうえに壁が湾曲していて、ジェスは歩きにくそうだった。豚の俺も、階段の傾斜が不規則に変化し、たまに崖のような急登(きゅうとう)になるものだから、進むのに難儀した。

春だというのに汗だくになって、ようやく狭い階段を抜ける。

外に出るとドームの頂上だった。

「すごい！　こんなに高かったんですね！」

疲れているはずなのに、ジェスが元気な歓声を上げた。

夕日に照らされたキルトリの街が、三六〇度ぐるっと見渡せる。どの方向を見ても同じような街並みが広がる。街がこの聖堂を中心に設計されているということがよく分かった。

「高すぎてちょっと怖いくらいだな」

「大丈夫ですよ。落ちても私が魔法で受け止めて差し上げます」

「そういう問題じゃないんだが……」

ぷるぷると震える豚足に力を入れながら、街を見下ろす。郊外のなだらかな丘の上に、ひときわ大きな建物があった。

「あれがキルトリン家の邸宅だよな」

「はい！　懐かしいですね。農場も見えますよ」

ジェスは邸宅の横に広がる牧草地を指差した。俺が転がっていた豚小屋も、俺たちが刀傷の男を閉じ込めた倉庫も、記憶していた通りの並びだった。

開けた農場には、一本だけ大きな木が立っている。

祭りの後、ジェスと待ち合わせをした場所――

「八歳から一六歳まで八年間キルトリで暮らしていましたが、こうして上から見たことは一度もありませんでした。なんだか、不思議な気分です」

「そうか、ジェスは八年もこの街にいたんだよな」

「ええ……」

八年。八年間も、ジェスはここで暮らしていたのだ。

俺とジェスが出会ってからまだ一年も経っていないという事実を考える。一緒にいた時間を数えると、実は半年にも満たない。

「私にとっては」

と、ジェスはまだ雪の残る岩山を見ながら言った。

「豚さんのいない八年よりも、豚さんといた半年の方が、ずっと大きな存在です」

「……色々あったもんな。色々な場所に行ったし、色々な人に出会った。国を縦横に駆け回って、このキルトリの街よりもずっと大きな世界を見てきた」

そういうことじゃない、とでも言いたげに、ジェスは俺を振り返ってくる。

「豚さんはどうですか。豚さんの一九年の中で、私と過ごした時間は……」

声を詰まらせるように、言葉を切った。

「俺の人生の残り全部と比べたって、ジェスと過ごした時間には敵わない」

ジェスは何も言わずに頷くと、岩山の方に目を戻す。硬い輪郭の稜線に、太陽が沈もうとしている。黒く尖った山影が、丸い夕陽を侵食していく。太陽は、いつもは動いているようにすら見えないのに、どうしてこういうときだけ速く沈んでいくのだろうと思う。

夜がやってくる。

俺たちはキルトリの旅籠で一泊することにした。

旅籠の一階にある食堂で夕食をとる。狭く仄暗いが、掃除が行き届いており、こぎれいなところだった。テーブルの足元が暗く、豚がいてもさほど目立たないのがよかった。

ジェスはこっそりビールをくれた。マグを差し出してくる。

「間接キスになっちゃうけど、いいのか」

「今さら何を言ってるんですか」

確かに、今さらな話ではあった。

「俺が弱いのは知ってるだろ。アルコールでふらふらになっちゃうぞ」

「大丈夫ですから、さあ」

そう言われてマグに口を付ける。仄かな甘みと酵母の濃密な香りが口腔内を満たした。ごくりと飲むと、ホップだろうか、さわやかな苦みがわずかに残った。

「いかがですか？」

「……おいしいな。ビールは初めて飲んだ」

ジェスは嬉しそうに笑う。

「私が初めてお酒をご一緒したお相手は、ノットさんです。あのときもビールでしたね」

嫌でも思い出してしまう。ノットは俺の中身が人間だとも知らず、ジェスを夕飯に誘い、二人でビールを飲んだりしていたのだ。そしてその後——

「ずいぶん懐かしい話をもち出すんだな」

その声が不機嫌に響いてしまったのに、俺は自分で気付いていた。ジェスはそんな俺を見てクスクスと笑う。

「どうした」

「いえ、拗ねている豚さんも可愛いな、と思いまして」

「べ、別に拗ねてなんか……」

「いつも私を拗ねさせるから、仕返しです」

そしてビールを一口飲む。

「やっぱり豚さん、あのときも怒っていらっしゃったんですね。私がノットさんと二人でお酒を飲んだことに対して」

「ば、馬鹿、怒るわけないだろ。誰があんなクソ童貞に嫉妬なんてするものか」

「でもあのときはまだ、ノットさんがクソ童貞さんだと、豚さんは知らなかったはずです」

急いで反論を探す。

「ジェスがあいつは安全だって言ってたんだ。俺はそれを信用していた。それに、ジェスが他の男と酒を飲んだところで、俺に嫉妬する資格なんてなかっただろ」

「私にだって、あのときノットさんとお酒を飲んだことを豚さんに申し訳なく思う資格なんてありませんでした」

ジェスは笑っていた。

「でも、申し訳なく感じてしまったんです。きっと私もあのときから、豚さんと同じ気持ちだったのではないかと思います」

その言葉の意味を考える。考えて、途中でやめる。

「もう一口くれ。もっと味わってみたい」

「ええ、いくらでも」

俺たちはまるで逃げるように酒を飲んだ。ビールだけでなくワインやブランデーの類にも挑戦してみたが、不思議なことに、前回と違って俺は明らかに酒に強くなっていた。そのぶん、味わう余裕があった。こんなことならもっと早くから飲んでおけばよかったと思った。

ジェスがお手洗いに立ったのをきっかけに、俺たちの晩餐は終わった。俺はジェスが頑なに拒否していたにもかかわらず、ジェスから離れずお手洗いの外までついていった。変態だと思われてしまったらしい。かなり怒られた。

直接部屋に戻ってもよかったが、俺たちは外を散歩した。天気がよく星がきれいに見える。酒のおかげか気分がほんわりとしていた。勢いに任せて言う。

「ジェス」

「はい」

「これが最後の夜になる」

ジェスは反応せず、俺たちは石畳の夜道をしばらく歩き続けた。

俺も歩き続けるしかなかった。

何秒か、何十秒か、それとも何分か経った後だろうか、ジェスは俺を見てくる。

「……それは、何かをしたいということですか」

想定していなかった答えに戸惑う。

「何かって何だ」

「私と過ごす最後の夜に、豚さんは何か特別なことがしたいのかな、と思いまして」

案外気丈な声にほっとした。冗談を言う余裕もあるようだ。

「そうだな、せっかくだから一晩中――」

ジェスが息をのむ。俺は続ける。

「一晩中、ジェスとおしゃべりがしたい」

結局一睡もせず、本当に一晩中おしゃべりをしていた。

食べ物が喉を通るはずもなかった。朝食はとらずに旅籠を出る。ふらふらと歩いて、なんとなくキルトリン家の邸宅の方へと向かう。

ジェスが黒のリスタを買ったキリンス宝石店の前を通った。リスタの流通が滞っているためか、商売の方針を変えたらしい。愛玩用の動物まで扱っていた。見知った顔の若い衆が、豚に芸をさせて通行人に披露している。商魂たくましくて結構なことだが、たかが普通の豚の芸では俺のダンスに到底敵(かな)わない。踊らない豚はただの豚だ。

刀傷の男がいた怪しい裏路地に、もうひとけはなかった。王朝軍と解放軍の連合が北部勢力(ノザン)を一掃した際、あのならず者たちの流通網もズタズタになったのだろう。イェスマを搾取(さくしゅ)しようとする男たちの姿はもうない。リスタを買えなかった少女もいない。

キルトリン家の農場に着いて真っ先に向かったのは、豚小屋だった。様子は何も変わっていない。泥の中に転がっていた俺を散々踏みつけた不遜な畜生どもは、相変わらず楽しそうにブヒブヒンゴンゴ鳴いている。

農場に一本だけ立つ巨木の下で、俺とジェスは腰を下ろした。昨日に続きよく晴れたいい天気だ。春のそよ風が牧草をさやさやと揺らす。

ジェスには、すべてを話していた。

ブレースとケントは本来の場所へ戻ることに決めたということ。

生きて戻るためにも、俺は今日中に決断しなければならないということ。

そして、俺は覚悟を決めたということ。

農場の向こうに街を見ながら、ジェスの手はしきりに俺の頭を撫(な)でてくる。

「考えることがあるんです」

のんびりとした時間の中、ジェスは述懐を始める。

「もし私が、普通の女の人として、普通に豚さんと出会えていたら……豚さんも、普通の男の人として、この世界で暮らしていたら、って」

「……もしそうだったら、俺たちはきっと一緒に旅をしなかったし、ここまでの関係になることもなかったんじゃないか」

「そうでしょうか」

「ああ。ジェスには銀の首輪があって、俺は豚の姿だった。だからこそ俺たちは互いを必要とし合ったし、一緒に旅をして、一緒にここまで来たんだ」

「確かに、そうかもしれませんね」

風が優しく吹き抜けていった。ジェスは俯いて膝の間から地面を見る。

「こんなことなら――」

言いかけて、ジェスは一度言葉を呑み込んだ。しかし結局、吐き出してしまう。

「こんなことなら、私たち、出会わなければよかったのでしょうか」

「そう思うか？」

「だって……違う世界に住んでいて、どうせ離れ離れになってしまう運命なら……こんなにつらい思いをしなければならないのなら、いっそ最初から――」

言葉が震えて、ジェスはそこで口を閉じた。

俺は強く首を振る。

「前にも言ったが、俺はジェスに出会えてよかったと思ってる。それで十分なんじゃないか」

「私だってもちろん、豚さんと出会えてよかったと思っています。でも……」

未来の話なんてできないから、どうしても過去の話になる。

そうやって過去と向き合うことすらつらくなって、仮定の話になる。

でも、仮定の話をすることさえ、今はつらかった。

「しかし、どうして俺だったんだろうなと思うことはある」

ジェスがこちらを向いて首を傾(かし)げた。

「だってそうだろ。俺には別に、特別な力があったわけじゃない。ルタみたいに契約の楔(くさび)を探知する力をもっていたわけでもない」

ヴァティスがジェスにかけた言葉が、まだ引っかかっていた。

——儂(わし)もお主も、自らに足りぬ力を願いによって手に入れたのじゃ。結果として、儂(わし)は王朝を創り、お主は王朝を終わらせた
俺には王朝を終わらせるほどの力なんてなかった。ノットみたいに剣が使えたわけでもないし、シュラヴィスみたいに魔法が使えたわけでもない。イツネやヨシュみたいに龍族(ラチエルテ)の血を受け継いでいたわけでもない。あくまで、ただの豚だった。豚の姿をしたオタクだった。

ジェスの願いは、なぜ俺を引き寄せたのだろうか。生の豚レバーを食べて生死の境を彷徨っていた馬鹿な男の魂が、たまたま手頃なところにあったからだろうか？

「ヴァティス様のおっしゃっていたこと、私には分かる気がしますよ」

「そうか？」

「はい。豚さんは私に、わがままを言うことを教えてくださったんです」

すぐには呑み込めなかった。わがまま——たったそれだけ？

「ヴァティス様もおっしゃっていたじゃないですか。勝つのは誰よりわがままな人だ、って」

「しかし、わがままだけで……」

「向都の旅をしていたとき、私に何より、欠けていたものです」

言われて納得する。

確かに、その通りかもしれない。

ジェスは自己中心性を抑制する首輪をつけられ、小間使いとして教育されていた。

自分のために他の何かを犠牲にすることができなかった。

だから俺が、外付けの自己中心性として、ジェスのために他を犠牲にする道を選んできた。

リスタを買うお金がないときは、芸のできる豚を売るよう説得した。

優秀な護衛を、彼を慕う少女から引き離してでも同行させた。

針の森で襲われたときには、何よりも自分の命を優先するよう、繰り返し言い聞かせた。

多くのイェスマが王都に辿り着く前に命を落としてしまった一番の理由はきっと、か弱いからでも、その肉体に価値があるからでもない。

わがままを言えないからだ。

生きたいという、たったそれだけのわがままでさえ、言うことを許されなかったからだ。

「自分勝手でもいい、星に祈る自由は誰にだってあると、豚さんは教えてくれました」

ジェスは微笑む。

「私の願いのせいであんなにひどい目に遭って、それでもあれほど優しい言葉をかけてくださる方と出会えたからこそ、私はここまで来ることができたんですよ」

「まあ……ジェスがそう言うなら、そうかもしれないな」

「そうなんです」

ジェスは右手をそっと上げて、空中にかざした。その手の平から霧吹きのように細かな水滴が放たれ、太陽の光を浴びて七色に輝く。

「魔法とは、わがままを形にする力のことです。こうしたい、こうなってほしいという願望を貫き通して、現実世界の法則さえ変えてしまうのが魔法というものです。豚さんに教わったわがままが、私を一人前の魔法使いにしてくれました」

「もしかすると……俺が昨晩酒を飲めるようになっていたのも、そういうことなのか？」

ふと気付いた。

「ジェスは最初に出会ったとき、リスタを使った治療で、豚の身体に馴染めない俺を上手く順応させてくれた。俺は四足で歩けるようになるどころか、本来豚には見えないはずの色彩すら手に入れて、全く分からなかったメステリアの言葉まで使えるようになった。それに比べたら、酒が飲めるようになるくらい……」

「はい。きっと、私が一緒にお酒を飲みたいと思ったから……そんなわがままがあったから、豚さんの身体に変化が起こったんでしょうね」

「すごいな……」

さすが神のごとき力を受け継ぐ王家の末裔というところだろうか。

ジェスは、魔法に関しては十分な素質をもっていた。

生き抜くために足りないのは、わがままだけだった。

「でも、じゃあどうして」

と疑問が浮かんでくる。

「どうして俺は、人間になれないんだろうな」

ジェスは目をぱちくりと瞬いた。

「豚のまま酒が飲めるようになるくらいだったら、いっそ人の姿になれればよかったのに」

もちろん、飼い主のスカートの中を合法的に覗くことができるとか、清楚な少女に豚呼ばわりしてもらえるとか、そういったかけがえのない魅力が豚の姿にあることは前提として。

それは俺にとってのメリットであり、ジェスにとってのメリットではない。ジェスが露出狂だったりドSだったりした場合はその限りではないが……。

「わ、私はそんな変態さんではありません！」

慌てて地の文にツッコミを入れてくるジェス。

「……分からないんです。どうしてなのか」

沈んだ声だった。

「自分の心が、分からないんです。豚さんが人の姿に戻ることを私が心から望んでいれば、魔法はそのように機能するはずです。そして私は、望んでいるはずなんです。豚さんが人の姿になれば、恋人らしいことだってたくさんできたはずなのに……」

「恋人らしいことって何だ」

あえて訊いてみると、ジェスは顔を背ける。

「ご自身で考えてください」

きっと手を繋いだりとか、そういうことに違いない。

ジェスはしばらく考えてから、口を開く。

「……もしかすると、人間に戻ってしまったら、豚さんがいなくなってしまうような気がしていたのかもしれません」

今度は俺が考える番だった。どういう意味だろう？

「まあ確かに、豚はいなくなってしまうな」

「そういうことではなくて……人間になってしまったら、あなたはどこかへ行ってしまう、そんな気がしていたのかもしれないということです」

「俺は――」

どこにも行かない、と言おうとして、言えなかった。

でも、どこにも行きたくないと思っているのは確かだ。たとえ人間に戻ったとしても。

「豚さんは、私の前から二度もいなくなりました」

ジェスが語気を強めた。

「王都に辿り着き、一緒にいてほしいと、最後に一つだけわがままを言ったとき、豚さんはイーヴィス様の言いなりになって元の世界へ戻ってしまいました。ホーティスさんが命を落とした後、ずっと一緒にいる方法を探しましょうと私が言ったのにもかかわらず、豚さんはこっそり寝室を抜け出して、元の世界に帰るため、崖から身を投げてしまいました」

返す言葉がない。

「豚さんはいつだって、勝手にいなくなってしまいます。もちろん私は、それで豚さんを責めたりはしません。どの決断も、豚さん自身のためではなくて、心から私のためを思ってのことなのだと、私はよく知っていましたから」

そうだったのだ。

俺は二回も、ジェスのもとを離れる決断をした。血の涙を流しながら決断した。そしてそれは二回とも、ジェスの幸せを思ってのことだった。しかし結果として、俺は二回ともジェスを不幸にしてしまった。

「だから私は、豚さんを一方的に引き留めておく鎖を、欲していたのかもしれません」

「鎖って……別に姿は関係ないだろ。豚だって、人間だって」

「豚さんが豚さんであることは、私と豚さんが一緒にいる、最初の理由でした」

言われて、遠い昔にも思えるジェスの告白が蘇ってくる。

最初にメステリアへ転移した俺が豚になっていた、本当の理由——

——もし豚さんが人間だったら、豚さんには私と同行しないという選択肢もありました

——人間でなくて豚さんの姿になってしまったのは、私の願いがそうさせたからなんです

あまりにも健気な願いに、五臓六腑がきゅっと絞られるような思いがした。

ジェスにとって、俺が豚の姿であることは、一緒にいるために必要なことだった。

俺は豚だったから、ジェスの助けがなければ生きていけなかったから、ジェスと一緒にいるしかなかった。人間の姿だったら、ジェスから離れてしまうかもしれなかった——そういう考

えが、最初の旅のときからずっと、ジェスの心の奥底にあったのかもしれない。

俺が豚であるということが、俺を繋ぎ留めておく唯一の鎖だと思い込んでいたのだろうか。

そんなわけないだろうに。

人間の姿になったとしても、俺がジェスから離れることなんてなかったのに。

お別れの日にそんなことを思わなければならないのが、とにかくつらかった。

「まあ、俺はずっと豚の姿でよかったけどな。本来の姿じゃとてもジェスの隣には並べない」

「そんなことはないです」

「眼鏡ヒョロガリクソ童貞を舐めちゃいけないぞ。こんな剣と魔法のファンタジーみたいな世界観には到底馴染まない見た目だ」

「見た目は関係ないと何度も言っています」

「そう言ってくれるのはありがたいんだけどな」

それに、他にも懸念はあった。俺も男だ。もし俺が人の姿だったとして、こんな金髪美少女からずっとアピールをされていたら、いつ俺のDTフィールドが突き破られてしまうか分からないのだ。

幸いジェスには地の文の意味が理解できなかったようで、ツッコミは入らなかった。

「……一緒にいる、本当に、ただそれだけでよかったんです」

ジェスは独り言のように言った。

「どうしてたったそれだけの願いが、叶わないんでしょう」

「どうしてだろうな……」

ジェスの手はずっと、俺の頭を撫で続けている。

時間は過ぎていく。

「一つ言わせてくれ」

「何ですか？」

「ジェスと一緒にいた時間は、俺にとって、かけがえのない一生の思い出だ」

「……はい」

ジェスは微笑む。

「豚さんと一緒に過ごした時間は、私にとっても一生の思い出です」


温かい風が背中を撫でる。

いつの間にか、二人で眠ってしまっていたらしい。

きっと徹夜でおしゃべりをしたせいだ。俺が目を覚ましても、ジェスは眠ったままだった。

初めて会った日の夜、この一本の大きな木の下で、ジェスは俺を待っていてくれた。

あのときもジェスは眠っていた。夜遅くなり、祭りでの仕事に疲れていたのだろう。刀傷の男に狙われていたから、俺は慌ててジェスを起こしたのだった。

今回は、ジェスを起こさないことにした。

あのときの、約束の場所にジェスを置いて、俺は立ち去るのだ。

歩いて丘を下り、ほとんど一歩ごとにジェスを振り返る。振り返るたびに、幹にもたれて眠るジェスの姿は小さくなっていく。残酷なことに道はまっすぐ続いていた。砂粒ほどの大きさになってしまうまで、ワンピースの水色は見えていた。

涙は我慢する。俺にはまだやるべきことがある。

物語を終わらせなければならない。

ここで確実に、不可逆的に終わらせなければならない。

思えばこの物語も長く続いたものだ。

本当ならば、ジェスと出会って、一緒に旅をして、王都に辿り着いて、涙を流しながらジェスと別れて、そこで豚と少女の恋物語は終わるはずだったのだ。

でも、物語は終わらなかった。

この物語を、サノンたちが見つけ出してくれた。メステリアへ戻りませんかと俺に手を差し伸べてくれた。俺は迷わず頷いた。俺も物語を終わらせたくなかったのだ。

そして俺は、ジェスと再会してしまった。物語が再び動き始めた。

ホーティスの死によって世界が落ち着いたかに見えたとき、俺はまたジェスのもとを離れようとした。あれで一区切りだと思っていた。物語を終えるとしたらここだと考えていた。

でも、物語は終わらなかった。

今度はジェスが俺を引き留めた。禁忌を犯し、自分の命を削ってまで、俺との物語を続けようとしてくれた。豚と少女の恋物語はさらに続いた。

そうしているうちに、俺はもう戻れなくなった。終わりのない物語なのだとどこかで信じ始めていた。ジェスと一緒にいる時間がずっと続くものだと思っていた。

だがそうではない。そんなわけはない。物語は、結局こうして終わるのだ。

結局終わってしまうのならば、続いた物語は蛇足だっただろうか？

こんなことになるのなら、俺はメステリアに戻るべきではなかっただろうか？

ジェスは俺を引き留めるべきではなかっただろうか？

そんなことはないと、今なら断言できる。

世界は大きく変わった。俺が最初にメステリアを去ったとき変えられずじまいだった理不尽は、実際に俺たちの目の前で終わったのだ。

ジェスとの思い出だって増えた。最初の旅は、数えてみれば一週間と少ししかなかった。それが何ヶ月にもなったのだ。異界の少女と命懸けの旅をした衝撃の経験は、いつしか当たり前の毎日に変わっていた。

だからこそ、そこから離れるのはつらい。どうしようもなくつらい。

でも、今度こそ、三度目の正直で、本当に終わらせなければならないのだ。

石畳の道に差し掛かる。

後ろを振り返ると、ジェスの姿はとっくに見えなくなっていた。

ここまで来れば、シュラヴィスがきっと動いてくれるだろう。

昨日、旅に出る前に交わした会話を思い出す。ジェスのいないところで決めた計画。

「お前の身体に位置魔法を施すのか？」

「そうだ。そしてジェスにも位置魔法を施してほしい。それで、俺たちが離れ始めたときに、俺だけを迎えにきてほしいんだ。お願いできるか？」

「もちろんいいが……魔法使いに位置魔法を施しておくのは難しい。気付かれてしまうし、身体に施されたものであれば、本人が簡単に解除できてしまう」

「そうか、じゃあ何か位置魔法を施したものを渡してくれ。通話用のブレスレットとかな」

「……真面目に答えるが、そういうものは外されてしまう危険がある。父上がヌリスに位置魔法を仕掛けたときは銀の首輪に施していたし、ノットに仕掛けたときはあの双剣の片割れに施していた。絶対に外せないものや、本人が絶対に手放さないものである必要がある――」

思い当たるものが一つだけあったので、俺はシュラヴィスにそれを教えた。

シュラヴィスは、あの薄緑のスカーフに位置魔法を施した。

それからというもの、俺はジェスとずっと離れないようにしていた。ジェスがトイレに行く際も扉の外で待っていたほどだ。

そして今ようやく、俺はジェスの姿が見えないところまで来たのである。

気の迷いなど起きないように、きちんとジェスとお別れするための企て。

ジェスに気付かれるといけないから、できるだけ早く迎えにきてほしいとシュラヴィスにはお願いしてある。どこから現れるだろうか。龍を使って、空から来るのかもしれない。

そのとき、蹄の音が近づいてくるのに気付いた。二頭の馬を駆る、屋根付きの黒い馬車だ。

御者は俺の知らない青年だった。

ちょうど俺の目の前に扉が来る位置で、馬車は止まった。扉が開く。

中にいたのは予想外の人物だった。

「くそど－て－さん、乗ってください」

セレスだ。真剣な様子で、俺に呼びかけてきた。

少し不思議に思いながらも、俺はセレスに手伝ってもらい馬車に乗り込む。セレスの他には誰もいなかった。セレスの足元でお座りする。扉が閉まって、馬車はすぐ走り始める。

「……シュラヴィスは？」

「シュラヴィスさんは、ジェスさんを見張っているそうです」

なるほど。いざとなれば、ジェスを引き留める必要が出てくるかもしれない。強力な魔法を使うジェスを足止めできるのは自分くらいだと、あいつは考えたのだろう。

「なるほどな。で、この馬車はどこへ行くんだ？」

「隣町の港です。ノットさんたちが、そこまで船で来ているはずです。ひとときもあれば着くかと思います」

ひとときとは、メステリアで言う一時間だ。さすがシュラヴィス、首尾がいい。つい先日まで殺し合おうとしていたノットに声をかけて動かしてしまう実行力にも驚かされる。

いや、ひょっとすると、あえてのことなのかもしれない。

俺が帰還すれば、きっと世界は正常に戻る。その仕事を解放軍とともに片付けることで、一度地に落ちてしまった信頼関係を取り戻し、結束を強めようとしているのかもしれない。だとすれば大した政治力だ。シュラヴィスならやりかねないなと思う。

しかし、粋な計らいをしてくれるものだ。

セレスたそと二人きりの時間を、最後に用意してくれるなんて。

目の前の座席にちょこんと座るセレスを鑑賞する。いつかジェスが魔法で創ってあげたパンツスタイルの服装だった。ただお腹の部分には――

「ひっ……」

あまりに凝視してしまったせいか、セレスは変態でも見るような目で俺から距離をとった。

誤解です。

「……しかしセレス、よく一人でここまで来てくれたな」

「え、ええ……一応、御者の方は、解放軍によく協力してくださっている方で……」

引き気味に言いながらも、セレスは俺に服の腹の部分を見せてくれる。

「それに、私もこのコルセットをしていますので、安全です」

赤くて、とてもよく目立つコルセットだった。正面部分に銀の紋章が白く抜かれている。解放軍の証だ。俺の女に手を出したらどうなるか分かってるな、という意味だろう。

——このコルセットがあれば、大丈夫です

記憶が勝手に蘇ってくる。リスタを買いに裏路地へ向かうとき、ジェスは領主であるキルトリン家の紋章が刺繍されたコルセットを着けていたっけ。

「く、くそどーてーさん、、、、……？」

セレスが心配そうに俺を見てきた。いけない。

「すまん……」

涙を誤魔化す俺に、セレスは目尻を下げて微笑みかける。

「いいんです。お気持ち、分かります」

　ガタゴトと、石畳の道を馬車は走り続ける。セレスがおもむろに口を開く。

「ジェスさんが、いつか私に言ってくださったんです」

　俺はセレスを見た。セレスは呟くように続ける。

「同じ時代に同じ世界を生きられるというのは、当たり前なようで、それだけで十分に素晴らしい奇跡なんだ、って」

「ああ……そんなこともあったな」

「ジェスさんやくそどーてーさんが守ってくださったこの奇跡、私、大切にします」

「そうだな、大事にしろよ」

　偉そうに言ってしまってから、自分にそんな資格はないのに、と思った。

　ジェスと俺は、王都への旅の途中で、セレスからノットを奪ってしまった。それをずっと後悔していた。だから、セレスの命が狙われたとき、全力で彼女を守るのは当然のことだった。

　奇跡を生きるセレスが、今となっては羨ましくさえあった。

「ノットとは、いつ結婚するつもりなんだ」

　沈黙が気まずかったので、つい親戚のおじさんみたいなことを訊いてしまった。

　セレスはあわあわと動揺する。

「け、けっこん……？　いえ、まだ、そんな……」

「ちゃんと約束はしておけよ。あいつはかなりモテるからな」

「はい………」

セレスが深刻な様子で頷くので、今度は俺が慌てる番だった。

「すまん、冗談だ。ノットは大丈夫だ。プロの童貞だからな。他の女になびいたりしないさ」

「そうだといいです……」

親戚のおじさんとして、二人のこれからのことが気にならないわけでもない。しかし俺がそれを見届けることはないのだろう。きっと幸せに暮らすだろうと、そう願うしかない。

ノットには、セレスとくっついてほしい。

セレスだけとくっついてほしい。

杞憂だろうか。

俺が消えてからも、ノットとジェスは同じ国にいる。解放軍の長と、王家の末裔。共和制を築くならば、ともに動くことも多いだろう。

もし、万が一、ノットがジェスを——

考えすぎだろう。考えすぎだ。

「浮気とか、絶対に許しちゃダメだからな。ノットが他の女のところに行きそうな気配を少しでも感じたら、イツネとかヨシュに相談して、徹底的にしばき回してもらえ」

「しばきまわす……はい、分かりましたです」

分かってしまったあたり、セレスは多分しばき回すの意味を理解していないのだろう。

でも、大事なことだ。奴がセレス以外の女性に手を出すことなんて、絶対に許されない。

「それからセレス……」

だんだんつらくなってくるが、それでも言う。

「ジェスと仲良くしてやってくれ。あいつはいつも俺と一緒にいた。だから案外、友達も少ないんだ。ジェスが困っていそうなときは、相談に乗ってあげてほしい」

「はい……」

俺を見るセレスの目が潤む。

「そんな顔をしないでくれ、俺まで悲しくなってくるじゃないか」

そう言ってから目を閉じると、溢れた涙が頬肉の上を伝っていく冷たい感触があった。

到着したのは、人の少ない、小さな港町だった。

主な生業は、運送業というよりは漁業らしい。芝の上に放置されたたくさんの漁網が海特有の生臭さを放っている。俺たちを待つ解放軍の帆船はやたら立派で、百人近く乗れそうなサイズだった。小さな港の桟橋で窮屈そうに揺れている。

セレスに案内されて、船へと乗り込む。日は傾き始めていた。

「来たか」

ノットが俺を出迎えた。

「昨日の今日で急な話だな、まったく」

「……悪いな。恩に着る」

「お前には借りがある。最後の清算だ」

ノットはそれだけ言うと、俺を手招きした。そのまま船室の一つへ入る。

中は花の香りで溢れていた。床に大きな木箱が一つだけ置かれている。ノットが蓋を開ける。

「息の確認は必要か」

木箱の中を覗く前に、何があるのか悟ってしまった。しかし確認した方がいいだろう。

中を見る。たくさんの花に囲まれて、一匹のイノシシが横たわっていた。新しく作り直してもらったのだろう、フリフリのドレスには汚れ一つついていない。すでに息はなかった。

「毒薬を使った。苦しまねぇやつだ」

船が揺れる。どうやら港を離れるようだ。

「……ケントは帰ったんだな」

「ああ、間違いねぇ。俺が保証する」

それほど心強い保証はなかった。このまっすぐな男に嘘はない。

ノットはポケットから小瓶を取り出して俺に見せてくる。

「同じものがある。あとはお前のタイミングだ」

たちまち心拍が速くなる。

ケントは帰った。ブレースは還った。

三本残っていた糸は、あと一本になった。俺だけだ。

「……飲ませてくれ」

俺が言うと、ノットは木箱の蓋を閉じた。それから親指で外を指す。

「最後にちょっといいか」

頷いて、ノットに続いて船室を出る。

帆船はすでに、穏やかな外洋を進んでいた。港がずいぶん遠くに見える。

ノットは柵にもたれかかって、メステリアの大地を眺める。

「お前、本当に……もうこの道しかないんだな？」

「本当にいいんだよ」

「道の話はしてねえ。お前の話をしてんだ」

そうだった。ノットはいつだってそういうことを言ってくれる奴だった。

できることじゃなく――やりたいことを訊いてくれる男だった。

「心配なことが一つだけあるとすれば……」

ノットは澄み切った青い瞳で俺を見てくる。強い潮風に吹かれてさえ、その目に涙など浮かんではいなかった。

「お前がジェスに手を出さないか、それだけだ」

ノットは全く表情を変えなかった。

「手を出すと言ったら、お前はどうすんだ」

予想外の返事に、一瞬考える。

「……どうもしない。道は変えられないからな。まあ、どっかの知らない馬の骨に取られるよりは、お前の方がずっとマシだと思うし」

ノットは鼻で笑ってくる。

「手なんか出さねえから安心しろ。あいつの顔を見てると、昔を思い出しちまうからな。それに……守りたい奴(やつ)もいる」

セレスのことだろう。自然と、頬肉がほころぶのを感じた。

「にやつくんじゃねえ。しばき回すぞ」

「悪かった、許してくれ。俺は生まれてきたことを後悔したくない」

しばらく潮風を浴びて顔を冷やしてから、俺は言う。

「……俺は帰る。聞いただろ。俺がいる限り、ジェスの命は削られるんだ。俺がこっちにいるままでは、俺の故郷に危険が及ぶ。これしかない。仕方ないんだ」

ノットの眉間に、すっとまっすぐな皺(しわ)が寄る。

「仕方ねえ、か」

ノットはその言葉が心底嫌いなようだった。

「仕方ねえ、仕方ねえってよ。そうやって妥協を積み重ねていくたびに、お前の人生はどんどんつまらなくなっていくんだぜ」

槍のように、言葉が突き刺さる。

もちろん知っている。俺はこの世界を去って、この物語を胸にしまって、平凡なオタクの、つまらない人生を選ぶ。でも、それでいいと思っているのだ。

「ジェスのためなんだ。ジェスの命が——人生が懸かってる」

これは言い訳などではない。消極的な選択ではない。俺が前向きに決めたことだ。

「ジェスのためなら、俺の人生なんてどんなにつまらなくなったっていいんだ」

ノットは潮風に前髪を流されながら、しばらく俺を見ていた。

「そうかよ」

その言葉から、表情から、ノットが何を考えているかは分からなかった。

「……ノットは、俺の選択が間違ってると思うか」

「馬鹿言うな」

即答されて、少し驚いた。ノットの口がわずかに笑う。

「心から誰かのことを思って下す決断が、間違ってることなんてねえよ」

本当に、どこまでも格好のいい奴だと思った。

俺は誰にも見られないことを選んだ。

扉を閉めた船室の中で、たった独りで、毒薬入りの水と向かい合う。底の深い皿になみなみと注がれている。船が揺れるのに従って、水面が傾き、歪む。

においはまあ悪くない。エーテルか何かに苦い薬草をたくさん溶かし込んだような感じだ。苦しまずに逝けると言っていたが、飲むときの不快感だけは覚悟した方がいいだろう。

余計なことはもう考えない。メステリアに――ジェスに別れを告げるときがきた。

大きく息を吸い、思い切ってひと飲みにする。想像していたよりずっと苦かった。

きっともうすぐ病院だ。サノンやひろぽんやケントに会える。

気付けば身体の感覚がない。ほわほわと、白い世界が広がっていくようだ。

重力もなくなっていく。ふわりと浮かび上がる――

ふと息が詰まった。

心地よさの中に、冷たい感触がある。首を何かに圧迫されているのだ。じゃらりと鎖の鳴る音がする。後ろに引っ張られる。俺には首輪が着けられていた。

「おい、起きろ」

頬肉を叩かれて、目を覚ます。

俺はまだ船室の中だった。ノットが頬を叩いたらしい。イツネとヨシュもいる。三人で、横たわる俺のことを見下ろしていた。

「……どうして？」

「こっちが聞きてえ」

ノットは皿を手に取ると、中を嗅いだ。顔をしかめる。

「においは間違いねえ……ヨシュ、ちょっと舐めてみろ」

「嫌だ」

「龍族なら少しくらい大丈夫なんじゃなかったのか」

「豚の舐めたものを、舐めたくない」

ノットがイツネに皿を差し出すと、イツネも首を振る。

「嫌だよ、汚い」

悲しすぎる。

俺は起き上がった。あのふわりとした感覚からして神経毒か何かだったのだろうが、豚の肉体は全く問題なく動く。俺は死ねなかった。死に損ねた。

イツネが背中の大斧を手に取り、巨大な刃を覆う革のカバーを外した。

「仕方ない。あたしが斬ってやるよ」

恐ろしくきれいに磨かれた刃先が、素早く俺に向けられた。

「ちょっ——怖い、待ってくれ。俺は献血すら目を閉じないとダメなタイプなんだぞ！」

「知らないよ」

イツネは揺れる船の中、大斧を巧みに操って俺の背中に当てた。

「待て待て待て！　本当に怖い。食べないでくれ！　おいしくないから！」

俺が慌てて抗議すると、イツネは呆れた様子で大斧を元に戻した。

「姉さん、これちょっと切れてるんじゃない？」

「うん。わざと」

三人の視線が俺の背中に注がれる。え、切ったの……？

「何するんだよ！　危ないだろ！　死んじゃったらどうするんだ！」

俺を無視して、ノットは俺の背中を指で擦る。すぐに、三人がため息をついた。

「……どうした？」

「お前、死なねえよ」

ノットは指についた血を見せてくる。

「血は出た。だがもう傷が塞がってる。この薬も、きっと間違いなく致死の毒薬だろう」

「それってつまり……」

「ジェスの魔法だろ。お前が絶対死なねえように、守ってんだ」

そうだった。ジェスから聞いたことを思い出す。

――私が一緒にお酒を飲みたいと思ったから、豚さんの身体に変化が起こったんでしょうね
ジェスの魔法は、俺に酒への耐性を与えた。ジェスが一緒にお酒を飲みたかったからだ。

もしジェスが、俺に死んでほしくないと願っていたとしたら――

俺はいったいどうやって死ねばいいのだろう。

そのときだった。

ドスンと、何かが船に当たる強烈な音が聞こえた。

船の揺れが急に激しくなる。ノットたちは顔を見合わせて、すぐに船室を出ていった。

俺も外に出る。風が強い――横からではなく、上から吹きつけてくるようだ。

三人を追って甲板に出ると、そこには見慣れたものがあった。

見慣れてはいるが、この船の甲板には決してあるはずのないもの――

「こっちに構うな。行け」

ノットが俺を後ろに押し返した。押されるがままに後退する。

甲板の上には、俺とジェスがキルトリまで乗ってきた龍翼船があったのだ。墜落するような形で着地したのか、ひどく壊れてしまっていた。

ノットとイツネが龍翼船の方に歩み出る。一方で、ヨシュが俺を逆方向に案内する。

背後から、木材がバキバキと折れる恐ろしい音が響いてくる。俺は急いでヨシュについていった。龍翼船のあった船首付近から離れて、船尾へと向かう。

突き当たりにシュラヴィスがいた。

「こっち。早く」

「すまない、ジェスを押さえておけなかった」

そう言うシュラヴィスは、全身焼け焦げだらけで、煤まみれだった。

「おい……大丈夫か？　いったい何があったんだ？」

「気にするな、ほんのかすり傷だ」

微笑むシュラヴィスだが、焼けて縮れた髪が今も燻っているのを、俺は見逃さなかった。

「いやしかし――」

「急げ。ジェスがこっちへ来る前に、龍に乗って逃げるんだ」

船首の方から耳をつんざくような爆発音が聞こえてくる。ノットとイツネは、何やらとんでもない怪物を相手にしているらしかった。

「分かった。頼む」

シュラヴィスは頷く。その瞬間、俺は魔法で浮かび上がった。隣でヨシュも浮遊する。

船がぐらりと大きく揺れ、俺たちの身体は空中に取り残される。そこに素早く黒い龍の背中が滑り込んできた。上から風が吹きつけていたのを思い出す。龍が上空で待機していたのだ。

俺たちの身体が龍の背中に設けられた箱型の座席に収まるなり、強烈な加速度が上昇を告げる。下から次々と飛んでくる剛速の火球を、俺の隣で手綱を握るシュラヴィスが巧みな操縦で回避する。

「おい、何なんだあれは。何が俺たちを襲ってるんだ」

四本足を駆使して座席に身体を押さえつけながら、シュラヴィスに訊いた。

「ジェスだ」

火球は誘導弾のように曲がり、なおもこちらを追いかけてくる。後部座席のヨシュが素早くクロスボウを構えて、矢を何本か立て続けに放った。火球に矢が命中し、その場で炸裂する。

その間に、俺たちは雲の上まで急上昇した。

「……死ぬかと思った」

俺がぜえぜえと息を吐くと、シュラヴィスが小さく笑う。

「まだ生きているところを見ると、お前は死ねないのだろう」

「そうみたいだ」

ヨシュが息を荒げて、後ろを指すと不満げに言う。

「ねえ、あんたたちの身内だろ、早くなんとかしてくれよ」

シュラヴィスは首を振る。

「俺には到底、太刀打ちできない。あれでも怪我をさせないよう、手加減しているはずだ」

龍が雲を出たため、海を振り返る。かなり上空に来ていて、船の様子は分からなかった。

「姉さんたちの船は大丈夫そうかな」

後方を見ていたヨシュがこちらを振り返る。瞳が金色に変化していた。

「細かいことは分からないけど、もう攻撃は終わってた。船はまだ浮いてる」

シュラヴィスは頷く。

「さすがに、豚を龍で連れ出したことには気付かれているだろう。いずれジェスは何かしらの方法を使って追ってくる。全速力で逃げるしかない」

「ジェスは……ジェスはどうしてこんな……」

「お前の予想通り、最後の最後で気が変わってしまったらしい。お前を放す気はないようだ」

なんということだ。ならず者たち、解放軍、王朝軍……色々なものから逃げてきたが、まさか最後の最後で、ジェスから逃げる羽目になるとは思わなかった。

「どこへ逃げる？」

逃げなければならないはずの俺自身が、どうすればいいのか分かっていなかった。

シュラヴィスはまっすぐ太陽の方を指す。西だ。

「豚がジェスの魔法に守られて死ねないのなら――きっとルタだって、ヴァティス様の魔法に守られて、普通の方法では死ねなかったはずだ」

「なるほど、死の街か。あの銀色の――決別の炎で」

「そうだ。まっすぐヘルデを目指す」

死の街ヘルデ。ジェスと俺がセレスを連れ、逃亡の末に辿り着いた街。シトと出会った街。あの場所で、セレスは魔力と決別するのに不思議な銀色の炎を使った。魔法すら超越する力が、あの炎には宿っていた。

運命を焼き払う炎。ルタはあの炎を使って、元の世界へと帰っていったのだ。

あの炎をくぐれば、俺も元の世界に戻ることができる。

シュラヴィスは龍を操りながら、俺に切り出す。

「一つだけ、問題がある」

「……どうした」

「ジェスは……お前が死んだら、自分も後を追うと言っていた」

時間が止まったように感じる。うっかり太陽を直視してしまったせいか、視界が真っ白になって何も見えなくなった。

「そんな、絶対にダメだ。止めないと」

「だが、きっと止められるのは——説得できるのは、お前だけだ」

「その俺がいなくなるんだぞ？」

「……ああ。だから問題だと指摘した」

思考がぐるぐると回転する。俺がいなくなったら、ジェスが命を絶ってしまう。でも、どうやって説得すればいいんだ？　俺はいなくならなければいけないのに。

「あと……もう一つ問題があるとすれば」

後ろの席から、ヨシュがゆっくりと言ってきた。

「ジェス、まだ追いかけてきてるよ」

俺は慌てて後ろを振り返る。何も見えない。ヨシュは肩をすくめる。

「もうさすがに見えないし、この龍に追いつくことはないと思うけど」

「でも、どうやって？　海の上で、龍翼船(りゅうよくせん)は壊れて使えないはずじゃ……」

「飛んでるのが一瞬だけ見えた」

「飛んでるって――何も使わずに？」

「うん。両手から爆炎を出して推進力にしてるみたいだった」

何だよそれ。アイアンマンかよ。

悩ましげな様子で、シュラヴィスが顎に手を当てる。

「まずいな……出発時にフェイントをかけることはしなかった。西に向かっていることはバレている。ジェスなら目的地の見当がついているかもしれない」

「そうだな、きっとヘルデだと分かってるはずだ」

龍とジェスの飛行速度の差で、どれくらいの時間が稼げるだろうか。あの決別の炎に到着して、真っ先に炎をくぐれば、逃げ切れるだろうか。

いや、ダメだ。俺が炎を越えてしまったと知れば、ジェスは――

「豚、一ついいか」

シュラヴィスが言う。

「ジェスはお前のことになると、俺など到底比較にならないほどの力を発揮する。おじい様がよく、ジェスはヴァティス様以来最高の魔法使いになる可能性を秘めていると言っていた。間違いないだろう。時間稼ぎくらいならできるだろうが、止めるのは諦めた方がいい」

そんな表現、普通は魔王か闇の帝王あたりにしか使わないだろう。

「……分かった。とりあえず、決別の炎を目指してくれ。炎の前で、最後にきちんとジェスを説得する。ちゃんと挨拶してから帰る」

「承知した」

信頼されているのが伝わってきた。あとは、俺がいかにしてジェスを説得するかだ。

しばらくすると、龍が高度を下げ始めた。

「もうすぐ到着する」

手綱（たづな）を握って、シュラヴィスは冷静に言った。

「……実を言うと、俺も少し寂しいのだ」

翡翠色（ひすいいろ）の瞳がこちらを見てくる。

「お前は俺のことをよく支えてくれた。できればこれからも支えてほしかった。当然、王位を失い、もはや何者でもなくなった俺に、そのようなことを言う資格はないのだが」

真顔で言うものだから、それが冗談なのかどうか俺には分からなかった。

だから、マジレスする。

「何を言ってるんだ」

孤独を気取る最後の王に、俺は言う。

「もちろん、お前はもう王じゃない。でもそれ以前に——友達だろ」

シュラヴィスの瞳がわずかに揺れる。

「そう思ってくれるのか。一度ならずお前たちを裏切った俺に」

「当たり前だ」

「ならば、なおさら寂しいことになる」

シュラヴィスは微笑んだ。

「友が去ってしまうのは、つらいことだ」

言葉が浮かばず、ただ頷く。

死の街ヘルデを象徴する白と黒の尖塔が、遠く前方に見えてきた。もうすぐ目的地だ。

「……一つ、お願いしたいことがある」

考えた作戦を簡潔に説明する。シュラヴィスは最後まで聞いてから、確認してくる。

「本当に、それでいいのか」

「ああ。覚悟を決めた」

龍が下降していく。山の中腹にレンガの城跡が見える。あの中に決別の炎がある。

「シュラヴィス、俺がいなくなったら、ジェスを頼んだぞ」

「……とんだ危険人物を、俺に押し付けるのだな」

「危険人物の相手はお手の物だろ。どうか、ジェスをずっと見守ってやってくれ」

「それは、妻や妹にしていいということか」

俺は答えに窮する。シュラヴィスが笑い始めた。

「何を驚いている。冗談だ。そろそろ本気と冗談の区別をつけられるようになった方がいい」

「お前な……どの口が」

と言いかけて、それも冗談なのだと気付く。つくづく迷惑な奴だった。

シュラヴィスが手綱を引くと、減速が始まった。

「じきに到着する。そうだ……最後に、ジェスの扱い方を教えてくれないか」

また冗談かと思ったが、前を向くその横顔は、冗談を言っているようには見えなかった。

「扱い方っていうと、ジェスの性格とか、そういうことか？」

「ああ。向き合ったことはあるのだが、なんというか、その……とても難しかったからな」

俺がいないとき、シュラヴィスは不器用ながらもジェスを支えてくれた。

これからもきっとそうだ。少し、話してみようと思った。

「ジェスはな……お利口さんに見えて、実はそうじゃないんだ。大人に見えて、子供なところもたくさんある。だから例えば、言葉に出してちゃんと褒めなきゃいけない。褒めるとすぐ否定してくるが、それは本意じゃない。言ってしまえば反射みたいなものだ。謙遜しなきゃいけないという強い思い込みがあるらしい。本当は褒めれば褒めるだけ心の中では喜んでくれている。ただ外見は、褒めても効果は薄いかもしれない。服装はいくらでも褒めるといいが、美少女だと言うのはあまり多用するな。内面が大事だ。知識や技術なんかもいい。ジェスが頑張って手に入れたものを、正確に言えばジェスが頑張って手に入れたと思っているものを褒めるとすごく喜ぶんだ。だからもしかすると、魔法を褒めすぎるのは違うのかもしれないな。ジェスの魔法が素晴らしいのは事実だし、ジェスの努力ゆえの部分も大きいはずなんだが、ジェスはきっと、自分が受け継いだ神の血のおかげだと思ってるだろう。面倒だろうが、ジェスの中の理屈を理解してあげてくれ。それから、ジェスは親切のやりとりに敏感なところがある。ジェスのために何かをしたいと思ったら、その気持ちはできるだけジェス本人に知られないようにしろ。ちょっとした方便でいいから、目的を偽るんだ。例えば、ジェスの食が細くなっているように見えるからって、もう少し食べたらどうだと食事を渡しちゃいけない。料理の練習をしていたら余ってしまった、腹がいっぱいだから食べるのを手伝ってくれないかと言うんだ。そうすればジェスは、お前のためだと思って食べてくれる。逆も同じだ。ジェスはお前に親切をするとき必ず動機を隠してくる。お前がやりたがらないことをジェスが引き受けるとき、ジェスはそれが自分の利益になるかのように嘘をつくだろう。だけど騙されちゃいけない。ジェスは自分の利益にならないことでも、お前の利益になることなら自分を犠牲にしてまでやってしまうからな。お前が気付かなければ無理をしすぎてしまうかもしれない。無理をしすぎても、それが決して顔に出てこないことだってある。ジェスは嘘や隠し事が本当に上手なんだ。俺だってジェスにたくさん嘘をつかれた。でも、悪い嘘なんて一つもなかった。俺に離れてほしくなくてついた嘘か、そうでなければ、ジェスが自分を犠牲にするためのものだった。途中からでいい、どうかジェスの嘘に気付いてやってくれ。ジェスが自分を追い詰めてしまう前に、嘘に気付いて助けてやってくれ。それからジェスは寂しがり屋だ。一人で大丈夫なように見えるかもしれないし、これから年齢を重ねていけばもっとそう見えてくるかもしれない。だが絶対にそんなことはないんだ。ジェスは難しいことを考えすぎる。自分の悪いところや、自分のしてしまった失敗から、ジェスは決して目を逸らすことができない。セレスからノットを引き離してしまったことや、最初の首輪の在処を見抜いてしまったこと、ジェスがどれほど気に病んでいたか俺はずっと見てきたんだ。だから、教えてやってくれ。ジェスは悪くないんだって。もし悪くたってそれは仕方がないことなんだって。たまにはそう言い聞かせてあげてくれ。あんなにいい子はお前だって他に知らないだろ。褒めるだけじゃなく、気遣うだけじゃなく、たまには存在そのものを肯定してやってくれないか。難しいかもしれないが、そこだけは論理じゃないんだ。個人的な感情で肯定してあげないといけない。なぜなら、ジェスは自分を否定する理屈だけは完璧に組み立ててしまうからだ。そこを論理で破るのは難しい。あくまでお前の価値観で、強制的にジェスを肯定してあげてくれ。抱きしめるくらいなら許してやる。従兄妹ならまあそれくらいするだろう。理屈なんか忘れてしまうくらいに、強く抱きしめてやってくれ。それに、お前だったらもう十分痛いほど分かってるだろうが、嘘や隠し事は絶対にダメだからな。信用がなくなるとか、そういう問題じゃないんだ。ジェスは人を信じすぎる。お前が何度隠し事をしたって、どれほどひどい嘘をついたって、ジェスはそれでもお前のことを信じてくれるんだ。そういう人なんだ。だからこそ、お願いだから嘘も隠し事もなしにしてくれ。嘘も方便と言うが、それこそ料理を作りすぎたとか、そのくらいの小さな方便だけにしておいてくれよ。その方便だって、隠そうとして重ねれば、どんどん大きな嘘になっていってしまうかもしれない。もしそうなったら、破綻してしまう前に自白するんだ。ジェスのためについた嘘なら、ジェスは当然受け入れてくれる。この部分は逆も同じだからな。ジェスが嘘や隠し事をしていたことが分かっても、怒っちゃダメだ。お前には嘘をつくなと言っておいて、理不尽に思うかもしれない。だがさっき言ったように、ジェスの嘘は誰かのためのものだ。俺を生かしておくために禁忌を犯して自分の命を削って、それを隠してたくらいなんだぞ。どうか分かってあげてほしい。それとな、肝に銘じておけよ。俺がいなくなったら、ジェスと無条件に一緒にいてあげられるのは、従兄妹という立場があるお前くらいなんだ。たかが血縁と思うかもしれないが、ジェスにはその血縁という根拠が必要だ。血縁は、ジェスの鉄壁の論理をしても否定できない事実だからな。それがお前の武器であり、呪いでもある。ジェスはいつか、お前を他人だと言って突き放すかもしれない。直接そうは言わなくても、お前からいつの間にか遠ざかってしまうかもしれない。なぜなら、ジェスはお前の人生の少なくない部分を占めることに罪悪感を覚えるはずだからだ。そんなときは血縁を理由にして何回でも戻ってやれ。ジェスの従兄に生まれたことをせいぜい後悔するんだな。お前はジェスにとって特別な存在であり続けなければいけないんだ。もちろん、お前は結婚したっていい。子供ができたって一向に構わない。ジェスの他に大切な人ができるだろう。そのはずだ。でもお前がジェスのただ一人の血族だということを忘れるな。家族ができて他の人間関係が疎かになることはよくあるんだ。例えば仮にノットとセレスが結婚して子供も生まれたとしよう。家族の時間が増えればそれだけ他の時間は減るだろう。ジェスの数少ない理解者が二人も遠のいてしまうんだ。ノットたちにそのつもりがなくたって、ジェスは勝手に遠慮してしまうに違いない。だからシュラヴィス、お前だけは頑張ってくれ。どんなに家族が愛しくなっても、ジェスを独りにするな。まあ、今は考えたくもないが、もしかするとジェスがいい人を見つけることだってあるかもしれない。そのときはお前の慧眼を頼りにしてるからな。ジェスとくっつくクソ野郎が本当にジェスを幸せにするのか、その目できちんと見極めてほしい。繰り返すがお前たちは従兄妹だからな。余計なお世話でもいい。どっちかが死ぬまで離れるんじゃないぞ。俺はお前にすべて託すんだ。呪いをかけるんだ。ジェスのことを死ぬまで大事にしてくれ。どうか頼む。一生のお願いだ」

話しているうちに、止まらなくなっていた。

シュラヴィスの頬を一筋の涙が伝っているのに気付いてから、自分が涙でぐしゃぐしゃになっていることに気付いた。

「よく分かった」

震える声で言い、シュラヴィスは深く頷(うなず)いた。

「何があろうと、俺がお前に代わってジェスの幸せを守ろう」

決別の炎が燃える広場は、以前見たときから全く変わっていなかった。

古いレンガ造りの壁に囲まれた、何かの儀式に使われそうなモノクロの空間。白い床と黒い床が一筋の直線によって二分されている。その境目に立つのが、茅の輪(ちわ)のような灰色の岩だ。きれいな円を描くその岩の中で、彩度のない、銀色の炎が燃え続けている。

元の世界に帰るための、入口。

俺たちはここで、ルタがこの世界に残した痕跡と出会った。あの男は、俺がこうなることを見越していたのだろうか？　自分がこの世界に別れを告げたのと同じように、俺がこの世界に別れを告げることになるのだと、知っていたのだろうか？

「来た」

シュラヴィスが鋭く言った。振り返る。

そこにはジェスが立っていた。

音の一つすらしなかった。スーパーヒーロー着地の体勢をとっているわけでもなかった。

ただそこに立って、俺のことをまっすぐに見ている。

シュラヴィスを打ち負かし、ノットたちの船を半壊させ、メステリアを東から西に横断するように飛んできたのだから、さぞボロボロになっていることだろうと思っていたが——全くそうではなかった。服の乱れどころか、髪の乱れ一つない。あの一本木の下から、そよ風の中を歩いてここまで来たかのようだ。

「ジェス」

おそるおそる声をかけるも、無反応だった。きっと、すごく怒っている。

その表情はきゅっと引き締まっていて、何を考えているのか推測することは難しい。

「……話をしよう」

俺が言ったのを合図にしたかのように、ジェスは右手をすっとこちらへ向けた。

眩(まばゆ)い光に目が焼かれた瞬間、とてつもない熱量をもった何かが近くを高速で通過するのが分かった。それが空気を切り裂く音と、後ろで何かが爆発する音とが、一瞬遅れて耳に届く。

おそるおそる後方を確認する。決別の炎のあった場所が煙に包まれていた。

「嘘(うそ)だろ……」

思わず声が漏れた。

俺もシュラヴィスも、反応すらできなかった。

「豚さん、王都に帰りましょう」

ジェスの声はいつもとなんら変わらない。

「悪い……それはできないんだ」

しばらく重い沈黙があった。再び後ろを振り返ると、煙が風に流されている。灰色の岩でできた輪は傷一つなく残り、銀色の炎も変わりなく燃えていた。太古の魔法に守られていて、ジェスには壊せないようだ。

一安心だ。少しずつ、炎の方へと後ずさる。

雷鳴のような、不吉な音が周囲から聞こえた。シュラヴィスが俺に一歩近づいてくる。

「ジェスは炎を埋めるつもりだ」

シュラヴィスの読み通りだった。ジェスが小さく両手を広げると、レンガ造りの城壁が命を吹き込まれたかのように動き始める。一つ一つのレンガが細胞となり、巨大な生物が地鳴りを伴いながら爬行（はこう）する。とぐろを巻き、鎌首をもたげ、決別の炎に狙いを定めた。

シュラヴィスが俺の背中に手を当てて、炎の方向へと誘導した。巨大な化け物と対峙（たいじ）しながら、二人でじりじりと炎のすぐ近くまで後退する。

突然、身体（からだ）を引っ張られる感覚があった。逆方向の力がすぐに加わり、俺はその場で体勢を崩すのみに留まる。ジェスが俺をどけようとして、シュラヴィスがそれを防いだのだ。

事態は硬直した。大蛇のように動く大量のレンガは、こちらを睨んだままだ。

真正面から戦っても敵わないかもしれないが、地の利はこちらにあった。俺が炎の近くにいるということが、ジェスに対する抑止力となるのだ。

「やめにしないか」

シュラヴィスがジェスに向かって呼びかけた。

「もし力尽くで妨害するなら、こちらも力尽くで豚を送り出すことになる」

まっすぐにこちらを向いたままのジェス。何を企んでいるのか推測することは難しいが、何を感じているかは痛いほど分かる。

本当は泣き叫びたいのだ。こちらに来て、俺を抱きしめて、嫌だと駄々をこねたいのだ。なぜ分かるのかといえば、それは俺も全く同じ気持ちだからだ。でも下手に出れば不利になってしまうと分かっているから、お互い威圧するしかない。

「ジェス、最後にちゃんと話をしよう」

返事はなかった。

「きちんとお別れをしよう。最後が喧嘩なんて、嫌じゃないか」

からり、からりとレンガの落ちる音が聞こえ始める。

ジェスは泣いていた。

鎌首をもたげていた怪物が、ドミノ倒しのように末端から崩壊していく。

「大丈夫か？」

シュラヴィスに訊かれて、頷く。

「ああ、大丈夫だ。二人にしてくれ」

「そうか。じゃあ」

シュラヴィスはしゃがんで俺をひと撫ですると、こちらに一度頷いてから立ち上がり、俺に背を向けて歩き始めた。一度も振り返らずに、広場を去っていく。

炎の燃える広場には、俺とジェスだけが残された。

「ジェス、来てくれ」

俺はあくまで炎の前から離れず、呼びかけた。ジェスは素直に頷く。

ゆっくりと俺の前まで歩いてきて、それから崩れ落ちるように膝をついた。

ジェスの方に一歩を踏み出す。想像していたよりもずっとか弱い腕が、俺の首に縋りついてきた。普段おやすみなさいと言って俺に腕を回してくるのと全く同じ優しさだった。

もう涸れるほど流したはずの涙が、全く止まらない。

「本当は、ずっと一緒にいたかった」

俺の呟きに、ジェスが啜り上げる。震える声が言う。

「……私も、ずっと一緒がいいです。これでおしまいなんて、嫌です」

「そうだな……嫌だな」

全く同じ気持ちを――結論だけ正反対の気持ちを、震えと体温を介して共有する。

離れたくない。一緒にいたい。これで終わりにしたくない。

でももう、終わりなんだ。

豚と少女の恋物語は、これでおしまいなんだ。

「何事にも必ず終わりはある。それでも俺たちは、前を向いて歩いていかなきゃいけない」

「……嫌です」

「最後に聞いてくれ、ジェス」

抱きしめてくる力が、ぎゅっと強くなる。

「どんなに遠く離れていたって、お互い姿が見えなくたって、声が聞こえなくたって、俺の心はずっとジェスとともにある。俺は消えたりしない。ジェスの幸せをずっと願ってる」

返ってきたのは苦しそうな嗚咽だけだった。

でも、ジェスが俺の言ったことを理解してくれたのは肌を通じて伝わってきた。

「私も……豚さんの幸せを………」

途切れてしまった言葉に、頷く。

ジェスは俺から腕を離した。両頬に優しく手が添えられたのが分かったが、真正面にあるジェスの顔は、涙で滲んでほとんど見えない。一度しっかりと瞼を下ろし、目を開く。泣き腫らしたジェスの顔がようやく見えた。

茶色の瞳がきれいだった。赤くなった小さな鼻がいじらしい。薄い唇は嗚咽を懸命に堪えている。これほど美しいものを俺は他に知らない。

「……頼む。最後は笑ってくれないか」

俺の最後のお願いに、ジェスはゆっくりと頷いた。

ジェスが笑う。それは決して偽物の笑みなどではなかった。今この瞬間、一緒にいられるという、ただそれだけの幸せを噛み締める笑顔だった。

「ジェスの笑顔が、俺にとって世界で一番の宝物だ」

再び、ジェスが俺を抱きしめてくる。これまでで、一番強く。

「大好きです」

不自由な豚の前脚を、ジェスの身体に寄せる。

「ああ……俺も、大好きだ」

この時間が一生続けばいいのにと思った。

すべての感覚がぼんやりと伸びていく。

これほどの幸せも、不幸も、この先の人生で感じることなんて二度とないだろう。

ふわふわとした雲の中にいるような気分だった。ジェスの腕が俺をしっかりと抱き寄せている。右頬にジェスの細やかな髪の感触がある。

首の右側に、一瞬だけ何か痛みを感じた。ジェスの首の動きから推察するに、それは加減を知らない口付けのようだった。愛は痛みを伴うものなのだと知る。

その痛みがきっかけとなって、思考の靄が晴れていく。石の広場が見える。崩れたレンガの山が見える。夕焼けの空が見える。

ぐい、とこれまでとは違う力が身体に加わり、俺は体勢を崩す。身体が浮かび上がる。

来ると思っていた。

ジェスは絶対に諦めないと分かっていた——俺を連れて逃げ出そうとするに違いなかった。

「幸せになれよ、ジェス」

俺の言葉が合図となって、ひゅう、と低い笛のような音が空気を切り裂いた。

ジェスの腕がぴくりと痙攣し、次の瞬間にはふっと力が抜ける。

これが俺の作戦だった。龍で一緒にヘルデまで来ていたヨシュに、ジェスの狙撃を頼んでおいたのだ。殺傷能力のない小さく鋭い矢に、ジェスを失神させるのに十分なシュラヴィスの魔法を仕込んでもらった。

二人になれば、ジェスは必ず俺を連れ出そうとするだろう。そのときはジェスを止めてほしいとお願いしておいた。

またしても、ヨシュの不意打ちに助けられた。俺たちの抱き合う姿も、恥ずかしい会話も、龍族のあいつには全部見えていたし、聞こえていただろう。でも仕方がなかった。ジェスときちんと決別するためには必要だった。

引き留めようとするジェスを、どこかで突き放さなければならなかった。

大きく息を吐き、決断する。

夕焼け空に背を向け、銀色に揺らめく炎と向かい合う。

背後でばさりと音がした。足元まで伸びてくる影で、シュラヴィスがジェスを抱き止めていることが分かる。もう振り返らない。最後に見た笑顔を脳裏に焼き付ける。

一生忘れることなどないように。

いつか命が絶えるその瞬間にも、鮮明に思い出せるように——

俺がしっかり憶(おぼ)えていなければならない。

シュラヴィスにも、一つ頼み事をしていた。俺の作戦の続きだ。いつだったか、同じことを頼んだ記憶がある。今度こそ、その頼みを聞き入れてもらわなければならない。

ジェスの記憶を消してしまうのだ。

俺に関する記憶をすべて、復元できない方法で消してしまうこと。

それが、ジェスが間違っても俺の後を追わないようにする唯一の方法だった。

ジェスが俺を思い出すことは二度とない。

栞(しおり)ごとページを破り捨ててしまうのだ。そこに何か大切なものがあったことさえ、ジェスは忘れてしまう。でもそれでいい。俺が憶(おぼ)えている。

ジェスは記憶の空白領域に何があったのか気にするだろう。必ず気にする。調べ始める。そのときは、本当のことを話してほしいとシュラヴィスに伝えてある。嘘をつく必要はない。隠し事をする必要はない。ありのままの事実を語ればいい。

ジェスはそれを物語として受け止められるだろう。

おかしな豚の話を聞いて、笑ってくれるかもしれない。

もしかすると、泣いてくれるかもしれない。

場合によっては、怒ってくれるかもしれない。

でもきっと、絶望することはないはずだ。

この引き裂かれるような感情は俺だけがもって帰る。

幸せとしか表現できない二人の思い出は、すべて俺だけで背負う。

これからきっと死ぬほど後悔するだろう。

毎日毎日思い返すだろう。

命果て意識が消える最後の一秒まで、絶対に忘れられないはずだ。

一人では到底抱えきれない重さに、痛みに、一生苦しみ続けるに違いない。

しかし、固く決めたことだ。

大切な瞬間に全裸の中年男性が闖入してくる恐怖と戦いながら、つまらない余生を過ごす。

俺の人生なんて、そのくらいでいいんだ。

物語には必ず終わりがある。
今ここで、終わらせなければならない。

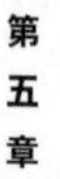

第五章

豚のレバーは加熱しろ

the story of
a man turned into
a pig.

「かんぱーい！」

シャンパングラスに注がれた黄金色（こがねいろ）の液体は、ジンジャーエールだ。四つのグラスが快い音を立ててぶつかり合う。ガラス製の四角いリビングテーブルを囲んで丸クッションに座り、四人でパーティーを開始する。

部屋はきれいに整理されているが、専門書のぎっしりと詰まった本棚に囲まれているため少し窮屈に感じる。サノンの自宅だ。賃貸マンションの一室だが、まだ昼過ぎなのである程度騒いでも問題ないとのことだった。

「感慨深いですね。こうしてまた四人で集まれるなんて」

ポテトチップスの袋を開けながら、ひろぽんが陽気に言った。

サノンが髭面（ひげづら）を笑わせて頷（うなず）く。

「全員無事で何よりです」

ケントと俺も、調子を合わせて首肯した。

ひろぽんが開催を提案したこの眼鏡オタクの集いには、三つのことを祝う目的があった。

まず、ケントと俺の退院祝い。先週退院したばかりの俺たちだが、サノンによれば「若さですねえ」とのことで、もうほとんど不自由なく二足歩行の生活を送っている。

次に、俺の誕生祝い。今日で二〇歳になる。退院後、たまたまいいところに俺の誕生日があったため、開催がそこで調整されたというわけだ。

そして、これはさらについでのおまけなのだが、今日は俺の受賞祝いでもある。どんな運命のいたずらか、俺が最後の供養として投稿した例の小説が新人賞を獲ってしまった。

俺の書いたおかしなタイトルの小説は、世に出ることになった。

「いやあしかし、電話がかかってきたときはびっくりしたんですからね」

ひろぽんが、懲りずにまたその話を始める。

受賞が決まる前に、編集者から電話がかかってくるのだ。奇妙な偶然が重なった結果、ひろぽんが俺に代わってやりとりをしてくれていた。存在しない俺の妹を名乗っていたらしい。それがとても楽しかったのだろう。彼女は武勇伝のように語る。

「……それで、嘘に嘘を重ねた結果、お互い連れ子で、事実婚で苗字は違うけど義理の兄妹として一緒に暮らしてるっていう、同棲ラブコメみたいな設定になっちゃったんですよね。これからはロリポさんのことお兄ちゃんって呼ばなきゃ」

安定のオチに笑いが起こった。

ちなみに正確を期すると、ひろぽんの方が数ヶ月年上だ。嘘はいつかバレるだろう。

さすがに、今は俺が連絡を取っている。兄妹設定はやりすぎだが、俺の意識がない間を繋いでくれたひろぽんには感謝しなければならない。俺がメステリアから帰ってくると信じて、用意して待っていてくれたのだ。

驚いたことに、母も口裏を合わせていたらしい。ひろぽん曰く奇跡としか思えないようなことが何度も起こって、兄妹詐称計画が上手く運んだのだという。

奇跡——きっとそうなのだろう。

陰から応援してくれた少女のことを、思わずにはいられなかった。

ひろぽんの妹は今、再び眠りに就いている。彼女が一時期活動していたことを知るのは、不思議なことに、俺の他にはケントとサノンだけのようだ。ひろぽんにも、いつか本当のことを話さなければならないだろう。

久々の眼鏡オタクの集いは、メステリアの話で大いに盛り上がった。

「あの小説が本当のことだなんて、きっとオレたち以外、誰も思わないでしょうね」

男子高校生姿のケントが言った。

「思われたら困るだろ……」

そう反応しながらも、俺は編集者との打ち合わせをこっそりと回想していた。

あの原稿にはツッコミどころが満載だった。

「豚の背中で感じちゃうことなんてあります？」

そう笑われたときには、俺は思わず反射的に応じていた。

「実際にあったことなんです」

よく分からない冗談だと思われたのか、引きつったような愛想笑い（あいそわら）をされてしまった。

年上の妹がいる同棲（どうせい）ラブコメ設定の誤解もまだ解けていない。きっと、相当変な奴（やつ）だと思われているのだろう。

「問題は、どこまで本当のことを書くかですよね」

と言って、ひろぽんが腕を組んで考える。

「続編で二度目の転移の話をするなら、例の小説のこととか、あと私たちのことも書かなきゃいけないだろうし」

サノンが深く頷（うなず）く。

「そうですねえ。私がネトスト――いえ、みなさんを見つけられたのは、ロリポさんがあの小説をネットにアップしていたおかげですから」

「オレを描くときは、闊達（かったつ）とした爽やかなイケメンとして描写してくださいね」

「そうは言っても登場シーンの大半がイノシシなんだが」

「私のことはジェスたそに匹敵する超絶美少女として描いてほしいです」

「それならば私は、清らかな慈愛に満ち溢（みあふ）れた、少女たちの守護者として――」

要求が激しい。

「でもいいんですか？　みなさんのことを書いてしまって」

俺が問うと、三人は揃って頷いた。ひろぽんが手を打つ。

「あ、でも最後にあれを書いておいた方がいいかもですね。ほら、この物語はフィクションです。実在の人物・団体等とは一切関係ありません、ってやつ」

「なるほど……確かにそうかもな」

何より、俺が美少女の下着にブヒブヒ言っていたオタクだと思われると困る。

社会的に死んでしまうではないか。

「アニメ化したら、みんなで集まってリアタイしたいですね」

呑気に言うひろぽんに、そんなことは夢のまた夢だ、とは返さなかった。

夜になると、成人祝いにサノンが買ってくれていた赤ワインを開けた。

しかし、買ったサノンは酒に弱いため一口しか飲まず、ケントはそもそも未成年。瓶一本をひろぽんと俺で分けることになってしまった。人間の身体で最初に飲む酒がワインなのはどうかと思うが、サノンは酒に疎いからか、そのあたりまで考えが及ばなかったようだ。

「デザート感覚で飲めると書いてあったんですよ。干しブドウで造ってるらしいですねえ」

グラスに残っている滓を嗅ぎながら、サノンが言った。

「でも糖分が多くなると、それだけ度数も高くなるんじゃありませんでしたっけ」

俺の指摘に、ひろぽんがラベルを確認する。

「ほんとだ。一六%もある。ロリポさん、なんでそんなに詳しいんです?」

「……色々あってな」

そんな話をしていると、ケントが冷蔵庫から生ハムのパックを持ってきた。

「サノンさんがワインを買ったと聞いて買ってきたんですが、まだ共食いになりますかね?」

首を振り、パックから一枚もらう。イベリコ豚らしい。マリアージュには詳しくないが、上質な脂と鋭い塩辛さに濃密な赤ワインの味がぶつかり合い、感情をぐちゃぐちゃにかき混ぜられるような気分だった。

「え、泣いちゃった。なんで?」

ひろぽんに心配されながら、ティッシュを何枚も使って涙を拭く。

すっかり情緒不安定になってしまった俺を、三人は優しく受け入れてくれた。

「私としては、こちらの世界に楔が来てしまってよかったと思うんですがねぇ」

一口で酔いが回ったらしいサノンが髭面を赤くしたまま言った。

「一度魔法で壊してしまった方がいいものも、世の中にはたくさんあるじゃないですか」

サノンが言うと冗談に聞こえなかった。

周りの本棚には、彼の本職のはずの機械系の専門書はもちろん、それを上回るほどに、軍事研究や革命思想の本がずらりと並んでいた。

いつまでも、サノンが少女たちに対する清らかな慈愛の心で満ち溢れていることを願う。

夜遅くなる前に、会はお開きとなった。

小説が出版された暁には、この四人で焼肉を食べにいこうという話になった。

サノンあたりが気を利かせて、レバーを注文してくれるだろう。

もう二度と間違いが起こらないように、芯までしっかり加熱してから食べようと思う。

俺がメステリアから持ち帰ってしまったものが、思い出の他に一つだけある。

右の首筋に、全く消えない小さな痣があるのだ。

ひろぽん曰く、これは絶対にキスマークなのだという。キスマークとは口紅の跡のことだと思っていたから驚いた。そうではなく、強く吸われることでついてしまう痣らしい。

普通のキスマークは数日で消えるそうなのだが、俺の痣は何ヶ月経っても消えなかった。

額に稲妻形の傷があるならまだしも、首にキスマークがあるのはいただけない。編集者にも一度「絆創膏とかで隠した方がいいですよ」と気を遣われてしまったので、今はファンデーションなるものを塗って誤魔化している。こんなことでは一生彼女なんてできないだろう。

ジェスからのお土産だ。

毎朝、鏡を見るたびに思い出す。別れの瞬間の、あの痛みを。

目を閉じれば、瞼の裏には涙だらけのあの笑顔が焼き付いている。

毎晩夢を見る。二人の物語を追体験した後、朝起きて独りであることに絶望する。

今まで何度も主張してきたが、最後にもう一度だけ言わせてもらいたい。


豚のレバーは加熱しろ。


痛い思いをするし、入院沙汰になるし、おかしな夢を見て人生を狂わせてしまう。

今でも腹が千切れるような感覚を味わうことがあるのだ。

確かに実在した、二度と会えない少女を想(おも)って、涙が止まらなくなることがある。

そんな思いをしたくなければ、豚のレバーは加熱しろ。

この物語を——豚と少女の恋物語を通して諸君に伝えたいことは、ただ一つ、それだけだ。

一通のメッセージが届いたのは、それから一年近く経(た)ったときのことだった。
最初はそれが何を意味するのか俺にも分からなかった。
——妹がいなくなりました
ひろぽんが四人のグループに投げたその発言を、俺は最初、ずっと昏睡(こんすい)状態だった彼女の妹が遂(つい)に息を引き取ってしまったのだと理解した。ケントもそのように解釈したらしい。

——ご冥福をお祈りします

そう返信していた。

——そうじゃなくって

とひろぽんはすぐに返してくる。

——消えちゃったんです、どこかに

ケントも俺も、しばらく返信することができなかった。

こんなときに限って、いつも秒で既読をつけるサノンからは反応がなかった。

状況を整理する。ずっと昏睡状態で意識のなかったひろぽんの妹が、ある日突然姿を消してしまった。万が一意識が戻ったとしても、筋肉が衰弱して歩くこともままならないはずで、一人でどこかへ行くことなんてあり得ないのに——

病院の防犯カメラには、不思議なほどに何の手掛かりも映っていなかったらしい。

まさか、と疑心暗鬼になる。

俺は確かに、メステリアとこちらの世界との繋がりを断ち切ってきたはずだ。

ブレースはあちらに還ったし、ケントも俺もこちらに戻ってきた。

だからもう、摩訶不思議なことなんてこの世界で起こるはずがない。そう思っていた。

奇妙な偶然なのか、ひろぽんの妹が消息を絶った日から、サノンが音信不通になった。

ケントやひろぽんはあくまで偶然だと考えたいようだったが、俺は違う。

滅多に起こらないことが連続して起こったときは、まずその関連性を疑ってみるべきだ。

しかし俺には、何が起こったのか追究する能力がなかった。

せめて豚の嗅覚があれば、と思う。

豚の嗅覚があれば、ひろぽんの妹かサノンを追跡できるかもしれないのに。

そんなことを考えたせいだろうか、深夜に目を覚ましたとき、身体に違和感があった。

寝ぼけ頭で、どうやら玄関のドアが叩かれているらしいことに気付く。俺を起こした音が、少しずつ強くなっていく。

飛び起きて玄関へ向かう。自分の足音がカタカタとやたらとうるさく感じられた。充電器の刺さったコンセントが、なぜか顔のすぐ横を通過する。

ドアは執拗にノックされていたが、不思議なことに、そこに乱暴さはなかった。取り立てをしにきたやくざ者というよりは、むしろ健気な少女のイメージ——

どこか馴染みのある音。優しいノックの響き。

玄関に辿り着くと、なんとも恐ろしいことに、ドアがゆっくりと開いていくところだった。

俺は一人暮らしを始めていた。施錠は毎晩しっかりしている。合鍵は誰にも渡していない。

それならなぜ、扉が外から開かれているのだろうか。

開いた隙間にスカートの裾が翻るのを、俺は懐かしいアングルで見上げていた。

そこにちらりと覗く白。眩しく感じるほどの純白。

物語は終わり――そしてきっと、また始まる。

あとがき（8回目）

小さいころ、物語とのお別れが何より嫌いでした。今でも苦手です。そもそも私にとって創作活動の原点は、終わってしまったお話の続きを妄想するところにあったような気もします。そういう意味で、私には物語をきちんと終わらせることなどできないのかもしれません。

自分語りから始めてしまいました。お久しぶりです、逆井卓馬（さかいたくま）です。

7巻からなんと一〇ヶ月、お久しぶりどころでは済まない大変ご無沙汰な期間が空いてしまい、まことに申し訳ありません。（別に怠けていたわけではないんです、信じてください！）

あらすじや目次を見て何かを察し、あとがきに飛んできた方もいらっしゃるかと思います。そういう方のためにもここでは詳細を語りませんが、『豚のレバーは加熱しろ』という物語は、この8巻にて一区切りとなります。

ここまでお付き合いくださり本当にありがとうございました。

しかし一区切りというのもまた奥歯に叉焼（チャーシュー）が挟まったような言い方ですね。実を言うと、区切っただけで終わりではありません。最後にもう一冊予定しております。

タイトルは、『豚のレバーは加熱しろ（n回目）』。

ここで言う「n」とは任意の自然数（1、2、3、…）のことです。科学やインターネットでよく使う表現ですね。どのような内容になるかはご想像にお任せします。ただ、n＝8まではもう本として出ていますから、nは9以上の値をとると考えていただければと思います。

すでに本編を読み終えてくださった方は「この続き？」と思われるかもしれません。蛇足になってしまうでしょうか。しかし私に書きたいものがあって、幸いにも書かせていただけるということで、来年の初めごろにはお届けできればと考えています。興味のある方はぜひお手に取っていただけましたら幸いです。

お別れの苦手な私が、シリーズラストのつもりで付け加えさせていただく一冊になります。

実のところ『豚のレバーは加熱しろ』は、電撃小説大賞に応募した時点では、1巻で終わりにするつもりで書かれていました。逆説的になりますが、だからこそ最後の一行は、応募原稿の段階からずっと、サノンさんの「戻りませんか」でした。

物語は、語り終わることがあっても、なくなってしまうことはない。そう信じています。

最後に一つ豆知識を。背表紙の色は、好きな色にしていいと言われたので、作中のあるアイテムの色でお願いしました。これが何の色かは、本編を読んでいただければ分かるはずです。

……そういえば、一つ大切なことを書き忘れていました。今さらですが記しておきます。

　この物語はフィクションです。実在の人物・団体等とは一切関係ありません。

改めまして、関係者の方々、読者のみなさまに、心より御礼申し上げます。

もしよろしかったら、あともう一冊お付き合いください。

二〇二三年九月　逆井卓馬

◉逆井卓馬著作リスト

本書に対するご意見、ご感想をお寄せください。

ファンレターあて先
〒102-8177　東京都千代田区富士見2-13-3
電撃文庫編集部
「逆井卓馬先生」係
「遠坂あさぎ先生」係

本書は書き下ろしです。